當淑女遇見紳士

徐磊瑄 著

原創小說×改作劇本

同步收錄版

【推薦序】

陳俊榮（孟樊）（國立臺北教育大學・語文與創作學系教授）

由於平素教學工作忙碌，《慕晚菽》未及翻完，磊瑄又丟來一本書讓我品評。這本《當淑女遇見紳士》來得正是時候，就在我染上新冠「閉關」「練功」之際，伴著炎炎夏暑，趕在尚未出版之前先來一睹為快，為的也是要為本書說幾句話。

磊瑄是我北教大的入門弟子之一，當初她可謂是「帶槍投靠」，也就是她是以作家身分考入我系碩士班的，而我系碩士班修業辦法是研究生可以文學創作替代論文獲取碩士學位；但她卻選擇撰寫論文，不以她擅長的小說與劇本創作來接受嚴格的學術考驗與挑戰，卻也因此開啟日後她的另一種學術生涯——回到她大學的母校（興大中文系）繼續攻讀博士學位。

來自劇作界的磊瑄，碩論選擇的研究對象是之前曾紅極一時的陸劇《後宮甄嬛傳》，她選擇這齣戲劇自不意外，但從理論含金量頗高的巴赫汀（Mikhail Bakhtin）的複調小說理論來分析《甄嬛傳》的文本，就不免令人刮目相看，而這也為她未來的學術生涯做了鋪墊的工作。

對於當初入我門下的她，說真的，我所知有限；後來才知她是文學創作的常勝軍，作品入選不少文學獎項，而且更是劇作的實戰高手，曾是湖南衛視《加油愛人／幸福愛人》、浙江衛視《愛人的謊言》、央視八套《幸福在一起》等劇集的編劇群，頗諳電視劇本創作的門道。至於小說創作就更甭說了，《愛情獨奏的孤單》、《茉莉之戀》、《慕晚萩》……這些純愛或都會小說一本接一本出版，創作豐沛，其中《陽光天使》更是由她將八大綜合臺的偶像劇（由吳尊、楊丞琳等人主演）改寫為偶像劇小說發行，頗為叫座。

拿到北教大碩士學位之後乃至續讀中興中文系博士班，都沒讓磊瑄的作家之筆擱著，否則我就無法「遇見」《當淑女遇見紳士》此刻正捧讀的這冊小說。《遇見》一書的題材其實不新，擷取的是辦公室戀情，也是偶像劇常見的愛情故事，一般可歸之為純愛小說或言情小說——可能後者更為恰當些，因為小說中至少有三場的性愛描寫（男女主人翁有兩場），但這較符合現實世界的情愛關係。從另一個角度來看，作者對於男女主人翁人物的設定：身居公司高位（總經理）的炘麟（男主）與才貌雙全的弗褰（女主），使得整部小說不啻就是王子與公主愛情故事的翻版，顯然這樣的題材極適合改編為偶像劇。

題材雖然老生常談——可這愛情故事仍是古往今來受到讀者或觀眾喜愛的類型，千古不易——然而，這部小說在創作手法上亦稍有創新之處，而這是現今通俗小說較少見到的敘事方式。小說一開頭以楔子開篇，由一位假託的第一人稱「我」做為外敘述者（即敘述者在所敘故事層次之外）敘述她輾轉聽到的一位名叫史弗褰女子的故事，而我們讀者所看到的此篇故事即出自她的敘述，但這個故事講完，最後並沒從內層敘述回到外層敘述來（最末兩段的敘述者身分不明，可看作是外敘述者，也可視為內敘述者）；內層故事的男女主人翁有一個happy ending，但外層故事由於沒再回來，反徒留一個「開放式結局」（結尾兩段若視為外層敘述，則為封閉式結局）。如此寫法其實是援用了中國章回小說（楔子與尾聲）的套式，亦即Chinese-box，外層敘述只是作為內層敘述的故事框架，主要的故事仍在內層敘述。出身於中文系的磊瑄，自是對於這種Chinese-box式的才子佳人故事不陌生，《遇見》顯然可以視為屬此一創作類型的小說。

不提上述這種復古式的敘述形式，這部作品其實更可以看做是女性成長小說。在故事的前半，女主人翁史弗襄雖然才貌雙全，儼然是一副幹練的女強人模樣，可私底下卻是十足的小女人，宛如是中國三從四德那種舊婦德的代表性人物，完全欠缺主體性，竟把她的男人當作是她的天！所幸從故事的後半段開始，由於一趟倫敦行所經歷的「奇幻之旅」，讓她終於體悟到「如何作為一位女人」，幡然改變，使她一夕之間有所成長，最後才能重拾她與炘麟的感情，有情人終成眷屬。故事分為「小說版」與「劇本版」，小說版沒有明確結局，劇本版的結局（happy ending）雖然老套——但這並不是重點，**重點在於最終女性意識的覺醒，讓這部小說以最通俗的愛情故事實踐女性主義的自覺，告訴我們，女性絕非是依附男性的「第二性」**。

然則，故事中的女主弗襄是如何經由那「奇幻之旅」而讓她的女性意識萌芽進而成長以至於臻至主體自覺的境地？在此，作者一反常態搬出「野蠻遊戲」的法寶——這是她乞靈於電影《野蠻遊戲》的手法，藉由類似桌遊遊戲盒插卡玩遊戲的方式，讓女主以棋子於遊戲圖紙上選擇她想玩的項目，如「工作／婚姻」、「生育／不生育」……令她置入所設定的不同情境，親身經歷不同的「婚戀遊戲」以體驗互異的人生。以「遊戲」變戲法，邇來成了電影、電視劇火紅的敘述手段，從《飢餓遊戲》到《魷魚遊戲》都可見以這類橋段支撐劇情發展的作法，這一類「遊戲劇」是否可賡續之前的「穿越劇」而蔚為流行，仍待觀察——也許《遇見》未來若有幸被改拍成電視劇，或可看作是否流行的一個指標。

嚴格說來，遊戲故事一玩再玩，一個故事開始、結束，然後又重啟，這種寫法類似Chinese-box的敘述方式，所以這篇小說就有三個不同的敘述層次：以「我」類似說書人開頭的框架敘述；以女主弗裏本身的工作與愛情故事為主的嵌入敘述；以及在嵌入敘述裡發生的各類遊戲故事。而發生在遊戲裡的各個不同故事，一個接一個出現，也可看作是另一種「接龍遊戲」。以接龍式遊戲故事敘述，這種寫法很大膽，但在穿越劇變成流行的時髦類型後，可以說見怪不怪，讀者和觀眾應該很容易接受這種奇幻情節的安排。

以目前正夯的韓劇來看，光怪陸離的劇情多能為觀眾所接受，磊瑄這部小說設定這種奇幻的「圖紙遊戲」儘管奇特，倒也有新鮮感，在增加閱讀趣味之餘，也可以讓讀者在觀看不同的遊戲故事時進一步興發不同的省思。若有可能，相信不少人（包括我自己）都想身體力行嘗試進入不同的遊戲故事裡去體驗不同的人生；當然，我們的人生無法像「野蠻遊戲」這樣過，只能浸淫在小說構築的世界裡去「虛度」想像的人生，而也只有小說家的鑰匙卡能為我們開啟這樣的遊戲機。

在小說中「遇見」磊瑄的《遇見》，令人欣慰，在我「閉關」時間是我最佳的「清冠一號」，讓我看到一個女子不一樣的人生以想像文學的美好。謝謝妳這本書，磊瑄。

目　次
CONTENTS

楔子　完美女人

說起我所賴以成長生活的國度，是一個高度文明之國，各種制度、文化皆已發展完成。而我所居住的城市，被命名為「嫻雅麗都」；這城市裡的女性不論老少美醜，有極大部分是喜歡戴著淑女、好太太、好媽媽等典雅華麗的面具，她們最終極的目標即是儘可能練就並擁有一個完美女性形象。她們將自己的身體主權交予男人並且諱性不言；性事只在乎「給予」，以克盡為人女友或者是妻子的義務，卻毫無重視身體感受與心理感覺。衡量評斷人品的唯一標準即是以財富多寡、社經地位而定。終極人生信仰是，一定要結婚生子一家整齊才叫作幸福圓滿。以「服膺階級制度」為行為最高指導原則，好比完全順從高階男性主管、父親、丈夫或者是兒子，因此所有行為皆著眼於以男性為主的大格局，可謂懂事體貼，識大體。遵崇以家庭為重，為家族犧牲自己所有一切的文化，甚至可為了家庭乃至於家族而放棄自己一心一意所欲追逐的夢想。

「嫻雅麗都」每年皆斥資舉辦「成功女性頒獎典禮」，這些參與盛會以及入圍獎項的女性，皆盛裝出席。她們戴著已往的淑女、溫柔女友、好妻子、好媽媽等面具，著極盡奢華服飾，為的就是彰顯自己入圍或者是擁有「成功女性大獎」此種令人感到驕傲的身分。然而她們的感情生活、婚姻生活、職場生活，是否真令自己感到滿意進而毫無所憾？這，似乎不是一個太重要的問題。她們心裡認為最重要的，其實是自己究竟有沒有符合成功女性的標準與社會期待。

我其實並不是「成功女性族群」的一員，因此對於該族群的中心思想以及所服膺的生活規範也不是挺感興趣。那麼，我是誰呢？我其實僅是一名說故事的人而已。畢竟身處這座城市的時日久了，很清楚為數不少的女性朋友慣於加入該族群成為其會員，是以對此感到有些好奇與關注罷了。近期復又臨近一年一度的「成功女性頒獎典禮」盛會，我特地計劃好了當天欲前往觀禮。但是在觀禮以前，不意從閨蜜處聽聞了一位名叫作「史弗裏」女子的故事，聽說她亦是成功女性大獎的參賽者之一，而且已經入了圍。她的故事情節究竟如何呢？且聽我娓娓地道來……

第一章　華麗情緒

1.

鍾宅主臥房裡，鍾炘麟與史弗襄正在裡頭。炘麟坐於沙發上；弗襄則是坐於床畔，兩人之間的氛圍有些凝重，因炘麟欲與弗襄分手，他們正在談判。弗襄無法接受如是結果，於是起身行至他眼前蹲下。

「告訴我，為什麼？」她問。

「我們之間不適合。」

「當初邂逅相遇時，你曾說過，被我的能力與神采吸引了……」

「親愛的，我們的相遇只是一個誤會，相處瞭解以後，才會忍痛做了分手的決定。只有分手，我們的緣份才能繼續走下去。不是以情人，而是以朋友關係。」

「不懂。」她泫淚。

「我所欲尋求的是心靈伴侶，而非一個毫無自己思維，一昧只知依從男人，而失去自我的女人。」

「我一切以你為主，事事聽從，幾乎將你當成了天，沒想到竟成了我所有的過錯？你這根本是欲加之罪。」

她與他始有了初次爭執，然而這樣的爭執是兩種不同意識的對峙與展現，沒有任何一方消滅了對方的意識而得到勝利，可以說是一種未果無效的溝通。

他累了，不欲與她爭辯，於是拋下她離開了自己的屋子。她則是待坐在房裡，左思右想，千迴百轉，完全不清楚自己究竟是哪裡出了錯。她全然服膺於成功女性守則，竭盡心力維持著所謂完美的淑女形象，事事以男友為主，職場上盡己之力，全力以赴地協助他，甚至為了他，她放棄了很多單身時期的權利，何以最後卻仍無法留住他的心。為什麼？

她的思緒回溯，時光倏忽間跳回兩人邂逅初見的那段過往……

2.

三十歲的弗襄在一家日式連鎖茶館的總代理公司擔任行政副理一職，主要是負責協助高階主管管理公司行政各部門的聯繫與運作等工作。當初面試弗襄進公司的主管是行政副總Irene，她認為弗襄在學歷、語言、專業等各方面能力皆十分符合公司需求，尤其她的外貌打扮，更是令人一見便印象深刻。記得弗襄面試那日是將長髮綰成了髮髻、身著寶藍色淑女套裝，外戴一頂類英國皇室貴族的仕女帽。姑且不論其能力如何，單是作為公司門面也絕對是稱職的，因此副總便錄用了她。

Irene對她說道：「不必等候通知了，妳明天能來上班嗎？」

她有些訝異，回道：「能。但是，為什麼當下就告知我？」

Irene笑了笑，「妳對自己的能力沒自信嗎？」

「不，我對自己當然很有自信。我只是以為，面試的流程，都是面試完了以後回家等候通知，收到通知之後再進行報到的動作。」

「我做事呢不全照規矩，只要不影響大方向，偶爾有些不同於規定或流程的作法也沒有什麼不可以。」

「好，那我明天準時來公司報到。謝謝您給我這個機會，副總。」

弗襄在公司裡所展現的，向來是有理有禮卻毫不多話冰山美人的形象，因此同事們與她的相處雖不至於疏遠，卻也保持著一定的互動距離。氣場與職能皆很強悍的冰山美人，確實是讓所有同事都不太敢輕易地靠近她。

炘麟用完餐，稍事休息。

行政助理給他端來一杯餐後咖啡，恭謹地置於他眼前。

他抬眼，見是行政助理，便問道：「今天怎麼一早上都沒有見到Celine？」Celine是公司的日文祕書。

「報告總經理，Celine今早因為出車禍受了點小傷，被緊急送往醫院去。」

聞言，他有些愕然。「今天日方的合作廠商要過來，對方不會講英文，我需要翻譯。她居然出車禍？有人可以代替她嗎？」

行政助理見炘麟好似有些惱怒，不知該怎麼辦才好，杵著不動有些驚慌，也不敢隨意回話，擔心說錯了話反倒更惹老闆心裡不快。

「想辦法去給我找個替代的日文翻譯來。動作快！」

「我，我……」行政助理本想說「不知道上哪兒去找」，卻還是不敢說出口。

此時弗襄入內，來到炘麟面前緩道：「總經理，我來翻譯吧。我英日語都行，沒問題的。」

聞言，他的眼睛有些亮起來。「妳是新來的行政副理。好，今天下午的會議就麻煩妳了。」

司機前往接了日方廠商前來公司開會。一行三人進入公司會議室以後，炘麟與弗襄已經等在裡面了。

弗襄事先讀過日方幾名人員的基本資料，對其容貌姓名、基本背景大致皆已有些瞭解了。她站起身來，先向領頭的松坂先生頷首，然後以流利日文對他說道：「松坂先生，您好。還有稻田先生、鈴木小姐，您們好。歡迎蒞臨敝公司。我先自我介紹，我是敝公司的行政副理史弗襄。」她邊說邊以手帶向炘麟，「這位就是我們公司的總經理——鍾炘麟先生。」

松坂先生笑頷首，伸出手來與炘麟交握，以日語回道：「鍾先生，您好。」

炘麟握手回以適中力道，笑道：「很高興今天見到松坂先生。」

弗襄將炘麟的話譯成日文，回道：「松坂先生，鍾先生是說，很高興今天能夠見到您。」接著，她手一帶，示意三名日方的貴賓就座。

三位貴賓一一入座以後，一旁行政助理立刻上茶，同時並送上美味可口點心，恭敬地將茶杯與茶點一一地就定位，安置於貴賓眼前。

弗襄繼而又道：「今天我們的會議，主要是就代理權一事的細節做商討並且決定簽約等事宜……」她始展現自己的語言天份，協助炘麟主持今次會議。

她工作上十分細心、自信，且又負責認真，一旁炘麟見狀，留下了頗為美好的印象。

午休時間，炘麟外出用完餐以後回到公司，進入員工休息室正想動手沖杯咖啡喝。一旁幾名員工見是總經理，便忙著躡手躡腳快步地離開去了。

炘麟邊動手打開咖啡罐，以小湯匙舀了兩瓢咖啡粉放進咖啡杯裡，邊抬眼看向坐於窗邊正在喝茶的弗襄。「弗襄，吃飽了嗎？」

聞言，她轉過臉來，淑女典雅地笑道：「吃飽了。總經理呢？」

「剛吃完飯，想說過來沖杯咖啡提提神。」他動作完了以後，端著咖啡杯走向她，在她面前坐下來。

她僅輕笑了一下，以示禮貌，畢竟是高階主管應予以一定尊重。但仍維持她一派高冷冰山美人的既定形象。

「那天，」他說道：「還好有妳代替Celine做日文翻譯，英文我行，但日語我可沒辦法。」

「哪裡，小事一件。我是公司員工，理當為公司效力。」

「不知道Celine的傷有沒有好點，身為公司主管我本該去醫院探視她的，但最近實在是太忙，抽不開身。」

「我跟副總還有行政助理一同前往探視過了，沒事，總經理不必擔心。」

「原來如此。太謝謝妳跟Irene了。」

「總經理客氣了，應該的。」她端莊一笑。

「對了，有件事情想問問妳意見。」
「總經理請說。」
「最近一些合作貴賓頻繁進出公司，這才讓我意識到，我們公司的大廳跟會議室，好像太過於空蕩簡單，款待貴賓好像有些不太適宜。」
「總經理的意思是，」她揣測上意，說道：「想要增添一些藝術方面的陳列品之類的？」
他微笑，「沒錯。我們公司是有一定規模的，日後貴賓上門的機會總是有的，所以門面總得裝點一下。弗襄之前學過藝術，妳覺得該添購什麼藝術品才好呢？」
「西洋古董，總經理覺得可好？」
他笑頷首，「正合我意，不過這方面我不是太熟，得蒐集資料。」
「如果總經理不介意的話，由我來蒐集資料如何？」
「好啊，那就麻煩妳了。」

幾天以後，弗襄與炘麟於公司附近的餐館遇見，兩人一起吃午飯。此時的人潮已少了許多，因為他們用餐的時間是特意避開尖峰時段。
食客零星，因此兩人吃飯可說是輕鬆了不少。
他問道：「最近在公司上班還習慣嗎？」
「還行，謝謝總經理關心。」
「初接觸茶文化，應該還不太熟悉，慢慢的妳就熟了。有什麼問題都可以問我。」

她笑了笑，說道：「雖說是初接觸茶文化，但我之前曾在某咖啡館總公司待過，算是相關行業，對茶也有一點涉獵。」

「喔，那妳知道茶的歷史嗎？」

「說起茶的歷史，一開始其實是始於東方的。後來慢慢地傳入西方，到了西元十七世紀，飲用下午茶已經成為英國貴族圈一種時尚流行的文化，更是一種社交不可或缺的活動，直到十八世紀才成為普羅大眾都能消費的飲品。」

「嗯，妳倒真有點涉獵。」

她笑了笑繼續說道：「之後部分英國人飄洋過海，遠渡重洋前往美洲新大陸開墾，過新生活，從此茶也被帶往美國去。不論是東方或者是西方，因為環境差異、歷史與生活上的不同，茶之於各個國家而言，有著不同的品飲習慣，更衍生出不同文化的品茶逸趣來。」

「不妨說說看。」他似乎是一種考試的心態。

她侃侃而談，「好比在英國，若是早餐飲茶的話，一般皆採錫蘭茶（ceylon tea）、阿薩姆（assam）以及肯亞的茶葉混合，這是英國具代表性的紅茶品飲之一。大多是搭配英式早餐，烤的食物以及味道較為強烈的吃食，同時享用。而且，每天一到下午四點鐘，什麼事情都得放下來，先享受下午茶的時光，放鬆心情最為重要。」

「那美國人呢？」他問。

「美國人的話多數喜愛冰茶，是粉末加入水的速溶茶，主要是方便快速，而且沒有茶葉渣滓，比較不扎口。」

「德國人？」

「德國人喜愛品飲花茶，花果茶屬於調配茶。所以可想而知，為了要有絕佳搭配，德國便有了『配茶師』的專業職員，最主要工作就是將各種花草、水果乾等等，依本身屬性、特質，按著比例混合搭配，然後調製出最美味的花果茶來。」

「法國人呢？」

「法國人在品茶方面，有『調飲』與『清飲』兩種形式。清飲顧名思義，即是單純茶飲。至於『調飲』，則是加入薄荷葉或者是方糖，使飲料能夠香甜。另外，他們最愛品飲的茶類有紅茶、綠茶、花茶。飲用紅茶時，習慣沖泡或者是烹煮，不論是袋泡紅茶或者茶葉都可以，將它放入杯中，以滾燙的沸水沖泡再加入糖，或者同時兌入牛奶與糖；而品飲綠茶，則要求要在茶湯之中加入方糖與薄荷葉，調製成為透香蜜甜的清涼飲品。」

他很訝異地看著她，「妳真的很出乎我意料之外。」

「這算是誇讚嗎？我接受。」

他笑點頭，忽想到了什麼。「喔對了，之前妳說要蒐集西洋古董的資料，蒐集得如何？」

「我還在翻譯，會儘快處理完跟總經理做報告的。」

「好，那我拭目以待囉。」

「沒問題。」

於是弗襄便很認真地蒐集進而翻譯了一些關於古董家具介紹方面的文章，諸如：文藝復興時期的橡木雕刻臥椅、玻璃雕刻紅蕾絲燈罩立燈、路易十六時期胡桃木拼花書櫃、洛可可風格木雕玄關邊桌與鏡組……，此舉頗令炘麟大為驚豔。

他看過她所蒐集的相關資料，兩人一起討論以後，便著手讓人進行蒐購，一段時間後並將所有購買的古董家具運進公司內部，一一地做了仔細陳列。且公司大廳一隅，尚且擺設了一座「一〇一大樓」的藝術雕塑予以裝飾。

他看完所有佈置以後，抬眼看向她，很是滿意地頷首。「嗯，這些古董家具實在很漂亮，既有歷史感也有藝術美學，辛苦妳處理這些了。」

「老闆滿意，我很高興。」她微笑。

「走，請妳吃飯，當是犒賞妳。」他比了一個「外出」的手勢。

她笑了笑，忙跟上。

兩人一同前往一家很高級的法式餐廳用餐。明亮寬敞且高挑的用餐空間，所有客椅皆絲絨質製。天花板垂綴的是一盞盞水晶吊燈，一旁櫥櫃裡置了滿滿剔透的水晶高腳杯。四周盡是新藝術格調的裝飾線條，還有一盆盆花卉盆栽姿態萬千地展示其美麗。簾幕、壁畫、飾品，總是別出心裁地安置在適宜它們所待的區域或者是角落裡，然後靜靜地供獻出其美麗光華予人欣賞。

一桌子精緻而細膩的餐點，既滿足了視覺享受亦滿足了味蕾。這不僅是美食，簡直是廚藝、色彩搭配、構圖以及造型的藝術大集合。

餐後，他們走在華燈初上的城市街頭，沒有任何高階主管的派頭，只是走路，一逕地享受著迷離夜色。

他沒有說話，只是低頭認真地徒步而行。忽然，他嘴裡哼起了一首西洋歌曲〈You Don't Know Me〉。

You give your hand to me
Then you say hello
And I can hardly speak......

聽見他的歌聲，她有些驚為天人，因為聲線既好聽，且十分富有磁性。因此，她情不自禁地跟著他一起唱和。他聽見她的唱和，有些訝異，但並不停下。於是兩人便這般合諧地唱了起來。

And longs to kiss your lips
And longs to hold you tight
Oh I'm just a friend
That's all I've ever been
Cause you don't know me
For I never knew......

邊唱，他邊深情地凝睇著她，然後緩緩地牽起她的手。

她有些愕然，但並不意外，且任由他緊握著自己的手。

稍後，兩人唱完了歌，他停下腳步看向她。

「為什麼？」她率先地問道。

「什麼『為什麼』？」

「牽我的手？不問我是否心有所屬？」

他笑，「妳若心有所屬，那人便是我。」

「這麼有自信？」

「妳這樣的女人，沒幾個人敢追妳。」他一派斯文，儒生似地一笑。

「是諷刺我，還是恭維我？」

「是誇妳。」他炯炯有神的雙眼，深深地望進她眼瞳裡。

她溫雅地笑了，笑容裡滿是喜悅。彼此的眼睛裡，盡是對方。

兩人牽手相偕，沐著月光前行，並溶進斑斕華麗的夜色裡，開始走進了屬於他們的故事扉頁。

第二章　飲食男女

3.

弗襄失去了父親，從小是由母親一手帶大。原本，弗襄與雙親一家三口幸福快樂地一同過生活，可惜好景不常，其父史哲明在她幼年時期即因病離世，母親因而承襲了父親所遺留下來的龐大財富，偕她一起居於一幢哥德式的大洋房，過著瓊漿玉露、錦衣玉食，華美宅邸毫無匱乏的富足生活。她的母親服膺於成功女性大獎對於女性的規範與期待，因此完全遵守著為家庭、為兒女犧牲，將情愛僅奉獻予一名男性的高標準，不思改嫁，與女兒共同守著丈夫所遺留下來的這一切，表面上看起來很是美滿無虞地彼此陪伴，共同生活。

母親對弗襄說道：「親愛的，雖然妳沒有了爸爸，但相信媽媽，媽一定會身兼父職，陪伴著妳成長直到妳出嫁的那一天。」

「沒有爸爸，我們會不會被人欺負呢？」小弗襄問。

母親搖頭，「只要有錢，沒有人敢欺負我們的。弗襄，妳記得，長大以後妳一定要找個有財富有地位的男人嫁了，有了財富跟地位，才有保障，也才會開心快樂不用煩惱。知道嗎？」

小弗襄尚且不懂母親所說的話，她僅機械性地將話給記在腦海裡。

4.

窗外的月亮有點瑩中帶藍，很是迷濛的光氛。

視線往房裡挪移，見炘麟與弗襄半躺半臥於床鋪上，兩人相依相偎著彼此正在說話。

「我有個想法，想說公司的茶館應該要進一些骨瓷茶具來販售。妳覺得呢？」他攬著她的肩膀問。

她抬眼看向他，頷首。「可以啊。我們的門店是比較高檔的店，所以要進貨的骨瓷也必須高檔一點。」

「妳的意思是？」

「你應該知道所謂『骨瓷』茶餐具吧，其實是瓷泥中加入動物如豬或牛的骨灰，經高溫素燒與低溫釉燒而成的？」

「嗯。」

「它的功用是為了改善瓷器的性能與透光度。骨灰含量愈高，瓷泥的塑性就愈低，高含量大約是40％，若是超過45％則會比較難以成形一些。由此可知，骨灰含量愈高，約50％以內，就是所謂的『精緻骨瓷』；它的精製度、透光性、淨度、潔白度、硬度，都會比一般骨瓷來得更好。」

「明白了。所以這種較好的骨瓷，就會比一般白瓷更棒了。」

她笑，「是呀。最重要的是，骨瓷防摔耐磨，保溫性佳，卻不燙手。」

「那妳有熟悉的廠商嗎？不妨約到公司來談談看。」

「好，我聯絡一下，再跟你說。」

他看了一下床頭櫃上的小時鐘，已近午夜十二點了。他摸摸她的臉，說道：「妳要不先去洗澡吧。」然後又在她耳畔呢喃了兩三語。

她含羞地笑了，在他頰上親了一口。然後起身，取來睡衣便進入浴室洗澡去了。

他仍坐於床鋪上，以筆電正在觀賞影片，以等候沐浴中的她。

約莫半個小時以後，她沐浴完畢身著性感睡衣自浴室走了出來，來到他身旁偎近他，卻見他正在賞看A片，於是有點尷尬地拉著他的手肘。

「你怎麼在看這個？」她的臉有些泛紅燥熱，深覺難為情。

他不解，「為什麼不能看，只是助興而已。」

「影片裡的情節太誇張了，很多觀念並不正確。」

「我只是看，並非學習。」

「可以關掉嗎？」她要求。

他按了暫停鍵，說道：「妳覺得低俗，還是骯髒？」

她木著臉並不說話。

「難道不看影片，就能否定它的存在與市場性？」

她仍是不語。

「男女嬿好，我們不也做嗎？飲食男女，食色性也。是不是只能『做』卻不能『說』？不說就代表妳比較高雅比較有水準？」

「你覺得這種事情，能登大雅之堂嗎？」

「為什麼不能？就像吃飯喝水一樣，是一個健康話題。不說就代表它不存在嗎？國外還有學者的研究論述呢，連肛交都能寫成一篇論文。妳是念過書的高知識份子，怎麼會有如此迂腐的思維，如此避諱呢？即使是探討這樣的議題，妳的立場還是可以保持中立的呀。」

她刷下臉來不再與他討論這件事情，而是直接掀被鑽入被中，倒頭就睡。

他暗嘆一口氣，仍在她耳畔喃語說道：「妳覺得低俗、毫無美感，甚至覺得難為情，那是因為妳承襲了傳統的觀念才會如此……」

5.

十歲的弗襄，如同小公主一樣被母親保護得非常好，除了日常生活有傭人侍候、有司機接送上下學以外，課業方面則尚有家教時時關注，補充教導。然而，家庭以外，尤其學校裡所流傳的蜚短流長，則不是母親的勢力範圍所能夠掌控的。

小學生們不懂是非，不明真相，總在弗襄身後碎言碎語地說道：「弗襄的爸爸留了好多錢給她跟她媽媽，她媽媽有可能是為了那些錢而害死了弗襄的爸爸……」

於是幾名小男孩學著大人一樣的口吻說道：「最毒婦人心，好可怕喔。」

「怎麼可能？」一名小女孩說道。

發話的小男孩則回道：「我媽媽說，人為了錢什麼事情都可以做得出來。」

弗襄一開始聽見如是流言蜚語，本不當一回事。聽久聽多了，難免受到影響，便回家同母親說了。

母親只對她說道：「這些都是外人的妒嫉，不必當真。知道嗎？」

「可是他們都一直說，一直說。媽……」

「好了，別再理會那些閒言閒語了。妳聽媽媽的話就對了。媽媽很愛爸爸，也很愛妳，不用懷疑。」

即使成人都有可能積非成是了，更遑論一個十歲的小女孩，她的心能有多堅定呢？如此傳言耳聞久了，總會陷入腦補情節的狀態，然後便開始胡思亂想一些既驚悚可怕而又駭人的小劇場。

尤其母親時常對她說道：「弗襄，頂樓的小房間妳絕對不可以獨自進去。聽見了沒有？」

「為什麼？」小弗襄問。

「因為那裡頭放了很重要的東西。就這樣。」

見母親每每總如是叮嚀，她對於頂樓的小房間總有一種說不出詭譎的心理排斥，甚至認為父親的死很有可能與頂樓的小房間有所關聯。向來膽小的她，絲毫不敢趨近那間小房間，深怕一旦入內即會發現有什麼驚駭而不可告人的恐怖祕密，那絕對會讓她受不了甚至是發惡夢的。

未料夜裡還是作了惡夢，她夢見爸爸被掛在頂樓小房間的牆上，七孔流血、筋骨全斷，遍體鱗傷甚至滿臉滿身鮮血淋漓的慘狀。這個惡夢時常出現，使得她夜裡再也不敢一個人入睡，總得傭人陪睡方能安心。

母親詢問原因：「為什麼會惡夢呢？是不是聽了什麼可怕的故事，還是看了什麼恐怖電影是嗎？」

她搖搖頭，怎也不敢如實地說出自己對於頂樓房間，以及母親的害怕與排斥。

晨間，小弗襄早起準備上學。家中雖有不少女傭，但照顧女兒之事，史母是事必躬親，從不假手傭人。

弗襄倒也能自行穿戴好一切，唯獨梳髮須經由她人協助。她坐於妝鏡前，由史母親自為她梳髮紮辮。看著鏡中的自己，視線往上攀再看向母親，小弗襄腦袋裡開始幻想情節，想像著母親將父親殺死在床鋪上，滿是鮮血淋漓的畫面。接著她手拿尖尾梳，梳著梳著便往小弗襄的腦袋刺進去，鮮血霎時噴濺，濺滿了妝鏡，鏡面上一條一條的血痕甚是令人怵目驚心，然後是開出了一小朵一小朵的絳紅花……

小弗襄嚇壞了，掙脫母親梳髮的手，站起身來向後退去。

史母不解，問道：「怎麼了？」

「以後可不可以讓幫傭阿姨為我梳頭？」

「為什麼？」

「沒為什麼，我想要幫傭阿姨幫我梳。」
「媽咪梳得不好嗎？」
小弗襄搖搖頭，「沒、沒有，媽咪梳得很好。只是想讓媽咪多休息。」
史母笑了笑，「弗襄真乖。好吧，以後就讓女傭幫妳梳頭囉。」
小弗襄鬆了口氣，然後坐於妝鏡前。
史母讓女傭接手，女傭接過梳子以後熟練技巧地為小弗襄紮好辮子。

第三章　雨露雲鬢

6.

楚襄王與宋玉同赴雲夢之臺，遊覽奇異美景。

宋玉說道：「王可知先王遊雲夢臺之往事？」

「孤不知，願聞其詳。」

於是宋玉稟道：「懷王曾遊此地，那日倦了以後安睡，夢中出現一名婀娜美麗女子，自稱巫山之女。巫山女願獻自己所擁有的枕頭與蓆子給懷王使用。懷王知她話外之意，便幸了她。事後巫山女告知懷王，若欲尋己，便前往巫山，早晨是『朝雲』；晚間則是『行雨』。」

巫山雲雨乃神女幻化之自然現象，神女與國君交合乃天地交會，能夠降雨滋潤大地，使物收民豐、國家興盛，此乃社稷大事無涉男女。後人漸將此典故套入男女之事，廣為流傳。古往今來所行之政治聯姻，異曲同功，重點在於「聯」以強大社稷，而非男女小情小愛締結之「姻」。炘麟與弗襄之戀，若是修成正果，其聯的成份與作用實大於姻。但「聯」的同時也可以有美滿的「姻」，端視二人的互動與相處之道。

窗櫺以外葉影迷離，如同給窗子打了馬賽克。月光如水絲絲而柔軟地漏進室內，光暈烘托氛圍令人迷醉。白色床單，似泛起一絲水藍柔色調。他們的居處能夠看見一〇一大樓，是以是個很不錯的黃金地段，亦是弗裏很喜愛的鬧區。

炘麟與弗裏一番耳鬢廝磨，他吻著她光潔柔軟的頸項，採擷她胸前芬芳，探索她私密花園中的幽谷與蜜桃。她低聲吟哦，不住顫抖，如此更加引發他的興致。變換了姿勢，他起身復又伏於她身軀之後，曖昧之際進入，然後盡力地往前攻克。她為他柔情中的霸氣所折服攻陷，於是就此臣伏於他底下。接著兩人再度變換身姿，相擁相吻，專注認真，然後雙雙齊赴巫山雲雨，登仙作樂。

雨露雲鬢以後，前所未有地釋放，同時亦鬆開了彼此。他完事一番處理之後，躺上床鋪趨近她，輕攬著她入懷，然後朝她溫文地微笑。

「妳開心嗎？」

「為什麼這麼問？」她不答反問。

「因為，在乎妳的感覺。」

她緊偎著他，嬌羞柔情地回道：「我的感覺不重要，我在乎的是你的感覺。」

他揚了眉宇，注視著她。

她以食指在他胸口上劃著小圈圈，「這是我身為女友的義務啊，你覺得滿足、滿意了，我就覺得滿足滿意。」

「妳只是在盡義務，沒有情愛甜蜜、沒有歡愉共享的感覺嗎？」他不可思議地問。

「會有情感交流，也會覺得甜蜜。但對我而言，盡義務更為重要，這會直接影響到我們的感情。」

「撇開義務，妳從不去感受自己的身體嗎？」

她不解地凝望著他。

「顯然做這件事情，妳的重點只放在男人身上，完全忽視了自己。」

聞言，她無法理解。以自己的軀體來服侍回應他，讓他感到開心滿足，難道是一件錯事？

✦ ✦ ✦

她一番洗沐以後，回到床鋪上偎於他身旁，靠在他的胸膛上。

他輕輕地拍著她的臂膀，但並沒有多說一些什麼。

她抬眼凝睇著他，「我媽跟一些阿姨們，從小到大總是告訴我，要讓男人愛自己，必定要想辦法服侍並且取悅他。」

「為什麼妳只聽長輩們的話，沒有自己的想法？」

「長輩就是長輩，她們的話不會錯的，總是為我好。」

「為妳好的話不見得是對的。所以不論是非對錯，妳根本是服膺階級。」

聞言，她有些疑惑不解地注視著他。

他繼而又道：「取悅我，盡所謂的義務。妳從不曾想過自己是否開心。」

「跟你在一起，我很開心啊。」

「我所謂的開心，是指妳享受過身體所帶給妳的歡愉嗎，妳喜歡親熱這件事情嗎？」

「我沒想那麼多。」

「如果妳病了，我還強要，那妳給嗎？」

她肯定地點點頭，毫不遲疑。

他有些受不了，輕輕地推開她，沉默地背對著她，拉被覆上自己以入睡。

見狀，她有些懵了。是她說錯或做錯了什麼嗎？

7.

十歲那年，小弗裹覺察到家裡開始會有許多她所不認識的阿姨們受母親邀約，前來家裡享用下午茶，同時母親亦會克盡家主之誼，邀請所有女士們參觀屬於她的歌德式城堡。這座城堡於母親而言，不僅是日常所居之處，更是優雅高尚與驕傲的象徵，因此絕不容許有任何人對裡頭的一切有任何質疑、挑釁或者是污衊。但所謂的下午茶，其實只是在頂樓小房間裡所進行的一個小聚會罷了，只知是敘舊或是談論近況的模式，並不清楚聚會的真正目的或者是主題。幫傭阿姨每週六下午，總會備好所有午茶的餐點，以及女士們所欲使用的骨瓷杯具、餐盤，然後由這些女士們親自地將茶點、茶湯以及杯具組給端進小房間裡去，因此連女傭也不曾進去過那間密而不宣的小房間。

俟所有女士入內以後，母親便吩咐好女傭照顧妥弗裹。同時，她亦會對小弗裹說道：「親愛的，媽咪要與阿姨們下午茶了，沒有媽咪的允許，不可以進來。知道嗎？」

「我也想要下午茶……」小弗裹回道。

「讓幫傭阿姨給妳準備茶點，在飯廳裡吃。妳乖啊。」語畢，母親便端著優雅的架子，端莊而身姿款款地步入了小房間，將門給闔上。

注視著緊閉的小房間之門，那個父親死在裡頭血腥驚悚而又恐怖駭異的惡夢畫面，復又倏地竄入自己腦海裡。小弗襄驚嚇得趕緊跑離開頂樓的那個小房間，接之神色倉皇地下樓去了。

見狀，女傭覺得很是奇怪，但小弗襄畢竟是小主人，自己似乎也不方便過問些什麼，便尾隨在她身後跟著下樓去了。

8.

陽光透過窗櫺與紗簾斜射入內，簾子過篩以後的光線顯得十分柔和，摩挲著弗襄的臉龐，讓她充滿了好氣色。

視線一挪，能夠看見牆上掛著一幅一〇一大樓的攝影作品，那是弗襄的得意之作，她認為自己將一〇一大樓與太陽重疊的畫面捕捉下來，拍得很是美麗，構圖、色彩、光影、創意，都很不錯。

熱壓土司機裡的奶油與雞蛋，因熱能而發出滋滋且療癒的煎食聲響，一旁的咖啡機也正輕輕地咕噥著。炘麟與弗襄邊享用早餐邊看著電視機裡的晨間新聞；那新聞所播報的是一對顏值藝人的世紀迷炫婚禮。

弗襄微笑地說道：「好棒的婚禮，女人一生一世的夢想。」

「那婚禮恐怕是大手筆。」
「能有這樣手筆的男人，才是條件好的男人。」她十分肯定地說道。
聞言，他揚了揚眉宇，注視著她。「有錢就代表條件好？」
「是啊。看看我媽，雖然寡居又帶著我，可是我父親留下一大筆遺產給了媽媽，讓媽媽跟我往後衣食無缺。這樣的條件難道不好嗎？」
「一個男人的人品優劣或條件好壞，除了以財富來衡量之外就再也沒有別的了？」
「不是這樣嗎？」她似乎非常理所當然地回應。
「那我呢？如果給不起藝人般的婚禮，我其他的優點是不是就全被妳給抹滅了？」
她遲疑了幾秒鐘以後，覥笑道：「不、不會啊，當然不是。」
「妳猶豫了。」
「你……，生氣了？」
「衡量一個人的好壞不能單憑財富多寡或社經地位等等外表可見的一切，很多事情過猶不及並非好事。」
「那，我還能以什麼來衡量？」
「妳不懂得相處之道嗎？所謂日久見人心。一個人的好壞真假，處久了妳便會明白。」

第四章　木偶美人

9.

正好小弗襄十歲這一年，母親得到「成功女性族群」裡所有女性成員的推崇，獲得了成功女性大獎的最高榮譽。

女傭對小弗襄問道：「知道妳母親為什麼會得大獎嗎？」

小弗襄搖搖頭，一臉懵懂。她不懂大人的世界是如何運作。

女傭似乎與有榮焉，回道：「妳母親之所以能獲獎的原因，主要是因為先生因病離世以後，她將他的產業管理得非常好，對待員工猶如家人一般而且能夠恩威並施，知人善任，給予所有人工作機會，同時照顧好他們的日常生活。」

小弗襄點點頭。

女傭復又說道：「最難得的是，她非但沒有再婚，竟還能單獨地教養撫育妳這個獨女生，讓妳能夠健康而且快樂地成長。」

獲知得獎以後母親十分欣喜若狂，她聘來最好的服裝設計與裁縫師，為自己添置新裝，為得就是要體體面面地參與這個頒獎典禮。這，是她前半生付出所有辛勤、維持形象、與人保持良好人際互動所得來的一份最高榮耀。

設計師正在大廳裡為母親繪製服裝設計圖，母親稍有不滿便要求重畫。一旁還有一名裁縫師傅正為母親丈量其身量尺寸，並且詳實地記錄下來。

「太太，我重畫過的設計圖。這次的設計是依您所喜歡的胸前平口與合身收束的魚尾裙襬為主。您看看如何？」

史母看了一下，滿意地頷首。「這次的設計圖OK了，我很喜歡。對了，要選用寶藍色絲綢縫製，好襯我的膚色。」

「明白。」設計師註記在設計圖裡，再做了一些細部修改。

「還有，首飾不要太多，著重在耳環就好。」史母叮嚀。

「沒問題，項鍊的話選擇細緻簡單的款式，這樣看起來會比較俐落大方。」

還有美髮師與化妝師，正替弗襄的母親設計髮型與造型。她們仔仔細細、戰戰兢兢，唯恐女主人稍一不滿便會丟失了這個極好的工作機會。這個工作機會之於這些設計師們如此重要的原因乃在於，不僅會獲得豐碩薪酬，且還能讓自己的作品於成功女性大獎的頒獎典禮上曝光，等於是免費又絕佳的廣告機會。

小弗襄在母親身旁看著所有人進進出出，忙裡忙外，簡直目不暇給。在她小小心目中這才清楚地瞭解到：原來，維持完美淑女優雅高尚形象、壓抑最原始的自己笑臉迎人維持一派和諧，努力念書求取好成績，且積累職場上的能力，盡力遵守所有成功女性的規範，符合大眾期待，如此才能擁有所有人的尊崇與讚賞，進而有機會能夠榮膺大獎。因此，母親不只是一名女強人，更是所謂「強女人」；也就是能夠維持自身形象、符合期待、同時亦能兼顧家庭與事業，尚且能夠八面玲瓏、長袖善舞的優秀女性。

她開始崇拜母親了，因此以母親為自己學習的典範，亦要朝著母親的方向與腳步，認真努力地向前邁進。

10.

情人節，炘麟規劃了一個美好浪漫夜晚，攜弗襄一同駕車上山觀星賞月、聽風覺雲，並且在回到下榻飯店以後準備共洗一個很是舒服的溫泉鴛鴦浴。

澡池裡，他為她揉背，她閉起雙眼享受著他所給予的情調服務。稍後，他將她的身子給轉過來，讓她面對著自己，隨後湊上自己的雙脣。兩人四脣相貼蜜蜜舔舐，曖曖秋波卻是情慾高漲。他情不自禁地愛撫她賽雪雙乳，不大不小的34D足以令他亢奮堅挺，進而手心在她毫無贅肉的肚腹肌膚上恣意地滑行，滑至深處時始探索著她的私密禁地，在水裡與她親蜜無間地交纏起來。她身處在他胯下，雙手緊抱著他滿是水珠的背脊，纖細指尖留下微微抓痕，並承受著他一逕攻克而來的雄偉，以及一波波剛柔並濟的佔領，同時亦竭盡所能地包覆著他，為得是欲令他自此而得到快樂與滿足……

完事以後，他穿上浴袍，亦貼心溫柔地為她穿上，兩人雙雙地走出浴室。

他所訂的這間飯店房擁有很棒的view，能夠看見一〇一大樓。他與她在氛圍浪漫的房裡共品紅酒，一壁賞睹山下萬家燈火。香氛蠟燭與人間燈海相互輝映，襯得夜色十分璀璨，同時亦簇擁著他們，並將其臉龐映照得點點星耀，很是美麗。

她放下手中高腳杯，偎於他懷裡頭問道：「什麼時候，你要摘星給我？」

「嗯？」他不解。

「就，求婚哪。」

「妳想結婚？」

「你不想？」

他笑，「想啊，但我尊重妳。妳的工作能力很強，現在很能夠發揮，所以，不想再多工作幾年嗎？」

「有你在，我便可以安心洗手做羹湯了。」

「妳對職場毫不留戀？我倒替妳覺得可惜。」

「能夠佈置一個溫暖的家，生幾個孩子，在家相夫教子，這比職場更重要。等孩子大了，再『復出』職場也不遲呀。」

「這是妳的想法？」他問。

她笑點頭，「嗯。反正一切以你為主，看婚事要如何操辦、房子想買在哪、生幾個孩子、要不要留在職場，都聽你的。」

「都聽我的，那妳自己心裡的聲音呢？」

「心裡要有什麼聲音嗎？你是我的天，當然聽你的呀。」

「所以，妳根本沒有自己的想法？」

她復又笑了，「你的想法，就是我的想法呀。」

「那妳想要的世紀婚禮呢？」

「我知道，不可能每個女人都能擁有那樣的婚禮。但以你的條件來說，就算沒有世紀婚禮，也一定能有一個大排場而且像樣的浪漫婚禮，你肯定不會委屈我的。總之，一切都交由你去安排。如此，夫復何求？」

聞言，他笑不出來了。第一次他覺得有一個女人什麼都聽他的，而他卻絲毫開心不起來。他想要的是能夠廝守終身，心靈相犀，有共同話題，相似的興趣嗜好，彼此夢想中皆有對方，卻仍能夠獨立，有自己思維的一個心靈伴侶，而非事事皆聽從他安排，僅能替他生兒育女、照顧持家，以犧牲奉獻為最高目標的高級女傭。

忽然，他覺得眼前的她，倒讓自己有些卻步遲疑了。

11.

小弗襄站在旋轉樓梯底下，見母親身著一襲如月光仙子般薄如蟬翼的薄紗長衫，緩緩地攀上梯子，往頂樓的方向而去。站在底下的小弗襄，覺得此時此刻的母親宛若仙女下凡，是如此典雅、美麗、端莊而又迷人。她循著母親上攀的腳步來到頂樓，遠遠地見她推門走進小房間，然後關上房門。
愈是靠近，愈是想起母親以前的叮嚀：「弗襄乖，頂樓的小房間沒我的允許，妳絕對不可以靠近或者是進去喔。知道嗎？」
「為什麼？」
「媽咪說過，那裡面有重要的物件啊。」
「我是媽咪的女兒，又不是小偷，不會偷走重要物件啊。」
母親耐著性子，微笑地對她說道：「但妳是小女孩呀，迷迷糊糊，分不清楚什麼東西可以玩什麼東西不可以，容易將重要物件弄丟了呀。」
「喔。」
母親的叮嚀猶如緊箍咒，一旦靠近了小房間，她腦袋裡似乎便響起了巨大聲響，猶似拉警報。但她一直都不明白，為何不被允許靠近那個小房間，她其實很想知道關於那小房間裡，究竟有著什麼不可告人的祕密，何以竟會令母親如此小心翼翼，甚至是神神祕祕。
正當她一步步趨近的同時，小房間裡傳出了母親令人感到驚恐的號叫聲……
這號叫聲觸發了她恐懼的警鈴，她腦海裡復又嵌入了時常夜襲的惡夢：父親被戕害於小房間之中，滿室血腥、鮮血淋漓、父親的筋骨皆被磔斷，幾近身首異處。終於忍不住心中惶惑憂懼，她以高八度的聲音大喊：「啊——」這慘烈的嘶吼在孤絕冷清的林園裡頭聽來，可謂十分淒厲驚悚。
沒一會兒母親便慌忙失措地開了門，朝她走來，驟然又令她猝不及防地掌摑了一耳刮子。她驚懼而又無可置信地注視著母親，無法言語。

母親對她吼道：「我說過沒我的允許，不能靠近頂樓小房間，妳為什麼不聽話？」

她無法反應，只是放聲地大哭，將所有恐懼與委屈全然一傾而出。

那天晚上，母親十分生氣。母親坐於一桌子佳餚面前，而弗襄則是委屈地掉著眼淚，站立於她眼前。

「知不知道妳做錯了什麼？」

小弗襄噙著淚水，點頭。

「別只是點頭。說！妳做錯了什麼？」母親再一次地喝斥咆哮。

「靠近頂樓小房間。」

「媽咪是不是告誡過妳，不准靠近？」

小弗襄邊落淚邊頷首。

「那妳為什麼這麼不聽話？」

小弗襄沒有言語，只是緊咬著下脣，任由淚水佔據臉龐。濕漉漉的一張小臉蛋好似一顆潑了水珠的紅蘋果。

「今天晚上妳不准吃飯，到大門口去罰站。」

一旁女傭出聲，試圖緩頰。「太太，弗襄只是個孩子……」

「閉嘴！不然連妳也一塊罰站。」

女傭於是不再多說，倖倖然又悄悄地離開，往廚房方向走去。

母親厲眼一瞧，弗襄立即轉身走到大門口去，於月光底下默默地罰站。

這是頭一回，母親完全失控，既沒有慈母臉孔，亦無溫柔淑女形象。她心想，究竟有什麼天大的事情，能讓一向莊重自持的母親如此失控？這並不符合成功女性族群的規範守則呀。

母親變了，肯定有著自私且醜陋的祕密。這聲音在小弗襄心底不停地縈迴繚繞，揮之不去。

弗襄站累了也餓昏了，管不了母親的責罰，便坐於兩扇雕花大門前的愛奧尼克式羅馬柱子旁，並將身子斜靠於其上休憩。

忽然，兩扇門之間漏出了金黃色光線，光線由細條擴展為面狀。門被打開了。女傭輕輕地來到弗襄身邊，搖搖她的肩膀。

「弗襄，快午夜十二點了，進去吃東西洗澡吧。」

弗襄睜開雙眼，那雙眼睛在月光底下泛著墨藍光，水水的很是憂鬱又很是無辜。她以眼神詢問「真的可以嗎」？

女傭朝她點點頭，將她扶起身來，一大一小相偕的身影，走進那扇如同聖殿般高雅且神聖不可侵犯的大門裡去。

弗襄坐於偌大鋪著白色桌巾的餐桌前，面前置放了一盆姿態迷人的玫瑰花束，層次分明地朝四周伸展著她們的典麗身姿，撩人魅惑。

女傭給弗襄送上一碗玉米酥皮濃湯、烤馬鈴薯培根以及一份沙拉麵包。

弗襄取來麵包，撥著一小口一小口地吃起來，邊吃邊喝碗裡的濃湯。她真的餓慘餓慌了。

女傭坐於她身旁，溫柔地說道：「如果不夠，還有喔。站在外面吹風，這麼久沒吃東西，肯定餓壞了。」

「夠了，吃不了這麼多。」

「好，那妳慢慢吃，阿姨在這裡陪著妳。」

寬敞華麗的飯廳裡，除了窗邊偶入的風聲以外，可謂一片靜得出奇。一女一傭兩個落寞的背影獃在那兒，宛如點綴。斜欹於地面上的兩隻黑影子卻彷彿愈來愈大，愈來愈高。

浴室裡，女傭給放好了洗澡水，並為弗襄取來換穿衣物置於一旁櫃子上，然後退了出去。

小弗襄褪去身上的衣物，蹲進浴缸裡。宛若躲進水裡，哭一哭，委屈便能盡數洗落散去。

夜，在委屈小女孩的身旁，不聲不響地踰越而去。

第五章　不可告人

12.

視線自牆上那幅弗襄所攝一〇一大樓的攝影作品拉開，帶到一旁坐於餐桌旁的炘麟。

早餐時間，弗襄沖泡好兩杯咖啡，兌入了一點鮮奶，再加一丁點蜜糖，接著以熱壓土司機將土司、起士、培根、雞蛋、番茄與小黃瓜絲一番熱烤。等待熱烤的時間裡，她行至一旁冰箱打開，將一份楓糖布丁乳酪蛋糕端出來，然後放在餐桌上。那鵝黃色Q軟而吹彈可破的糕體與褐色楓糖布丁的層次分明，確實勾人食慾。

炘麟見狀，眼睛一亮。「妳買的？」

她笑搖頭，「我昨晚做的。趁你睡著的時候做的，想說今早給你驚喜。」

「有熱壓土司啊，何必這麼辛苦？」

「想給你不同的選擇囉。」她坐了下來，以刀子將蛋糕劃了一小塊放進白瓷盤裡，然後動作優雅地推至他眼前。

他以小湯匙挖了一口品嚐，感受美味。「口感綿密，味道拿捏得恰如其分。」

「你能喜歡，再辛苦也值得。」

「那妳呢？妳也可以為自己做些愛吃的料理呀。」

她莞爾，「女人哪，結婚前一心一意為得都是男朋友；結婚後一心一意為得都是兒女還有家庭。」
「我不希望妳如此，何必為了家庭老公小孩而如此委屈自己呢？」
「我認識一位女性長輩，她就是這樣，因為是家庭主婦所以整天想的都是老公小孩吃飽了沒、渴了嗎、有沒有穿暖、上班上學該帶的東西帶了沒。」
「我猜，她肯定變成一個胖大媽了。對嗎？」他問。
「你怎麼知道？」
「因為老公小孩不吃的東西，全到她胃裡了。她肯定不捨得花錢美容保養健身，因為要將錢省下來給孩子念書用，甚至是出國深造。」
她驚訝於他如此神準，「真的，是這樣沒錯。」
「如果有天我們結婚了，妳也會學這位女性長輩做一樣的事情嗎？」
「當然。為家庭犧牲奉獻是天經地義的事情。」
「即使容貌變醜、體態走山、離開職場變成一個管家婆？」
她點頭，「嗯，不就是好太太、好媽媽該有的形象嗎？」她笑了，「但你放心，顧及你的感受，我會儘可能保持好體態。」
「但我期望的妻子，不是這種傳統思維、保守形象的女人。」
「什麼意思？不懂。」
「弗襄，妳真是一個活在二十一世紀的古典女性。」
「我這樣，你不開心嗎？」

「不是不開心，而是不樂見，不期待。」

「那，我該怎麼做？」她問。

「如果今天早上，妳不必上班，也不用替我準備早餐，那麼，妳想做什麼呢？」

她側頭想了想，回道：「我想先去吃一頓高級早餐，敞徉在輕盈的古典輕音樂裡，吃完早餐以後去做臉，再去逛街shopping，最後去看場電影。」

「好，就照著妳方才所說的行程，去走一遍。不要管我，也不必理會工作上的事情，今天我准妳放一天假。妳今天所要學習的功課就是——做自己。」

說完，他不再理會她，而是逕自地吃著自己的早餐。

而她，一臉若有所思，那恬靜的臉上宛若太平昇華，歲月靜好。一會兒以後她回房換了套端莊美麗的洋裝，揹起包包，亮麗地出門去了。

她果真去吃了一份豐盛而高級的早餐，那餐廳播放著古典輕音樂甚是令人迷醉。接著她去做臉，享受了一個高級精緻而令人感到舒服的服務。然後去逛街，買了一堆衣服鞋子，最後則是去看了場虐心令人泫淚的愛情電影。

晚間，回到家裡，弗襄又再次地忙於料理晚餐，從貴公主回到廚娘身分。但炘麟陷入工作忙亂之中，一直到晚上九點鐘才抵達家門。他打開大門，見弗襄正守著小燈以等候自己。

她起身，行至他身旁接過他的公事包。溫柔地說道：「忙一整天，累了吧？吃了嗎？」

他搖頭。

「那我給你熱一下晚飯。」說著她正要離去。

他抓住了她的手，問道：「今天去了妳早上所說的那些地方了嗎？」

「嗯，依你吩咐，行程全走完一遍。」

「那，妳開心嗎？」

她點頭，「很開心。」

「所以，這樣很好呀。女人，有時候也得適時對自己好些。」

「可是，雖然開心卻總有點罪惡感。」

「為什麼？」他問。

「女人該把男人侍候好，把家庭照顧好，這麼一整天都顧著自己玩耍，很說不過去。」

「讓妳出去放鬆自己，妳只有這點感受？」他放棄，也沒有力氣了。累了一天不再多說，便逕自地走進房裡去。

聞言見狀，她有些懵懂，不知所措。

13.

從十歲那年開始，母親經常與一些女性密友於頂樓小房間裡聚會喝下午茶，迄今已有五年。這五年以來，小弗襄已成長為一名娉婷玉立，嬝嬝娜娜，及笄年華的少女了，但她從未曾與母親以及其女性密友一起喝過下午茶，因此小房間裡的一切愈發使得她感到好奇，意欲窺探。

是日，數名女性長輩華麗衣著打扮以後來到家中，她們自大門口進入，由史家母親領著一個接著一個地上樓而去。母親又與女性長輩們在小房間裡頭聚會了，因此送完骨瓷茶餐具與點心以後，家裡的女傭連同弗襄皆不可以靠近。這似乎已成為一種史家的不明文，各自心照不宣的家庭規矩。

弗襄在自己房裡頭踅步，她心底有一種煎熬難以自持的感受。十五歲了，她不再是小女孩，不論母親有什麼難言之隱又或者是心底祕密，都應該要試著讓她知道甚至是瞭解才對。母女之間，為何總還隔著一道心牆？於是，她深吸了口氣以後下定決心，要立即衝上頂樓小房間，去看看母親與那些阿姨們正在做些什麼。

她拾階而上，一邊深呼吸，一邊步步地靠近頂樓小房間。踩著最後一個步伐，她終於站在了小房間門前。她復又深吸了口氣，然後驟然且用力地推開房門入內——

只見母親與所有女性長輩們皆睜大雙眼盯著自己瞧，那些盯著自己的阿姨們，皆是成功女性族群的成員，她們正聚攏圍坐於圓桌周邊，桌案上則置放了一尊古希臘神話裡的天后——希拉女神的雕塑；其所掌管的是婦女、婚姻、生育以及繼承的女神。

見狀，母親怒不可遏地起身，將弗襄一把拽拖下樓來到她的房間，將她像扔垃圾一樣地扔在了地上。她猝不及防，無法站穩而跌坐在地。

「為什麼這麼不聽話？忘記小時候我告誡妳的話了嗎？」

弗襄哭著回道：「我沒忘。媽，我是您的女兒，但為什麼我總覺得我們隔著一道心牆，彼此疏離？有什麼事情不能告訴我嗎？」

「沒什麼事情，就只是不准妳靠近甚至是進去那個房間而已。」

「那為什麼那些阿姨們就可以進去？」

「妳少廢話！」

她爬著來到母親面前，抱著母親的腳踝仰著臉哭道：「媽，是不是您有什麼祕密？」

她不可思議地注視著女兒，「我能有什麼祕密？妳不要瞎猜了。」

「我沒有瞎猜，您肯定有什麼不可告人的祕密……」

母親急忙掙脫女兒的束縛，吼道：「妳閉嘴——」然後便端著高姿態，揚長離去，將房門砰一聲給關上，鎖上。

這是第二次母親如此失控。每一次母親的失控，皆與弗襄闖進或靠近頂樓小房間有所關聯。弗襄心裡覺得十分傷心委屈，但同時亦有一隻「狐疑好奇」的小野獸在心裡頭逐漸地成長茁壯，以她小我之力實已無法箝制牠的恣意生長了。她清楚地知道，這小房間絕不是如她所見，僅一群女性長輩們聚會品飲下午茶的歡樂場景這麼簡單而已，肯定還有什麼她所不知情的其它事情正在發生。她告訴自己，定要想方設法地給弄清楚真相不可。

傍晚時分，史家哥德式房屋內的燈盞依次亮起，宛若星點，屋外林園亦然。弗襄待在自己華麗洛可可風格的房裡，被鎖著無法外出。

她來到窗畔，倚窗趴於窗臺上，此時見母親已領著那一小群女性長輩們出了大門，穿過小花園經過了小噴水池，行至林園的鑄鐵大門前，正在話別。母親以主人之姿親向她們行禮，目送著所有阿姨們一一地上車離去。

她的眼眸深如潭水，亮攸攸的，正注視著她們，同時亦思考著一些事情。

14.

弗襄三十一歲生日到了，但她與炘麟並未選擇燈光美、氣氛佳的餐館用餐，而是於宅中陽臺陳列了一張小桌案，其上置有許多香氛蠟燭、蛋糕、甜點、兩只高腳杯以及一瓶陳年紅酒。此外，陽臺尚且佈置了許多綠色盆栽與金黃色清光跑馬燈，比之餐館，其二人不受打擾的浪漫世界顯然更勝一籌。

兩人對坐，他貼心地將生日蛋糕上的蠟燭給點燃，然後對她說道：「閉上雙眼，許三個生日願望吧。」

「不用許願了，我的願望已經達成。」

聞言他感到訝異，以眼神詢問。

她說道：「找一份好工作、擁有一個好男人。」

「只有兩個？」

「嗯。」

他想了想，說道：「那不如，說說妳的夢想吧。」
她燦出一抹微笑，「想在異國開一家有我特色的咖啡館，古典的、懷舊的Fu。」
「我完全支持妳追逐夢想。」
「但我放棄了。」她甜蜜地笑著，「等我們結婚以後，我要當一個在家相夫教子的好妻子。」
「不，為什麼要為了丈夫兒女放棄自己的夢想呢？哪怕我不支持妳，妳也可以想辦法在家庭與夢想之間取得平衡。或許辛苦，但人因夢想而偉大，值得一試。」
「但……，為了家庭犧牲奉獻，何錯之有？」
他不認同地說道：「女性是獨立的個體，完全沒有必要為了家庭而犧牲自己。」
「公婆怎可能允許？」
「傳統家庭確實不被允許，這是女性困境，但只要有心還是可以設法溝通的。」
她有些驚奇地注視著眼前的他，若有所思。
他繼而又道：「我的想法很開明，絕對願意支持女性做自己，有自己的工作、事業、社交生活乃至於夢想。二十一世紀的新女性，雖然還是有屬於這世代的困境，但已有更多空間與籌碼，妳可以掙脫過往那些傳統枷鎖。所以弗裏，」他定睛在她臉上，「妳不該躲在傳統制度、文化與禮教的空殼裡，妳要走出去。」
「別的女人見我這樣，不知道會怎麼衡量我、批評我。這不是成功的女人，也不是被眾人所期望的女性形象。」
「最糟的就是女人為難女人。活著，只有自己才是自己的主人，妳的一切旁人無法置喙。明白嗎？」

✦　✦　✦

夜裡，弗襄正在上網，看見天下雜誌的網路報導，關於女權運動家布塔莉雅（Subhadra Butalia）的事跡。據報導指出，她的女性主義思想，主要啟蒙於她的母親薩布哈德拉・布塔莉雅。文章中指道：

因為與祖母同住，許多生活細節仍得遵守傳統男尊女卑的習俗。吃飯時，永遠是父親最先上桌，然後是兩位男孩，再來是女孩、祖母，最後才輪到布塔莉雅的母親。

但她母親絕不會讓自己的女兒餓肚子，「我媽都會教我們如何略施小計騙過祖母，」布塔莉雅大笑說。每天下午，趁祖母午睡時，布哈德拉便要女兒去偷拿鑰匙，打開存放零食、脆餅的箱子，大吃特吃。布哈德拉也堅持，兩個男孩必須分擔家務。

布塔莉雅的父親原本是保守的父權主義者，非常介意兩個女兒都沒有結婚，更是無法忍受親戚和鄰居們的指指點點。但現在的他，卻為這兩個女兒感到驕傲，成了可以相互聊天談心事的好朋友，「一有空他就會跟我們說，『來，跟我喝一杯威士忌吧。』這在一般的印度家庭是很少見的。」布塔莉雅說，「我想這都是我母親的功勞。」

對於布塔莉雅來說，身為女權運動家，她的目標很單純，「每個人有尊嚴地活著，這也是我對於『女性主義』的定義。女性主義不只是為了女性，也不是為了對抗男性。無論你來自哪裡，你的身分是什麼，每一個人都應該過著有尊嚴的生活，這才是我們最重要的目標。」[1]

1 吳凱琳，〈印度女權運動家布塔莉雅：女權主義運動不是為了對抗男性〉，《天下雜誌》（2018/04/09），https://www.cw.com.tw/article/5089133瀏覽日期2021年06月20日。

第六章　破繭之始

15.

思緒跳回炘麟宅主臥房，僅餘弗襄一人獨處。此時，她似乎逐漸地明白何以炘麟會如此絕決地想要分手。原來兩人間的想法是如此天壤之別，根本是相異平行而毫無交集的兩個世界。經由回憶過往相處的點滴，她才終於恍然。但是，她不知道自己究竟該怎麼做，才能挽回那曾屬於自己的男人。

弗襄很是沮喪，因而整頓自己的行李，離開了炘麟的住處，回到那座僅屬於母親的歌德式城堡，那個她從小所賴以生活成長稱之為「家」的建築物。

她推開大門，屋子裡沒有任何一個人，甚至連幫傭阿姨也不在。她左邊看了看大廳；右邊復又瞧了瞧書房，再前行來到設備先進齊全的廚房、飯廳……等處，除了華麗陳設氛圍以外，一點屬於人的溫度也沒有。她足蹬十公分高的亮黑高跟鞋，卻儘可能躡手躡足悄悄地踩上那座通往頂樓的旋轉樓梯，一步步地拾級上攀。

上樓以後行至頂樓小房間的前方，她站定，注視著那扇房門，此時再也沒有兒時惡夢的箝制與羈絆。一聲聲的浪吟嬌喘，如同被擴音器給放大了一樣傳了出來，頗為令人感到驚疑與不可思議。終於，她以雙手緩緩地推開大門，豈料……，卻見母親裸裎著歲月遺忘未曾刻劃蒼老痕跡的胴體；一名五十幾歲的女人卻凍齡宛如三十歲少婦，與一名身材精實膚色麥芽的年輕男子，雙雙臥躺沙發上彼此繾綣纏綿，且四足交纏。他們倆忘情地親熱，母親立時變換了姿勢，坐於男人的胯部，扭動著若蛇一般的腰臀，享受著不臊人的魚水之歡。此時此刻弗襄瞠目結舌，無可置信，完全不知道該作何反應。

纏綿中的母親，似乎意識到有人入內，於是動作的同時抬眼望去，見是女兒站立一旁，驚得她宛如一株驚縮中的含羞草般，即刻自那男人胯部起身站了起來。那名碩壯男人見是弗襄，有些驚愕，便趕緊取來一旁的衣褲有些失措驚慌地邊遮掩邊穿上。

男人注視著弗襄的母親，母親眼神示意男人先行離去，於是男人乖乖地依著指示而行。待他離去以後，母親將被單給拉上，圍裹著自己瑩肌賽雪的身體，行至弗襄身旁輕聲地說道：「弗襄，聽我說……」

弗襄笑了，笑的眼裡藏有淚珠。「您覺得，我該相信眼之所見，還是耳之所聞？」

母親不知該如何回應，僅是尷尬地立於她眼前。

「為什麼不讓我知道？」她問得理所當然，理直氣壯。

「該讓妳知道嗎？」母親失笑，「妳怎麼看，覺得媽咪是個不守婦道又淫穢的女人？」

弗襄沉思片刻，回道：「是，若是以我從小所受的教育觀念來看，媽的行為既不守婦道又淫穢。您是我的母親，是爸的妻子，是眾女性的楷模，您不可以做出這樣的事情來。但若以炘麟的角度來看，他會支持您，既然丈夫已經離世，那麼逝者已矣來日可追，當然能夠追尋自己所愛，做自己。」

「弗襄，我一點也不想成為妳們口中所說的那種成功又完美的女性典型，我有情我有慾，我有思想，我有追求，我有夢，不單是一個會呼吸有心跳的軀體。我恨，恨妳爸早逝，不得已讓我必須變成一個在他人眼中全然完美而又能幹的女人。妳可知道，完美的女人有多麼不好當？」

「所以從小所教我的一切，都是謊言，是虛偽的？」

母親的淚落了下來，「是，這世界有很多事情本來就是假的，沒有人能真正做到完美，我們都不是聖女，不是神。」

弗襄不再多言，而是轉身失笑地走出小房間。

母親裹著被單追了出來，喊道：「弗襄，求妳，不要告訴任何人好嗎？這是媽這輩子頭一次求妳——」

弗襄沒有回頭，僅冷語回道：「我知道分寸。」此時母親的完美形象在她心中已然澈底破滅。她踩著心碎的步伐離開，沿著階梯下樓而去。

母親未再言語，僅是如珠簾般的淚滴垂掛臉龐。此刻她腦海裡所浮現的盡是過往所有一切：小弗襄生病，她獨自一人攜女兒前往醫院，夜裡辛苦地照顧著她。

自己初管理丈夫公司時，許多不願聽從她指揮安排的資深主管在她面前抗議爭鬧，咆嘯辱罵。

史家所經營的是連瑣咖啡館，但所走的路線並非星巴克那種簡約美式格調，而是比較富麗典雅的風格，如同匈牙利布達佩斯的紐約咖啡館（Café New York）一樣。紐約咖啡館是旅遊網站所票選出來世界最美咖啡館的第一名，創始於一八九四年，迄今已有一二〇幾年的歷史了。整體建物，依文藝復興時期的風格所建，內部陳設典雅華貴，富麗堂皇，以咖啡館等級來說，絕對是高級的水準與享受。其消費價格比一般的咖啡館要稍貴一點，但一般普羅大眾是絕對消費得起的。一如紐約咖啡館曾是電影《紅雀》（*Red Sparrow*）女主角珍妮佛勞倫斯某一場戲的取景之處，史家的「朵茉咖啡館」為打響知名度，也曾幾度提供咖啡館做為某些電影與戲劇的拍攝場景，因此慕名前來朝聖者非常多。免費提供場地作為劇組拍戲所用，是弗襄的母親接手經營以後所做的一項重要決策。

在此之後，所有史家的朵茉咖啡館皆採如是作法，同時亦將店內裝潢成為極富古老典雅的藝術風格，置身其中會有一種濃厚優美的歷史感。尤其部分門店的咖啡座，位於廣場絕佳視角，因此若喜愛邊品嚐美味邊賞景的消費者，在朵茉咖啡館絕對可以滿足於那種嚮往露天悠閒，時光靜止的美好感受。在點心上，他們仿西班牙塞維亞市區拉坎帕納廣場（La Campana）的一家甜品店Confitería La Campana，有兩款非常經典的點心，其一是Torrijas，也就是牛奶肉桂香炸麵包，是一種對應節慶的精緻點心，做法是將麵包浸於牛奶、肉桂以及酒裡頭，然後置入油鍋之中油炸，起鍋以後再淋上滿滿的蜂蜜與糖粉，口感綿軟味道甜蜜，重度嗜甜者絕對會不由自主地愛上它。另一款則是Pestiño，類似於臺灣的麻花捲酥，想當然耳一定是酥脆爽口的口感，絕對是一款不可錯過的魔鬼小點心，這同時也是朵茉咖啡館的招牌甜點。除了甜品以外，亦提供各種迷你三明治、餅乾、酥皮糕點、松露、冷盤、奶油以及沙拉等美味點心。為擴大服務，他們尚提供了各種類型活動的雞尾酒、午餐以及晚宴服務。

弗襄因曾於歐洲留學過，很喜愛歐洲的咖啡館文化及美學。在她學成歸國以後，曾於史家的朵茉咖啡館總公司工作過一段時間，協助史母公司方面的營運與管理。她工作期間，曾建議母親開一家朵茉旗艦店。

「而且我建議，可以將義大利知名的咖啡館品牌Caffè Florian搬到我們的城市，不是完全複製，而是擷取它的精華做成朵茉的特色。」

史母問道：「為什麼妳會推薦Caffé Florian呢？」

「那是因為，它被稱之為『全世界最美麗的咖啡館』。」

「那不是跟紐約咖啡館一樣嗎？」

「不同，紐約咖啡館是網路票選的，Caffé Florian則是擁有這樣的美稱。」

「為什麼會有如此高的讚譽呢？」

弗襄解釋道：「如果親自去一趟福里安，就會明白它內部的每一個設計與擺飾，都有獨屬於福里安的美學概念，更能夠清楚為什麼許多西方名人諸如香奈兒小姐、伊莉莎白女王、海明威等，會如此喜愛這個品牌咖啡館的真正原因了。」

「喔，真這麼棒？」

「我舉百貨公司所進駐的Caffé Florian來說明，裡面的裝潢佈置是由Gloria De Ruggiero所親自設計的，是仿威尼斯本店的設計形式，將義式與東方元素做一完美結合，這非常重要。除了有許多藝術品擺設以外，還融進了『龍騰雲端』圖騰作為它牆面的花色，而且以銀製托盤為顧客們上菜服務，真正做到了令食客們擁有最高級而華麗的貴族享受。」

史母點頭。

「另外，也提供了三百年義式古法的手沖咖啡——古銅金濾杯咖啡，絕對可以滿足消費者對於視覺美學與味覺哲學享受的高要求。不只如此，在Caffé Florian除了咖啡與早午餐義式餐點的享用以外，還販售從義大利威尼斯所空運來臺的名牌茶、咖啡、手工藝品等，不論自用或者送禮都很合適。當然，最主要的，就是英式下午茶的提供，也就是說不用花大錢飛到威尼斯，就能享受如此美好高尚的下午茶規格。」

史母做了決定，「這樣吧，下週請各級主管到會議室針對這個case開個會，妳預先將構思做成企劃案，發給各級主管看看。如果開會以後大家贊成，那我們就著手進行這個案子。」

「好，沒問題。」

這個案子得到各級主管的肯定以後，史母決心設置一家同等級同規模的旗鑑店，並且交由弗襄親手執行。完成這家店的設置與開幕以後，得到了非常好的成績。可就在此時，弗襄向母親遞出了辭呈。

「妳所主導的案子很成功，大家都很看好妳，為什麼要辭職呢？」

「媽，這是史家的王國，我是史家的女兒，本來就擁有多一點資源。但，我想證明自己的實力，即使離開史家王國的範圍，也能有所發揮，進而被其他人肯定。」

史母很是欣慰，笑道：「妳能這樣想，我很高興。去吧，到外面多歷練歷練也好。史家的事業早晚也是妳來接手，所以到外面的世界多學學看看，對妳而言非常重要。」

史家公司營運上了軌道以後，史母獲得眾人認同的同時雖覺欣喜，卻無任何一個相濡以沫，彼此夢想裡皆有彼此的良人可以共享所有一切，這種感覺自是高處不勝寒，既孤獨又落寞。

獨守空閨，風雨雷電驟至而害怕驚懼的無數個夜晚，無人可依偎傾訴進而可依靠的寥落。黑夜於她而言，宛若緊纏著軀體而無法逃離的一張可怖的網。

所有女性密友要她咬牙苦撐，自此斷情絕愛；嚴守住丈夫的產業並將之發揚光大；帶給所有員工幸福未來；含莘茹苦將女兒帶大……等諄諄告誡。

歷經了旁人所無法體會，喪夫育女、孤寂寥落，以及撐起夫家產業半邊天的痛苦。接著，身旁所有人尤其是女性友人的雜音如雷聲一般大，不停地告誡她該如何走人生的路、該如何展現一名堅毅女性的韌性。為了臻至成功，她接收那些規勸告誡的雜音，而從未有過一刻是聽從自己內在的聲音「做自己」。這麼多年以來完全違逆了自己的意願、壓抑所有內在一切，因應不同場景而戴上迥異的華麗巴洛克面具，為得只是維持一個淑女、典雅、高尚、貞德、好妻子、好母親、好女人的完美女性形象。即使丈夫因病驟逝早已離開了她，她亦堅定著信念，定要與女兒維持著外人看來是「母女親和」歲月靜好的幸福樣貌。她早已變成一個，活在城市裡的四不像怪物，除了依循所有人的期望前進以外，幾乎沒有屬於自己的人生目標與夢想。眼見著這四不像的思維，似乎透過世代的教養傳承，而深入到女兒弗襄的血液裡。悲劇彷彿早已透過如是複製過程而不斷不停地輪迴重覆，若一條蜿蜒的小河般往前流去而毫無盡頭……

16.

弗襄沒有地方可以去了，她找了家星級飯店，住了進去。

客房裡，她點了高級的餐點與葡萄酒，一個人悶悶地獨飲，一壁淌著淚珠。想起母親偷情的剎那、憶及炘麟絕決分手的請求，使得她從小到大所信仰的真理，傾刻間猝不及防地全崩潰了。一時之間，她很是難以接受。

多年來為了外在期望，為了符合形式，她做盡了群組裡那些女人所要她做的許多愚蠢的事情，最後才發現連自己的母親也做不到，她只是戴著華麗的面具、穿上綺麗的袍子在眾人面前演戲，一併自欺欺人罷了。更令弗襄感到悲哀的是，一向自我感覺良好、自認為優越且優雅高尚的自己，竟連一個男人的心也抓不住。原來，飄逸美麗的長髮並不能夠綰君心，那只是多數人們世代相傳的一個刻板觀念罷了，根本就不是真實的。

渾渾噩噩地待在飯店足足一個月，刻意地放逐自己的心，將一切都擺爛。但一個月的時間到底是太久了，她意識到自己不能再這麼繼續地頹廢下去，該為自己做點什麼，該有一些什麼作為才是。

她一番打扮，漫無目的地逛街。正在百貨公司某女性衣飾專櫃前瀏覽時，竟不意見到昔日的大學同學向知心。

她上前拍了知心的肩膀一下，笑。「沒想到在這兒遇見妳。」

知心轉過臉來，見是弗襄，倒有些意外。「是啊，真巧。」

「趕時間嗎？若不趕的話一起喝杯咖啡好嗎？」

「好啊。」知心回應。

於是兩女來到百貨公司內的福里安花神，知名的義式咖啡館。

入內以後，尋了一個明亮的桌位就座，一旁尚有女性樂師下顎夾著小提琴正忘情地拉奏。臨場感十足的古典樂曲，令兩人皆鬆泛了心情。

兩女喝著咖啡，一開始氣氛有點尷尬。打開話匣子以後，弗襄驚訝地說道：「原來妳要結婚了，是當年那個小妳五歲的大男孩嗎？」

知心點頭，欣喜微笑。

「真替妳感到高興，也恭喜你倆愛情修成正果。」

「謝謝妳。」

「真的很抱歉，當年那樣傷害妳，在妳男友過世的同時，那樣批評妳。」弗襄致歉。

知心笑了笑，「大部分女生都會這樣的反應吧。我一直都說很愛我男朋友，但沒想到他因病過世不久，我就跟了一個小我五歲的小弟弟。」

「妳是怎麼，克服『女大男小』的年齡差距呢？」

「很重要嗎？」知心問道。

「重很要，因為，我想學習。」

知心訝異，「妳交往了比妳年齡還小的男生了嗎？」

「不是。」

「那是……」

「應該是說，我想有所突破；突破傳統思維與框架。」

知心瞭然，笑道：「每個人都是承襲傳統思維與教育，活在刻板既定的框架裡，所以我們每個人生命裡都有許多的老我，沒有任何一個人例外。」

「那，妳怎麼能夠突破『女大男小』的年齡差距呢？」

知心想了想，問道：「妳覺得，『年齡』代表的是什麼，一個人思想的成熟度、人生閱歷、社會歷練、生理的成長與成熟？」

弗襄想了想，「是啊，都是。」

「但，有沒有一種可能，雖然有了足夠年齡，卻很幼稚；又或者很年輕，卻有成熟的老靈魂？」

「有。」

「除此之外，『年齡』還有其他意義嗎？」

弗襄想想，回道：「代表肉體活在世上的一串關於時間的數字。」

「所以這串數字之於肉體有義，之於靈魂則無義。對嗎？」

「是這樣沒錯。」

「所以，」知心笑了，「這就是我突破舊我思維的關鍵點。『年齡』只是一串攸關生理的數字，而這串數字並不能完全代表一個人的成熟與否。一個人是否成熟，應與他的人生閱歷、社會歷練以及家庭教育有著重大關聯。對吧？」

「對，妳說得沒錯。」

「有的男人很在乎年齡，覺得要與自己年紀小的女孩交往，或許是出於『播種』育養下一代的天性，或許是大男人主義有著保護女人的欲望。」

弗襄笑了。

「但若是一對『女大而男小』的戀人，在不知年歲的情形下，彼此和諧相處，性情十分契合，有共同話題，相同夢想，一樣的人生觀價值觀，妳能說他們不合適嗎？」

「嗯，確實不能。」

「但如果有一天，這個男人發現了所愛的女人比自己大了五歲、十歲，就開始挑剔女人諸多不是、種種不妥。妳說，這不是很好笑嗎？究竟是喜歡這女人，還是喜歡女人的年齡？根本上來說，就是知情以後的心魔作祟罷了。之前的契合與美好呢，難道都不作數了嗎？」

「是，」弗襄說道：「妳分析得頗有道理。所謂『心魔』，姑且可以作『舊我』解，也就是過去所承受的許多傳統觀念、古板思維所形成的自我。」

「沒錯。」知心說道：「我們每個人都活在傳統思維與老舊框架裡，那些觀念與框架的構建，為得是讓人們的生命方向有所依循、可以參考，但它們不該是一成不變的。」

「也就是說，如果我們只一味依照那些思維與框架過活，就好比是活死人一樣？」

「是啊，可以這麼說。我們每個人都是自己的主人，過往那些思維與框架只是參考，我們不該複製到自己的人生裡面，而活成了前人的樣式。那樣不是完全失去了自己嗎？」

「對對對，」弗襄恍悟，「失去自己。我明白了，炘麟要我做的是自己，而不是依照前人的樣式活著。」

「對，沒有任何人的活法是放諸四海皆準的。拿我來說，男友離世不久以後接受了一個小我五歲的男人，不是情感衝動，而是經過相處與瞭解以後，很清楚他是對的、適合我的人。我相信男友天上有知，會很開心我沒有因他而沉淪，我的腳步是往前走的而絲毫未曾停滯下來過。」

弗襄握住知心的手，感激的眼神注視著她。「謝謝妳與我分享這些，這太重要了。」

「但要有所突破，會很痛。有時妳會遭受到他人的批評與攻擊，還有反駁與唱衰。」

「對不起，當年我不該那樣說妳。」

知心笑了，「都是這樣子的，女人為難女人；晚輩刁難長輩；長輩為難晚輩。但很多時候想法只要有了突破，那麼行動上的突破便也不難了。」

「嗯，人活著，要快意，要酣暢淋漓，一昧在意他人的想法與眼光，注定只能痛苦一輩子。但我記得，一開始妳也是瞞著男孩的。」

「是，我是瞞著他。那當下我也很痛苦，我花了些時間突破這些傳統思維與框架，但不確定他是否也能和我一樣，可以很快速地梳理好想法與自我情感。」

「後來呢？」

「在知情我隱瞞年齡一事以後，他能同理心地理解與諒解我的害怕，他很清楚東方女性所背負的傳統壓力，但一開始他也沒辦法馬上原諒我，畢竟任何人都不期望自己是被欺瞞的，尤其他在情感方面曾經受過被欺瞞的傷害。」

「妳一定用盡很多方法挽回他了，是嗎？」

「是，但我用錯了方法。」

「怎麼說呢？」

「兩個彼此喜歡的人，因為在乎，也曾經為此而互相傷害。但在當時我並不清楚他為什麼不能馬上原諒我在年齡方面的欺瞞，畢竟這只是一個攸關我隱私的小謊。後來彼此分開沉澱了一段時間，我才清楚，他理智上其實是理解我的，但他尚未從受傷害的情感陰霾之中走出來，所以感性上、感情上，他仍存在著對我的焦慮不安。」

「我懂了，」弗襄回道：「他心裡還是過不去。」

「是啊。後來我調整了作法，完全站在他的立場去看事情、去理解他內心的感受。我告訴他，之前都是用我自己的立場在數落他、批判他，站在我的立場覺得自己委屈、無奈，是我太放大了自己。之後則是站在他的立場上解釋說明了一些誤會，同時提出能夠消除他對我焦慮不安的具體作法，完全以他為出發點進行談話，這才終於感動了他。」

「他終於原諒妳了？」

「是啊。所以我現在才明白，兩個人感情不能走下去時一定有其問題，分開以後應該各自安靜沉澱一段時間，去找出問題的癥結點，以對的方法去解決問題，而非一味討好對方。」

「感情事件，終歸是兩個人的事，所以是兩個人的立場，而不能只偏頗於某一方。站在至高點上看清楚，找對方法，才能真正解決問題。」弗襄說道。

「是的，沒錯。」

與知心談完一席話以後，弗襄豁然開朗了。回到飯店倚窗沉思，她決心要掙脫所有舊的一切，因此以筆電上網，訂了機票打算飛往英國，並聯絡倫敦求學時期的好同學。接著她一番洗漱、收拾行囊，然後便毅然決然地退房離開。

來到機場大廳候機，她感到前所未有的怔忡不安、茫然、憂懼以及無所依憑。但這當下除了自己以外，她已然失去了一切，因此很明白必須堅強勇敢。瞬間她彷彿返回孩提時期那個單純的小弗襄，清楚自己須打破舊我重新學習，跳脫成長居處的所有一切，唯有如此，她才能學會如何成為一名二十一世紀的新女性。雖說前方的路途詭譎未明，不知會遇見怎樣的顛覆，但至少可以肯定得是，一定會比現在還要更好——她是如此深信，如此期盼。

17.

弗襄負著行囊搭機來到倫敦，出了關提著行李以後直奔下榻飯店。

抵達先前所預訂的斯特蘭德宮飯店，check in之後來到飯店房，她洗了個熱水澡然後躺上床好好地睡了一覺以調整時差。醒來時正好是白晝，所以她起身進入浴室洗漱了一番，便窩進沙發，取出袋內的筆電上網查了下可遊歷的景點。她瀏覽了聖保羅大教堂的網頁資料，決定去那裡走走。

這座黛妃與查爾斯王子所舉行婚禮的聖保羅大教堂，確切位址位於泰晤士河北岸與紐錢吉街交角處。始建於六〇四年，爾後發生多次人為損毀破壞與淒慘的祝融之災，歷經數次重建，使得今日之貌。

沿著泰晤士河上的千禧橋行走，即可抵達聖保羅大教堂，其可謂英國古典主義之建物，不僅富有藝術感，更多增添了歲月之姿。正門柱廊分為兩層，教堂四周牆面以雙壁柱支撐，每一開間皆有扇窗，使其觀之嚴謹肅穆。兩側傍有兩座哥特遺風之鐘塔，更添雄偉莊重。

教堂內部分為中殿、圓頂、高壇、後殿。若能攀上其二七一臺階即可登上其最頂端，盡可俯瞰整個倫敦市景，煞是快意。如有興致，亦能於教堂咖啡館裡享用貴族一般的下午茶。弗襄抵達咖啡館，在那裡享有一個愜意的午茶時光。

這座眾所矚目的大教堂，曾是黛妃定終身之處。然而，眾人期待的世紀婚禮，於她而言卻是一個大騙局，憶及過往，她始覺自己像是一隻即將被宰割的羔羊一般。原因乃在於英國王室的男子，迎娶未曾有過婚姻的處女是一項由來已久的傳統。但是當時的查爾斯王子所鍾情的是一名結過婚且又有菸酒習性的女人——卡蜜拉，既要愛情又欲擁有王位的查爾斯王子，此時此刻僅能尋求一名易於掌控且又心思單純的貴族女孩成為自己的王妃，而卡蜜拉則成為其情婦，如此才能既保住愛情又能擁有江山。這件事情卡蜜拉是知情且同意的。因此就這樣，黛安娜便成為查爾斯王子明面上風光的妻子。

婚禮風光看似幸福，但很多時候婚姻之於女性，不論是貴族抑或是平民，如同文明世界裡的野蠻遊戲一樣，或許不會很傷身，卻會令人很傷「心」，一場遊戲下來，可謂身心俱疲。

✦ ✦ ✦

遊歷過聖保羅大教堂之後，弗襄想往稍遠一點的地方走，於是便選擇了溫莎鎮。溫莎鎮乃位於倫敦市西邊的一個小鎮，之所以眾所周知，係有了一座隸屬於皇室的溫莎古堡。

弗襄訂好火車票，自帕丁頓站（Paddington）出發，約莫四十分鐘車程便來到了溫莎小鎮（Windsor & Eton Central）。

溫莎古堡、白金漢宮及愛丁堡的荷里路德宮，皆是皇室最主要的行政官邸。溫莎古堡內有兩座農場及花園，這是弗襄此次遊歷的重點目標。

於花園悠遊時，弗襄不停地攝影，邊走邊拍，正如古者所言，游目騁懷足以極視聽之娛，信可樂也。忽然，她見樹叢間有一個木質充滿歲月痕跡形狀扁平的木匣，不是很大，約莫A4 size，如同筆電一般大小。她不清楚為什麼會在這個地方發現了這個木匣，照理說，皇室轄區皆會有專人打理才是，雖然發現木匣之處是有點隱晦。她本已邁開步伐離開不欲理會，可走了幾步以後她停下腳步，畢竟好奇心真會殺死一隻貓，更遑論是人呢？她退了回去，拾起那個舊舊的木匣放進袋子裡，然後便離開去了。

回到市區的飯店以後，她將帶回來的木匣子取出。她想打開卻一直撬不開，於是耗費了好大的勁兒才終於以用餐的刀叉打開它。裡頭並沒有什麼值錢之物，僅有一本簡單的遊戲書，翻開一看，是關於一個野蠻遊戲Brutal game的說明與遊戲選擇的圖象。她看了下說明書，裡頭有許多可供選擇的遊戲項目，諸如：「工作／婚姻」、「生育／不生育」、「父女戀／姐弟戀」、「美女／凡女」、「才女／庸女」……，如欲停止遊戲，便將棋子移至「game over」的格子內即可。她注意到了，每項遊戲都是一組的，一組裡頭有兩個選項，端視自己作何抉擇，猶如現實人生。

她將遊戲木匣置放於床鋪上，將遊戲圖紙攤開，坐在面前直盯著它瞧。沉思了一會兒以後，她拾起那個代表遊戲者的人像棋子，隨即做出了選擇，將棋子置於「工作／婚姻」的遊戲選項裡。未料當她移動那個代表她的人像棋子來到「婚姻」時，遊戲竟瞬間啟動，飯店房的空間陳列須臾轉換。

見狀，她簡直驚嚇獃了……

第七章　野蠻遊戲

18.

遊戲開始了，是弗襄與炘麟的盛大婚事。

炘麟果真大手筆，給了弗襄一場浪漫高調的婚禮，在一個景致怡人的海邊舉行。現場除了堆疊成山的美麗鮮花以外，還有許多五彩汽球、夢幻般的紗幔以及絲帶點綴。當立於檯前的牧師宣佈兩人正式成為夫妻時，炘麟掀開新娘的頭紗，然後深情如水地親吻著她。此時所有手上握有手機或者是攝影機的人，皆紛紛捕捉了這幸福美麗而又令人豔羨的畫面。

婚後兩人的蜜月來到歐洲，從巴黎、倫敦、柏林直到維也納，行程既充實且美好，十足的異國風情。

婚後的弗襄選擇放棄工作，全心全意地待在家裡成為全職家庭主婦，她的夢想就是成為老公的賢內助，為他生育子女、持家、洗手做羹湯。

夜裡，炘麟洗完澡以後來到房裡，見弗襄已鑽進被窩覆上了被子。他掀被窩了進去，抱著她，微笑而親暱地親吻她，點點疼惜。

她有些慌張，對他搖搖頭。

「怎麼了？」他問。

她咬了咬下脣，有一絲羞怯地回道：「我，懷孕了。」

「真的？」他高興極了。
「嗯，已經去婦產科確認過了。」
「那，需要注意些什麼嗎？有什麼是我可以做的？」
她笑搖頭，「我是新手媽媽，也不清楚。但我可以回家請教我媽，她總會教我的。別擔心。」
「問醫師，醫師也行。」

弗襄懷孕的第一課，便是嗜睡，有時候可以睡上大半天。
黃昏時分，炘麟提前下班返家，打開家門進入客廳，卻發現廳裡一片昏黯，且妻子也不見人影。他走進書房，見空無一人；再走進廚房，亦然。來到陽臺，空空蕩蕩。最後走進主臥室，這才見到妻子癱懶在床上，酣甜入夢。
他搖了搖她的臂膀，輕聲呢喃道：「弗襄，醒醒……」
她睜開雙眼，始覺天色已然昏黯，便問道：「幾點了？」
「晚上七點鐘了。妳人不舒服嗎？」
她起身，搖頭。「沒有，只是懷孕之後很嗜睡。」
聞言，他這才恍然。「我上網查過了，孕期因為黃體素上升，比較容易使孕婦感覺疲倦想睡。以後就不必煮三餐了，我們外食，或者我帶回來也行。」
她點頭，憨憨地笑了笑，甜甜地在他頰上親一口。

夜裡，兩人沉睡入夢。但睡了一會兒，她便起身如廁，之後才又回到被窩裡安睡。一整個晚上，如廁次數很是頻繁，這樣的頻尿是孕婦時常會發生的狀況，可卻嚴重地擾醒了睡眠中的他。

翌日，一早起床的他精神很是不好。他如廁洗漱的聲音擾醒了她。

她掀被起身，來到浴室裡脫下底褲便坐在馬桶上。

見狀，他失笑。「妳倒是不計形象了？跟以前的妳很不一樣。」

她回以一笑，「呃，尿急嘛。」她打趣道：「反正咱倆熟到不行，你也不是沒見過。我不在意了，只求儘快紓解。」

他笑著，沒再多說而是繼續地刷牙，邊刷邊打呵欠。

她歉然地說道：「孕婦受荷爾蒙影響，膀胱的括約肌比較鬆弛所以頻尿，想來昨晚你受我很大的影響。」

「妳懷孕，我也不輕鬆。」他吐了兩口泡沫，開始以清水漱口。

「不然這樣吧，我從今晚開始到客房睡，比較不會影響到你。」

「分房睡……，好嗎？」

「你要上班，工作量大，晚上沒睡好那怎麼行呢？」

他摸摸她的頭，「親愛的，謝謝妳體諒我。」

她側頭一笑，還坐在馬桶上。「因為我是老公的賢內助呀。」

晚間，兩人於家中用餐，她吃沒幾口便開始孕吐，或有時聞到一些食物的味道也易於引發噁心嘔吐。見狀他不知如何是好。自己碗裡的飯都還沒吃完，似乎吃也不是；不吃也不是。工作累了一天肚子餓呀，但見妻子在自己眼前嘔吐成這樣，不上前關心一下實在有些說不過去，他可是她的天、她的依靠呀。

一旁她正倚於洗手臺側乾嘔，至多是吐了些方才所吃過的食物罷了，再沒有什麼是可以吐的了。

他關心又擔心，於是放下碗筷起身趨近。他拍拍她的背，順了順她的背脊。「好點了嗎？是不是吃點蜜餞會好些？」

她一臉狼狽，抬眼看他，勉強一笑。「蜜餞吃多了會發胖的。醫生說，如果害喜嚴重的話，從穀類食物中攝取維生素B，可以改善症狀。」

深夜時分，城市處於休眠狀態，但有夜生活之處還是燈紅酒綠、活色生香、衣香鬢影兼之紙醉金迷。城市裡總有不夜之處。

原本她已上床準備就寢，卻忽然饞了起來想吃地瓜粥，翻來覆去輾轉難眠。她起身來到原本所睡的主臥房，見老公尚未入睡卻似乎有想睡的樣子了。這狀況使得她有些顧忌，囁嚅著不知所措。

他覺察到她的靠近，抬眼問道：「怎麼了？」

她偎於他身側，溫言地說道：「忽然好饞，想吃地瓜粥。」

「啊？」他有點傻眼，「這麼晚了，上哪兒去買地瓜粥？」

她聞言興嘆，沮喪地轉身欲離。

他卻拉住她的手，「不然我開車出去找找，但不保證一定買得到。」

她露出了欣喜笑容，給他在頰上親了一口。「謝謝你。」

就這樣，為了滿足妻子孕期興之所至或突發的食欲，他馱著一身疲憊，夜裡開車饒著大街小巷，跑遍整個市區的大小夜市才終於找到小攤販，買了地瓜粥順利地帶回家去給她解饞。客廳裡，見妻子坐於沙發上心滿意足地吃著粥，他卻一臉睏倦就要受不了了，終於不支地歪在她身旁閉上雙眼。

她邊吃邊說道：「不好意思，讓你這樣勞累。」

聽見她所說的話，他半睜開雙眼，嘴裡喃喃的話語好似都要糊在一起了。「儘可能滿足妳，不然荷爾蒙的影響下心情不定，可能會有產前或產後憂鬱症……」說著說著，他便失去意識，睡著了。

吃過粥以後，她取來一條毛毯給他覆上，然後在他頰上親了一口，便轉身回到客房睡覺去了。她的身體因胎兒日漸長大以致於愈來愈感到笨重且行動不便、夜裡睡不安穩，終究她還是承受不了懷孕的辛苦。

夜裡，兩人坐於客廳裡看著夜間新聞，她有些坐立難安，這也不舒服那也不痛快。

「我真的好後悔懷孕，好痛苦。」

見妻子抱怨，他忙坐在她身邊攬著她的肩以安撫。「辛苦妳了，再忍忍。」

她崩潰似地朝他大吼，「都是你，我懷孕都是為了你，我不想生了。」

「婚前是妳自己說可以生孩子，完全在家當一個賢內助。我說要讓妳工作，讓妳逐夢做自己，是妳自己不肯，現在怎倒怪起我來了？」

「我後悔了，我後悔了。後悔了後悔了。行了嗎？」

「弗襄，妳講點道理。妳孕期不適，能做的我都儘量去做，儘可能滿足妳，我還有哪裡做得不夠好？妳要體諒我每天都得工作啊。」

「我就是不想生了嘛……」她開始哭起來。

見狀，他委實火大了，便撂下狠話：「孩子就在妳肚子裡，我想幫忙也沒有辦法，妳若不耐煩的話只能等到卸貨。我沒那麼多閒功夫服侍妳、體貼妳。」

聞言，她感到十分委屈不可思議。「我就是發洩情緒，你吼什麼吼？為什麼你不能體諒我懷孕的辛苦痛苦呢？」

「那妳體諒過我每天工作的辛苦嗎？婚前妳也跟我一起工作過，又不是不曉得。」

她反擊回去，「如果能交換的話，我寧可在外辛苦工作也不想承受所謂懷孕的痛苦，我一點也不想——」吼叫使得她一點淑女形象也沒有了。

19.

炘麟上班之前，於玄關處理了下衣領與領帶。

弗襄為他取過公事包，遞與他，然後機械式地與他Kiss goodbye。沒有情深繾綣，似乎還有昨夜的餘慍殘留在情緒裡。

「心情好點沒？昨天對妳說話很不理性，對不起。」
「明白。知道你也累了，情緒難免不好。」她儘可能裝作一名識大體而理性的貼心妻子。
「那妳今天乖乖的好嗎？看要去哪兒，讓Lily陪妳一起去。」
「我想shopping。」
「好，就算刷爆卡宣洩懷孕痛苦情緒也可以，我毫無怨言。能夠讓老婆刷爆卡洩恨，那也是我的本事。」
聞言，她終於笑了。
他朝廚房方向揚聲地對外傭喊道：「Lily, Vivi wants to go shopping, please go with her, OK ?」
Lily大聲地回應道：「OK, no problem.」
他看向妻子，「那今天就好好去購物吧，祝妳愉快。」
她聳聳肩地笑了笑。
他轉身出了家門，抽出車鑰匙打開車門坐進去，發動車子揚長離去。
她揮揮手，目送他上班去了。
於是在炘麟前往公司上班以後，Lily完成廚房的工作，便陪著弗裏上街去了。
一主一傭在光潔華麗的百貨公司商場樓層裡不停地走逛瀏覽，弗裏確實不手軟，見到喜歡的飾品衣物鞋子包包，毫不考慮地便要門市小姐替她打包結帳。
她向來是個時髦時尚的摩登女性，然而自從懷孕以後僅能身著寬大傳統孕服，幾乎遮蔽了她原本玲瓏有致的好身材。似曾相識，千種一款的孕服，使她看起來儼然就是個路人甲，毫無自己的特色存在，然未料她竟也甘之如飴地因懷孕而在穿著打扮上失去自己。

走逛之際，似乎聞有幾名未婚女孩針對自己的衣著有些不認同的議論。

「那小姐長得挺漂亮耶，可是怎麼會穿那樣的洋裝呢？」

「人家懷孕，當然穿寬大的洋裝啊。不然要穿什麼，泳裝喔，還是小禮服？」

「髮型很時髦，妝也很好看，但那身洋裝就覺得很不搭調。」

聞言，弗襄白了那幾名女孩一眼，噘著嘴心裡感到些微委屈。

女孩們覺察到了弗襄怨懟的眸光，便趕緊噤聲，忙離開去了。

弗襄低頭，見自己身上所著的寬鬆洋裝，扁扁嘴有些生氣。她對Lily說道：「走，再去買別的衣服，我要穿出和其他孕婦不一樣的感覺來。」她領在前面，頭也不回地往前走。

提著購物袋的Lily沒來得及反應，便急忙跟在弗襄身後離開去了。

某個時尚專櫃門市，弗襄換好衣服自更衣室裡頭走出來，立於穿衣鏡面前展現其迷人身姿。她將一套極其緊身卻富有彈性的衣服穿在身上，與妝髮十分搭調，既時尚又有屬於自己的一路風格。唯一較不同的是，服裝遮不住明顯孕肚，可這樣的打扮不顯突兀，倒顯得她獨樹一格很有個人的魅力格調。

門市小姐眼前一亮，對她說道：「小姐，妳雖然懷孕但穿著這身衣服真的好美好美，很有自己的品味，沒有孕婦敢像妳這樣穿搭的呢。」

「誰說孕婦一定得穿寬鬆的大洋裝？我就要跟別人不一樣。哪怕是露出肚子，也是母性之美；

母性的光輝。」

Lily提著弗襄的戰利品，陪她一同繼續地遊逛。或許是她的穿著太時髦太引人矚目了，一旁掠過的兩名媽媽，竟一直將目光投射在她身上。

「懷孕了竟然還穿成這樣，實在是有點不倫不類。」

「是啊，懷孕當媽媽的時候就是要放棄一部分自我，放棄一段時間的美麗。好好過完孕期，平安將孩子給生下來比較重要。」

雖然那兩位母親說話聲音並不大，但也足以讓弗襄聽清楚了。聞言，她很是不悅。她心想，為什麼連女人都要批評女人呢？這世界究竟是發生了什麼事情？

一整個上午，她並沒有因shopping而擁有好心情。她偕Lily前往百貨公司內的一家義式咖啡館，點了兩客義大利奇揚地紅酒燉牛膝、伯爵柳橙巧克力蛋糕、一整套正式的英式下午茶點心，以及愛爾蘭咖啡，毫無顧忌地大快朵頤起來，邊吃邊宣洩其怨怒，正好Lily跟在一旁難得可享受如此美食，便也高興地陪著女主人一同吃喝了。

20.

弗襄的預產期到了，再幾日就要臨盆。但似乎尚未有所動靜，因此她感到有點擔心、有些焦慮不安。

房裡，夫妻倆正欲歇息。

炘麟安撫著妻子，「別擔心，反正就算大半夜要生了，我也在妳身旁。」他想到了，「還有Lily啊，她是三個孩子的母親，很有經驗的。」

「嗯，我知道。只是頭一回生孩子，有點緊張，也怕疼。」

「別怕，我陪著妳。而且還有醫護會幫助妳呀。要是怕疼，我們就打無痛。」

她偎進他懷裡，企圖得到一點點安心的感覺。

夜半，她的肚腹真的疼起來了，從一開始久久疼一次，直到後來陣痛愈加頻繁。她歷經自然產宮縮的顫慄痛楚指數，只消自己知曉，但炘麟光是目睹，內心便感到十足震撼的了。Lily正在給她收拾前往醫院待產的衣服與孕婦嬰孩所會使用到的所有用品。一旁炘麟其實很是擔憂。他見識過商場上的大風大浪大陣仗，可謂叱吒風雲、所向披靡，唯獨沒見過女人生孩子這一仗。他的內心在顫抖，卻逕自逞強。

生孩子對女人而言，確實是場硬仗，即使是醫技發達的二十一世紀，仍是不輕鬆的一個關卡。會上演從前傳統戲劇中所呈現的那種，「要保母親還是要保嬰孩」既血腥而又野蠻煽情的情節嗎？放心並不會。但屬於孕婦無形的野蠻遊戲，則是在生產完畢以後，坐月子的時候才會隆重且無情地登場。

生完孩子，母子均安，然而弗襄卻也受盡了漲奶硬如石子般的折磨，可謂人間地獄痛不欲生。這不打緊，做完月子以後，為了恢復身材她必須極力地瘦身，因為她是時尚教主，城堡外還有許多人正等著她生完孩子以後，以華麗之姿重返人間然後繼續地引領風騷。

與閨蜜們在咖啡館茶敘時，沒想到尚未瘦身成功的她，竟遭遇了好姐妹們的無心揶揄。

「天啊弗襄，沒想到妳懷孕竟胖了25公斤！」

「妳肚子實在是很明顯耶，我說真的啦。但妳本質好，瘦身肯定OK的。」

「胸部比之前還要更大了，有34F了吧？」

「但腰、肚子、屁股跟大腿怎麼辦？弗襄，妳還能回得去嗎？」

「這就是我打死也不生孩子的原因，美好人生都給毀了——」

「雖然看起來很糟，但只要努力瘦身肯定沒有問題的啦。」

弗襄十分後悔參與閨蜜們的茶敘，在自己尚未完全瘦身成功以前，應該當個神祕人才是。然而即便再惱怒，她仍維持著傳統女性所該有的高尚典雅與容人雅量。女人就是這樣，見別人有了可被攻擊的破口，嘴巴必然毫不留情。女人，總是下意識地妒嫉著比自己還要更為優秀更美麗的女人，臉上多一條肉眼看不太出來的細紋，都要被拿來放大檢視，殊不知此乃肉體之軀，既非塑膠臉亦非玻璃瓶身，有誰能夠光潔無瑕毫無紋理。說穿了還不是被醫美給洗腦？肉體之軀誰沒有幾絲肌理紋路，就算再年輕的女孩總還是避免不了的，不是嗎？一名五十歲外貌卻凍齡在三十五歲的女人，身旁的女性友人或閨蜜總要酸葡萄地說上一句「妳看起來雖很年輕，但至多就是四十歲，不可能是三十五甚或是更年輕的狀態。我說真的」，但明明就有不少男人將這凍齡女看成是三十三，因此逼得凍齡女非得拿出肌膚檢測報告，指證自己膚齡三十，如此才能抑制住眾好友的嘴砲攻擊。

其實呢所謂外在年齡觀感，不單指膚況與體態而言，其他像是：整體衣著打扮、妝容髮型、氣質談吐，乃至於眼神（意即——眼裡藏有愈多故事＝擁有愈多人生閱歷＝愈發成熟）等等皆是，此即構成整體年齡觀感之重要依據。舉例來說，少女嗜打扮得老成＝佯裝成熟；熟女喜裝扮成年輕模樣＝回歸青春，如此觀之皆與實際年齡有所不符，但這其實很正常，端視心態與心情決定外在打扮，只不過女人總是拿來說嘴，甚至是女人砲轟（下意識妒嫉、眼紅）較為優質的女人。所以呢，便有了一個「說實話＝真心＝為妳好＝妒嫉」的假掰公式。

女人嘴上的犀利如同傷人利刃，時不時便短兵相接。這就是女人必須面對的野蠻遊戲之一。

弗襄自聚會的咖啡館返家以後，心情很是不悅。她一向自認為很是優秀，各方面皆然，因此告訴自己不必理會旁人閒言雜語，但旁人評價不可否認猶如照妖鏡，只要一面對，好壞立現。站在主臥房內的穿衣鏡前，見自己略顯鬆垮而微胖的身材，她實在是難以忍受，因此立誓定要更加努力地瘦身，且非得瘦身成功不可。

除了每天穿塑身衣以外，她還開始積極地運動：好比每天做腹式呼吸運動、乳房運動、腿部運動、臀部運動、收縮陰道運動……。此外，亦嚴加控制飲食熱量，但仍會注重各方面的營養均衡。還有，哺育母乳一天能夠消耗五百大卡的熱量，這絕對能夠加速瘦身成果，因此她肯定不會放過。

瘦身成功以後的弗襄，完全展現出已往的女人自信。她約了茶敘，仍是同一班閨蜜人馬。咖啡館聚會時，所有女人的焦點不在於茶點有多麼可口美味，而是全集中於弗襄瘦身有成的完美結果上。

「弗襄，妳真的不像是生了一個孩子的媽，根本未生產的身材呢。」
「這叫作辣媽。」
「說胸是胸；說腰是腰；說臀是臀。天啊，完美身材耶。」
「果真是史弗襄示範，僅此一次。」
「錯，」弗襄糾正，「我還會再生二胎，所以會有二次示範。」說完，她仰起下巴，更為自信了。

第八章　重新選擇

21.

瑩月如耀，月光灑入海洋，絲絨絨的令人感覺到無形溫柔撫觸。航行於偌大海平面上的鐵達尼號，此時此刻覺得甚是孤寂寥落。海面寬敞，寬敞，太過於寬敞了，一片一望無際的汪洋裡，巨偉華麗的鐵達尼看起來竟也成了渺小而微不足道的存在。

視線由窗口的瑩白月光緩緩地往下挪移，是床上一雙人兒的兩情繾綣。

完事以後炘麟翻身躺下，卻仍不忘再次轉身攬過弗襄，予她輕輕一吻。

她始欲整理自己，因此起身去浴室沖洗了一下然後再回到他身旁。

他凝睇著她，輕柔地摸摸她的臉。「覺得自打妳生產以後，好像……」

「怎麼了？」

「就，」他有點顧忌，但還是隱晦地說出口了。「有點，沒那麼有感覺了。」

她肅著臉，有些惱喪。「你是說，有點鬆了？」

他沒有說話，覥笑了一下，不過等同於默認了。

「就是抱怨我了？」

「我沒有抱怨。」

「只是說實話？」

「我只是陳述感受，沒別的意思。」

「我為你生孩子，你卻只在意親熱時的感受？這什麼世界？」

「別鑽牛角尖，行嗎？好不說了，免得說我不夠厚道，還給妳壓力。」

但她從小到大就是個優秀的女人，哪裡肯這麼就認輸了呢？不，不行，只要是丈夫有點不滿意或者是小小嫌惡，她定要想方設法地克服這個問題。這就是她，天生的完美主義性情，亦是完美女性所須達成事事皆好的一個自我要求。

女性的陰道要恢復彈性，除了骨盆底肌肉群受壓程度以外，也與是否運動擁有肌肉量有關。因此，她仍不忘每日運動，且始做瑜伽鍛練身體，此外還加做了能夠緊實陰道的凱格爾運動，亦即以「提肛縮陰」方式訓練骨盆底肌肉，每日三次，每次十分鐘。

不到半年，她的訓練有成，丈夫與她親熱時始覺魚水之歡，感到愉悅。

但婚後事事以家庭、丈夫孩子為主的生活，令她感到後悔了。她逐漸能夠理解母親為什麼會說，當一名完美女人是不容易且痛苦的，為了眾人的期望，自己必須給自己壓力，維持在最顛峰完美的狀態，如同一條橡皮圈一樣，一再繃緊，久了總會顯得彈性疲乏。她亦能理解母親獨立撫育她，而沒有情感依託的孤獨寂寞，甚至因婚姻而完全失去了自己，這是一件多麼悲哀的事情呀。

她不想再繼續「婚姻」這個野蠻遊戲，於是取出遊戲木匣打開，將那個代表遊戲者的人像棋子，移至「game over」的欄位。一動作，她便從現下的時空逐漸消失，沒一會兒回到了倫敦斯特蘭德宮飯店的客房裡。

她喃喃自語，「終於回到現實了。之前說什麼都要聽炘麟的，沒想到置身在婚姻裡，跟自己所想像的終究是有落差。」

於是她揹起包包外出，逛了一會兒尋了一家高檔餐廳，入內以後點了一桌子好菜好好地大啖美食一番，既滿足了口腹之欲亦滿足了視覺享受。

22.

玩耍了一週，弗襄於倫敦各大小餐廳、咖啡館與名勝出入，著實有些倦怠了。她待在飯店房，倚窗見樓底下的車潮與人流，始覺索然無味。忽然，她又想起了遊戲木匣，便將之自包裡頭取出，置於桌案上，沉思般地瞅著。

在先前婚姻的野蠻遊戲裡，包含了生育子女。此次她見遊戲圖紙上，有了一組「生育／不生育」的選項，亦即在婚姻之中，不生育也可以是選擇之一呀。她不禁想瞭解，在與炘麟的婚姻之中，如若沒有子女，將會是如何光景？她真的很想知道。於是在第二回合進行野蠻遊戲之前，她選擇了「不生育」這個選項。唯有不生養孩子，或許比較有時間能夠做回自己，從心所欲。於是她移動著代表自己的人像棋子，將它移至「不生育」的欄位裡放妥。瞬間，場景開始變化，來到了她與炘麟結婚所共居的宅邸裡。

主臥房內她一番打扮，揹著畫袋與包包出門去了。她要去畫室習繪油畫。

畫室裡，老師正在講授課堂，她依據老師的授課內容仔細一一地認識畫筆。

「一般繪油畫的畫筆有平筆、圓筆、扇型筆及棒型筆，這些畫筆有軟硬長短之分。軟毛畫筆適合塗拖；硬毛畫筆適合厚塗；長豬鬃則適合拖筆與厚塗。Size呢，大中小都有……」

她試著將各種畫筆握於手裡試試手感，頗覺興味十足。同時亦於桌面上，試著未蘸有顏料乾畫時的觸感，如孩童一般玩耍著。

「油畫的前身，是十五世紀歐洲繪畫中的蛋彩畫，之後呢，是由尼德蘭畫家楊凡艾克針對畫材加以改良而發揚光大的喔。油畫最大特色，在於它可以在多種材料上進行繪製，而且顏料的遮蓋力很強。眾所周知的其中一種方式是將亞麻布或帆布繃釘在畫框上，備齊油畫所使用的顏料、調色油、松節油、畫筆、刮刀、畫盤等，然後就可以開始畫畫了……」

每一週上課，她試著調色，繪製簡單的物件，或者是風景畫。這是油畫的基礎入門。她在色彩與繪畫天地裡，繪出了屬於自己的藝術世界，任她遨遊。慢慢地，家中多了一幅幅的油畫作品，皆出自她的手筆。既怡情亦能點綴廳堂臥房，增添逸趣。

每每上完油畫課，她便會隨即前往百貨公司內的書店逛看，瀏覽各式各種她感興趣的書籍畫冊，度過了十足充實的藝文午後。下午三點鐘左右，她會約妥閨蜜們於義式咖啡館享用下午茶，幾個女人點了經典英式司康、瑞可達起士蛋糕、茉莉花茶慕斯蛋糕、水果塔，以及咖啡、熱可可等飲品，一同享受了一個美好的下午茶時光。

不上繪畫課時，她也很能安排其他閒餘時光，好比去做臉、練習瑜伽，甚或是出國旅行……。總之將生活填充得既有意義而又充實愉快。

結婚卻不生育的生活，實令她感到非常自在，既有生活與情感上的穩定性，亦能隨心所欲。

然而好景不常，這種快意逍遙的日子並非長久。

縱使炘麟願意支撐她，給予她經濟上的滿足與生活上的自由，但公婆並不是那麼容易應付過關的。畢竟小夫妻年齡皆逾而立之年，以三十幾歲又有經濟能力的夫妻來說，生養子女並不困難，女生亦在適合受孕的年齡之中。

夫家宅內的飯廳裡，炘麟與弗襄正陪著父母親用餐中。

鍾父說道：「弗襄，妳嫁到我們家一年了，玩也玩夠了，是不是該跟炘麟生養一個孩子呢？」

鍾母附和地說道：「炘麟不是獨子，所以沒有傳宗接代的壓力，但你們總得生一兩個孩子交代一下。妳說是吧？有了孩子，婚姻才算圓滿；當了母親，妳身為女人這才不算有遺憾啊。」

弗襄不說話，壓根不想生養孩子。她心裡想道：「光懷孕就辛苦極了，生產、育子，更是痛苦，產後還得耗費時間瘦身。可以不要嗎？」

見妻子不語，炘麟為她說話。「爸媽，既然沒有傳宗接代的壓力，弗襄就不一定要生孩子啊。我打算讓她過陣子就回公司裡上班。她工作能力強，可以是我的好幫手。」

「要回職場工作，我不反對，」鍾父說道：「但可以生完孩子再回去呀。這兩件事情並不相互抵觸。」

「你爸說得對。」鍾母看向弗襄，「我跟妳爸商量過了，妳若是懷孕生子，生兒子呢就給妳信義區一棟房；生女兒就給妳現金三千萬。」

聞言，弗襄心裡感到很是委屈。夜裡，她透過視訊，將這件事情訴與住在倫敦的閨蜜朱曉微知曉。

曉微長年生活於歐洲，在聽聞弗襄婚後遭遇逼生一事，頗有一些看法。

「都什麼年代了，生孩子竟有這般代價？難道妳竟成了夫家生孩子的機器嗎？」

「聽見公婆所給的代價以後，確實覺得自己好像淪為生育機器。」

聞言，曉微愈發憤怒。「為什麼婚姻之中一定要有孩子呢？有固然加分，一家整整齊齊的也沒有什麼不好，但沒有也並不阻礙夫妻間的關係與情感呀。誰規定婚姻之中必須生養子女才能叫作圓滿？難道沒有就活不了了嗎？」

弗襄很是無言。

「又或者生養孩子只是一種傳統思維裡習以為常的『家庭形態』，只為『防老』，只是預備著有後代將來可以給自己『送終捧斗』的嗎？」

「而且，依我公婆的態度，頗為重男輕女。」

「為什麼呢？生育兒子，在古代平民而言是為了添增男丁以事農；於天子來說則是神器傳承。現代社會任何產業皆已機械化進而電腦資訊化，根本不需要大量人力操作尤其是男丁。至於帝位傳承，以西方來說歐陸還有女皇的存在呢，不可諱言當然與他們的婚姻跟承繼制度有所關聯，但實際上這些制度的形成都緣自於人類的思想，只嘆東西方思想迥然不同罷了。再說了，整個世界早因民主制度的興起而選賢與能，女人也可以當總統，不一定非得由男人來領導國家了呀。觀念應該與時俱進，而非趨於保守。我只能說，現代人不少都沒有屬於自己的清楚意識。」

兩個女生透過視訊訴及心事，告一段落。

此次遊戲之中，弗襄不是已選擇「不生育」的選項了嗎？她這才明白，原來生養子女之於東方社會而言，不僅是夫妻間的事兒，其實更早已擴大並延伸成為「家族大事」了，即使夫妻決議不生養，仍過不了父母與長輩的那一關。年輕人一代代，皆複製上一代的觀念與生活樣貌，然後再繼續地傳承下去。

父母長輩的壓力，一次次壓得弗襄喘不過氣來。最後，她是被趕鴨子上架而同意了生育子女的。然而與炘麟一同努力做人逾一年了，仍是未果。夫妻倆前往醫院檢查亦各自無礙，想來是心理壓力的成份大過於生理因素，於是在醫師建議之下，夫妻倆只能嘗試著進行試管嬰兒。

然而於弗襄而言，尚未歷經懷孕與生產之苦，單是進行試管時期足已令她吃盡苦頭而感到痛楚不堪了。她取出遊戲木匣，攤開遊戲圖紙，拾起人像棋子將之置於「game over」的欄位，退出了「不生育」的這局遊戲。她不想再承受做試管的痛苦了。

23.

退出遊戲，時空瞬間返回飯店房。弗襄沉默沉思了許久，注視著遊戲圖紙上的許多組遊戲選項，最後將目光鎖定於「工作／婚姻」的組項上。

記得與炘麟交往期間，他一直很是支持她婚後繼續於職場舞臺上發揮所長，甚至是追尋自己的夢想。憶及此，她下了決定，要玩一玩這一組項裡有關於「工作」的選項。她看了下說明書，這個選項是指婚後繼續工作之義。移動人像棋子，置於「工作」欄位，此時空間開始旋轉，一會兒便來到了辦公室。

今年的茶點商品展於微星百貨舉辦，其間擇定兩個週六日辦有小型舞會藉以吸引消費者前來觀賞。這個小舞會尚邀請了小有知名度的新銳女星Angel代言並且出席。活動現場前方的舞臺，特地尋來仿清代傢俬陳列：木質窗櫺道具，黃花梨木夔鳳紋翹頭書案，太師椅，紅木花架且其上置有蘭花盆栽做典約雅致佈置，很是亮眼吸睛。新銳女星Angel身著清代莫藍迪色調的宮廷服飾手攜花鳥絹繡團扇出場，擁有舞蹈基礎的她配合清婉樂音舞了一段中國舞，展現其身韻、身法及技巧，將古典舞蹈的柔魅婉約揉進了身段之中。其後與主持人共同示範煮茶技巧與茶道，跟現場消費者熱烈互動、一齊飲用，同時亦品嚐公司一年以來所推出的一些新產品，充份展示了烹茶品茗之樂以及嚐鮮逸趣。總之，樂聲、歌聲、話聲與掌聲不斷，將現場的氣氛熱到了最高點。

活動非常成功，將公司一年以來所研發的新品，於半個月的檔期中拉抬到很是搶眼的業績表現，這全歸功於企劃單位的創意發想與辛苦執行。弗襄是行政部門的副理，本身也學習過藝術，其指導能力倍受肯定，亦於此戰之中功不可沒。為了慶功同時亦犒賞企劃單位，弗襄很是大方地邀請所有單位人員前往高級酒店用餐，費用是她向公司積極爭取得來的。不僅如此，每位參與活動發想與執行的工作人員皆有小額獎金可以請領。

弗襄休息時間來到女廁，本欲進入時卻聽聞裡頭有三名女員工正在嚼舌根。

「聽說昨天史副理請企劃單位的全部員工去吃高級酒店的餐，費用公司買單呢。」

「應該的呀，人家辦活動也很辛苦，勞心又勞力。」

「真羡慕副理，人長得美，來公司不久就被總經理看上，現在還成了總經理夫人。真不簡單。」

「那是，女人要長得美，就算沒有工作能力也無妨，靠美色上位就可以了。」

「是啊，榨乾手底下人的腦汁，搞好活動，功勞全都是主管接收。這樣的主管真好當。」

「錢多事少離家近，多好呀。」

「妳呀，這輩子來不及啦，等下輩子投胎變成美女吧。」

「再說，撕爛妳的嘴。」

女廁洗手臺前，三名女同仁打鬧鬥嘴不休，幾乎掀掉了天花板。

此番對話聽進弗襄耳裡，心裡很是難以忍受。

女同仁出了女廁，弗襄忙及時避到一旁隱晦處並不想與之正面衝突。

三名女同仁相偕離去。

弗襄進入女廁，尋了一個廁間入內然後將門鎖上。沒有解下底褲，她直接坐在馬桶上發獃藉以平息怒氣，但仍不爭氣地掉下一行眼淚來。這年頭長得美又有工作能力的女人，別人注意的不會是她的努力認真與工作表現，而是將焦點放於其外貌，認為她定是靠著美色與撒嗲完成工作上的任務，認為她定是藉由蒐羅他人的創意據為己有，為自己的前途力做鋪墊。有誰知道她熬夜蒐集並閱讀資料的辛苦，有誰明白她遇見困難時如何想方設法地尋求解決之道？有誰能清楚當執行面若出現困難或矛盾時，她要如何權衡輕重緩急甚至是瞬間決斷？不論面對高層、工作任務或者是手下員工，如何得以面面俱到甚至是穩定局面？這些他人看不見的心路歷程，有誰能夠瞭解理解？如果上層真這麼好當的話，那麼，人人都可以上位了，根本毋需有任何努力。

女人總喜歡為難女人，甚至是下意識地慣於攻擊女人。難道她們都不清楚，要怎麼收獲先怎麼栽的道理嗎？

才剛辦完活動，與廠商用餐時，原本以為氣氛和諧一切皆很順利，未料竟遭受到言語上的性騷擾。

「史副理，我覺得像妳這樣貌美、氣質優雅又有工作能力的美女，實在是太早婚了。真可惜。」

「這話怎麼說呢？」弗襄問道。

「妳一結婚，讓多少男人跌破了玻璃心？知道嗎，我可是妳的忠實粉絲呢。」

聞言，她有點愕然，不過仍不改其優雅神色，微笑地說道：「我可不敢圈您這大粉呢。我不是女星，不過就是個小小副理，不夠資格成為您的偶像。」

「妳呀，太謙虛了。像妳這等級的美女，即便是已婚，也有不少男人要拜倒在妳的石榴裙下。如果妳向我招手，我是迫不及待就想成為妳的入幕之賓呢。」說完，手還不安份地觸了她的玉手一下。

她不動聲色，連手也沒有抽回，而是笑了笑說道：「如果是這樣，那您可能要多多注意身體健康喔。」

「喔？」

「您位高權重，等著向您招手的美女想必多得是，輪不到我。但您已屆知天命之年，恐怕是難以消受的呀，我這也是擔心您的身體，算是克盡晚輩之責。」

聞言，他的臉色驟然有些難看，便收斂了自己的手，朝她尷尬一笑。

「玩笑話，胡董可別往心裡去喔。我想，除了您所說的，我的美貌以外，我的工作能力，其實也很期待能夠得到您的青睞，那可是長輩對我的肯定呢。」她仍一派端莊，處變不驚四兩撥千斤。

類似事件一再發生，這讓弗襄感到很是困擾懊喪。

原本訂於週五晚間，炘麟欲與香港前來的糕點廠商靳總簽立代理權合約，然而由於靳總週五晚間臨時有事不克前來，於是便更改了日期時間，欲於下週一午間前往公司簽約，並與炘麟一同午餐。然而炘麟與行政副總Irene已訂好機票欲飛往美國與合作廠商見面，這是早已預定好的行程無法更改，於是將改由弗襄代表公司與靳總見面簽約。

弗襄讓祕書先訂好微星酒店的桌位，與靳總於辦公室簽完合同以後，便準時偕同他來到酒店享用午膳。

兩人於氣氛佳燈光美的酒店空間用餐，其間侍者的服務可謂十分周到，不僅倒水添盤、收拾殘局，亦很是貼心地詢問餐點感受與評價。席間尚有樂師拉奏樂曲，可說是極其高級的餐藝享受。

「史副理，今天很高興是妳代表公司與我簽約。能與美女共進午餐，真是我的榮幸啊。」

「靳總您客氣了。」

「說真的，鍾總放心妳在職場上拼搏，真是有勇氣。像妳這樣的美女要是我的老婆，我肯定要藏在家裡了。」

聞話鋒有些騷味兒，她心裡委實是有些嫌惡的。但對方是合作廠商，將商品代理權簽約自家公司，因此她不得不打起精神來應對。「藏在家裡，也不見得安全呀。」

「喔，這話怎麼說呢？」

她笑了笑，回道：「老王有了孩子，沒想到竟是鄰居老大哥幫的忙。」

聞言，他笑開了。「那是啊，老王日理萬機冷落了嬌妻，只能由鄰居來幫忙了。」

「所以啦，藏在家裡不見得安全。」

「想來鍾總也是日理萬機之人，冷落了史副理，史副理會不會覺得寂寞呀？」

「我呢，」她又笑了，「不寂寞。工作多到忙不完，哪兒會寂寞呢？」

「我倒覺得，女人再強終歸是女人，如果鍾總不介意的話，我倒是可以幫幫鍾總的忙，照顧妳呢。」

「靳總玩笑了。」

「欸，不是玩笑，我幫的忙可大了。不僅是幫忙照顧妳，別讓妳累著，就連代理權，我都可以再延個十年給貴公司呢，利潤％數也可以再商議。鍾總要是知道了，可要有多高興呀？」

「靳總這遊戲規則可都想好了呀，我實在是受寵若驚，三生有幸。」

「當然。可以想見我有多麼誠心誠意呢。」

「是，我能感受得到。不然這樣，我跟鍾總的大哥研究看看，他可是律師專業，肯定知道這樣的遊戲規則，對我們雙方是否有利。」

「律師？原來鍾總的大哥是律師呀。鍾家竟也出了這樣一位大人物。」

「是的，我們公司的法律顧問，就是自家兄弟。」她撓撓頭髮，笑道：「還不只呢，鍾總的二哥，可是檢察官呢。」

聞言，他笑了笑，識相地不再繼續這個話題。

回到家中，進入主臥房，她取出遊戲木匣、攤開圖紙移動人像棋子，退出了這局已婚職業女性的野蠻遊戲。她受不了一再成為他人妒嫉眼紅或者是職場男人性騷擾的對象。

第九章　龍楊之戀

24.

退出遊戲以後，弗襄瞅了瞅，選擇了「父女戀／姐弟戀」組項裡頭的「姐弟戀」。於是時空應選擇以後始旋轉，來到了另一辦公室，這場遊戲之中弗襄並非高階主管，而是一名小職員，擔任公司企劃部門的平面設計。此局的她，已是一名36歲，事事追求完美，負責積極，努力認真，內涵氣質，並且已屆適婚之齡的熟女。

弗襄其實是剛到職的新同仁，在企劃部門遇見另一名資深男同事莫成歸。她頭一日報到上班的穿著很是時髦的ＯＬ裝扮：搭配合宜的銀白金屬環型耳環與別致手鍊，酒紅色染髮，一個高紮刮鬆結合隨性手抓微卷的馬尾，一身雅致穿搭：寬版長褲、富設計感的俐落襯衫、一件短版西裝小外套，外加足穿矮跟黑色亮皮小短靴。此外，她化了一個簡單妝容：略顯眉鋒的歐美眉、不張揚的眼線加上大地色系的眼妝，外加以兩個色彩所融合塗畫而成的時興咬唇妝，眉骨、顴骨、鼻樑鼻尖、人中、下巴皆打上珠色高光。整個妝容視覺上顯得非常立體，但又不至於太過強勢張揚，因此頗為令人覺眼前一亮。

企劃部門的工作分工很細，有電腦繪圖的平面設計能手，有負責文案與文宣的文案設計師，有負責活動發想寫企劃案的人員，也有擔任行銷宣傳的好手，以及贈獎規劃與處理雜務的人員。總之不僅各司其職卻又能夠彼此合作無間。弗襄仍是冰山美人的模樣，是以公司裡所有女同事們羨慕；

男同事們則是愛慕，但總不太敢提起勇氣輕易地靠近她與她互動，即使她十分無害。

某日晨會，企劃課長對課員宣佈道：「此次公司的茶飲新品終於研發成功要上市了，老闆對新品寄予厚望，所以決定要辦幾場新品發表會。成歸與弗襄一組，把企劃案寫好，文案發想完成，然後去接洽百貨公司的活動場地。」

成歸與弗襄頷首，恭謹地接下任務。

「對了弗襄，」課長說道：「妳的工作雖然是平面設計，但我期望妳能開始接觸活動企劃，學著去跟百貨公司的活動窗口接洽活動事宜。」

聞言，弗襄有些訝異，這於她而言是頭一回的新嘗試。她並非不樂意，只是有點突然，因此尚未有充分的心理預備。「呃，是的，我會全力以赴。」

「妳別擔心，」課長補充地說道：「成歸很有經驗，妳跟著他學就是了。」

因這個新品發表會的案子，是弗襄頭一回接觸活動企劃，是以她覺得有些陌生摸不著頭緒，更感到有點使不上勁兒。因此，她默坐在座位上望著電腦桌面發獃，有些擔心。

成歸見狀，挪動椅子來到她身旁，安撫。「別擔心，沒事的。以前我曾在微星百貨、晨曦百貨的企劃部門工作過，跟他們很熟。不如我們這次就跟晨曦百貨接觸看看，他們所在的位置離精華商區很近，所以肯定很有人潮。」

「真的嗎？謝謝你指引了方向，我得跟你好好學習了。」

「沒問題，我一定知無不言，言無不盡。」

由於一起發想活動企劃，弗襄以非企劃人員的角度，給予了許多不一樣的思維，因此很是受到成歸的肯定。成歸亦帶領著她與晨曦百貨的企劃單位有所接觸，她於此次工作中習得不少經驗，亦獲得他不少協助，兩人的關係進展很是迅速。

他對她頗有好感，因而時常於午休時間約她一塊用餐。今日，他們又相偕一起於附近的飯館吃飯。

「弗襄，妳有臉書吧？」

她頷首，「有啊。」

他笑道：「我們互加臉友好嗎？」

「當然好啊。」她取出手機滑了一下，點開臉書。「告訴我，你的暱稱。」

「妳搜尋『莫成歸』就可以了。」

於是她始動作，果真搜尋到「莫成歸」此一帳號，點擊以後看見他頁面的頭像，正是他的肖像照片。然後，她再動動手指頭加了他為ＦＢ的好友。

他聽見手機提示音，滑開，見弗襄已提出交友邀請，因此做了確認動作。「原來妳也是用自己的名字設為暱稱呀。」

「嗯，朋友一見就知道是我呀，很好記的。」

他笑了笑，隨即按了她所發的一則短文一個讚。

夜裡，兩人皆未歇息。他打開手機，注視著Line裡頭所列的所有通訊人，選擇「史弗裹」的訊息視窗點開，然後傳送了一個網頁連結給她。

另一端的弗裹收到訊息，見手機上的預覽視窗顯示是成歸傳訊，便點閱，見是一串網址。她有些好奇，點擊連結以後發現是一個滿是插畫圖片的網頁，因此停留了約莫十分鐘，仔細認真地欣賞著網頁上的一幅幅色彩活潑、搭配和諧、構圖極佳的美麗插畫。

閱完以後，她回了訊息給他。「謝謝你，傳來這麼棒的插畫網頁給我。」

收到訊息以後，他秒讀秒回。「妳是學設計的，希望這些圖片能夠激發妳的想像力。」

「一定能夠，那些圖畫真是太棒了。」她回覆訊息。

於是他又傳訊問道：「這麼晚了，還沒睡？」

她隨即回道：「要去睡了。你呢？也早點休息。」

「好啊。那我們明天公司見。」

「嗯，明天公司見。晚安安。」她傳了文字訊息，復又多加了一張安睡的貼圖。

他直接回以自己的貼圖，是一個笑臉表情。

翌日夜裡，他又主動傳了訊息給她。

「今天工作還好嗎？文案寫得怎麼樣了，圖呢？」

「謝謝你的關心。」她傳訊回應道：「今天畫設計圖的時候，回想你昨天所傳給我的插畫，有了新方向，覺得好開心。我方才其實還在思考工作上的事情，想著一定要把這次的活動給辦好。」

「妳開心，那我也跟著妳開心。」

「你真是太好啦。」

除了彼此互動Line的訊息以外，他們亦時常於彼此臉書上做發文互動。他們會彼此按讚，然後給予對方貼文回應。好比她會留言：「這柴柴好可愛喔。」、「這食物肯定超好吃。」、「喔，這真的好可憐喔。」他亦會於她臉書的發文底下留言回應道：「妳畫的素描好美喔，光影掌握得真好。」、「妳的攝影作品構圖極佳、色彩搭配很得宜。」、「妳的文案怎麼可以寫得如此精簡而又貼切？真是太厲害了。」他們的臉書互動極佳，並且十分頻密。

某日下午，窗臺射進一道昏黃光線，提醒著工作的人們下班時間已到。成歸看向窗外，見夕照已染紅了雲彩，遠天已換上了新容顏，於是便拉下百葉窗簾收拾了辦公桌面，打算前往打卡鐘處打卡下班。

他轉身對弗襄說道：「弗襄，妳一會兒有事嗎？」

「沒事。怎麼了？」

「活動文案，想跟妳討論一下。」他藉機邀約她，「如果下班沒事，一起用餐好嗎？」

她想了一下，點頭。「嗯，好啊。」

他們前往一家餐館用餐；那館子有著老上海的格調，室內擁有深紅、深紫、灰藍等經典色調，古色古香復又兼具西方格調，可謂風情萬種，妖嬈婉約。且不論是牆上老舊的電影海報、裱著木框的懷舊黑白照片、老式留聲機、實木櫥櫃、真皮沙發、經典桌案、復古座椅、木質階梯、八仙桌，又或者是一些裝飾性家具，視覺上在在皆有一種古典盎然的歲月感受。女侍們則皆著改良式旗袍，優雅點餐，迎賓送歸，舉手投足間皆溫婉姿態，置身其中恐有錯覺真是老上海的舊往時代。

他們於一盞華麗的琉璃燈盞下用餐。雖說是老上海格調，但消費趨於平價，一客套餐不過三百多塊錢外加一成服務費，上班族偶爾一食是肯定消費得起的。

「弗襄，看妳的臉書資料，妳是美術系畢業的。哪個大學？」

「喔，我是藝術大學畢業的。」

「好像曾出國念過書？」

「去歐洲念研究所，是藝術碩士。」

「怎麼沒想從事純藝術的工作呢？」

「純藝術的路難走，不太容易謀生，除非是教書。其實，商業設計也挺不錯的呀，不過我倒想自己創作繪本，然後投稿給出版社。」

「我支持妳。繪本要是搭配好文案，還是可以給讀者的心靈帶來慰藉。」

她笑了，「是耶，我就是這樣的想法。」

「那，家人呢，妳是住家裡，還是在外租屋？」

她略為沉思以後，才回道：「自己跟閨蜜租屋，share房租。」

「家裡呢，除了爸媽還有其他手足嗎？」

她有點不太想回應，顯得遲疑，畢竟與他是初相識不久的同事，她不太慣於將自己太多的背景資料或者是私事與初識不久的朋友敘及。

他似乎感覺到了她的猶疑，於是便笑道：「我只是閒聊，沒別的意思。妳可以不說，不用有壓力。」

她有點不好意思地笑笑，這才勉為其難地回道：「有兩個哥哥，開公司做生意。」

25.

高層很重視此次於晨曦百貨所舉辦的茶飲新品發表會，因此囑咐企劃單位務要將這活動給辦好，也很願意給予預算做現場的佈置陳列。

成歸為想有所突破，便欲以「中西合璧」形式來規劃此次活動。意即「茶」雖為東方飲品，卻可以結合西方元素以做呈現。現場除了主角「茶」以外，亦將輔以數種西式茶點新品，一同推出介紹給消費者，且以新藝術風格的桌案與椅子來陳列現場，亦會以古典大提琴樂音作為襯底背景音樂。

這點子得到弗襄的支持，「你這想法甚好，引發我一個decoration的創意想法。」

「妳想怎麼做？」他問。

她拉了椅子挪到他的桌位前，同時取來筆紙，於其上繪圖。她以速寫方式很快地構製完一個背板的設計草圖，同時詳盡地向他說明：「這是活動現場的背板，size是寬3公尺＊高2公尺，將這個背板拆解成兩半，方便進出場地。」

他點頭，等著她繼續地說下去。

「然後，我們將這個背板漆成黑色，於其上構圖，就如同我草圖上所畫的圖案；一雙手正在調製茶飲。我們給這個活動所設定的標題是『找茶・巡茶・看茶・飲茶』。至於這個背板圖案，我並不打算用畫的，而是想以類『掐絲』的概念來完成它，也就是說，在背板上繪製完草圖以後，於所有線條及輪廓線上釘上小釘子，然後再以金黃色軟鐵絲絲線掐纏而成。」

聞言，他有些驚奇，不可思議地說道：「哇，妳這是藝術創作耶，要花很多時間才能夠完成。」

她點頭，「這算是藝術結合商業設計吧。我打算花半個月時間完成這個背板裝飾，所以除了訂購木板以外，還得添購漆料，以及金黃色軟鐵絲絲線。」

「軟鐵絲有分粗細嗎？」

「有，大抵是1公分、2公分、2.5公分、3公分，所以在掐絲構圖時可依明暗來選用。也就是構圖中較暗的部分，可利用粗的軟鐵絲來完成，亮的部分則以細的來完成。」

他聽完以後十分贊成，「妳所提的這個陳列設計，很讓我驚豔，我百分百贊成。而且這些材料都不是很貴，我們的預算絕對夠用。至於其他幾件桌椅家具陳列，可以跟廠商借用。只是，要辛苦妳做這個大背板了。」

「那倒沒什麼，本來做藝術作品就很耗費時間。我只是在想，要在哪兒完成這個背板呢？」

他回道：「公司有一個大會議室很少使用，我們可以在那裡完成這個作品。我想，我應該可以幫妳忙，兩個人動作比較快。只是，我比較不懂，需要妳來指導。」
她微笑，眼裡閃著光芒。「沒問題，合作無間。」
於是在木板、漆料與其他相關材料購足以後，他們始於大會議室裡祕密地進行這項大工程，白天上班時間則鎖住大會議室不讓任何人進出其中，總說要保持神祕感，待新品發表會當日才讓眾人驚豔，讓這個偌大藝術品於眾人眼前正式地曝光。
弗襄與成歸每天若完成書面工作以後，兩人便進入大會議室，鎖上門，然後始將木板漆成黑色。接著，她於木板上以白色粉筆構繪草圖，在所有線條上釘上小釘子，再利用金黃色軟鐵絲始掐纏成所構圖佈局的畫面。成歸不諳藝術創作，於是弗襄悉心地教他如何運用軟鐵絲以掐纏。
偌大的工程，他們花了十個工作天才終於趕製完成。接著她示範以軟鐵絲掐纏了一個立體鏤空半圓，裡頭裝置小燈泡，兩個鏤空半圓再纏繫成為一個完整的圓。接上電源以後一點亮小燈泡，立時牆面上便映有一個十分美麗的鏤空掐絲圓形投影。
「哇，超美的。妳這是要從天花板垂綴下來的對吧？」
她笑了，「超聰明。趕緊做喔，我們起碼要做十個鏤空金球。」
「妳太厲害了，怎麼能夠那麼強呢？我簡直要五體投地了。」他的眼神閃著輝芒，對於她的藝術涵養、認真努力，以及才華，簡直欣賞極了。
感受到他灼熱的眸光，她回以一絲微笑，忙移開視線，繼續手中工作。
「能夠參與妳的藝術創作，我覺得好開心。對我來說這是一個特別的工作經驗。而且妳的創作，讓我覺得非常別開生面。」

她自信地笑了，「謝謝你的稱讚，我不客氣就接受囉。」

新品發表會那日，主管們見到弗襄與成歸所製做而成的裝飾背板，及現場新藝術格調的裝飾佈置，皆感驚豔且大大地讚賞。連同現場消費者亦覺眼前一亮，活動以後頻搶著要於掐絲鏤空的大背板前拍照留念。

此次活動，兩人受到主管激賞，因此各自獲得一筆小額獎金。弗襄感謝成歸的協助，於是打算利用這筆獎金以邀約他一同用餐。

才一打卡上班，她便來到他的桌位旁低聲地問道：「成歸，今天下班有空嗎，請你吃飯。」

面對心儀女生的邀請，他心下雀躍。「為什麼？」

「這次的發表會，你不但帶我做活動企劃，還跟我一起製作掐絲鏤空背板與金球，所以應該要好好謝謝你呀。」

「嗯，沒問題。但，不要妳請，我是男生應該我請客才對。」

「這樣不行。不然我們各付各的，就當是一起結伴去吃頓好吃的。你看好嗎？」

「好。」

於是兩人下班以後便相偕去了一家非常不錯的餐館用餐。藉由此次工作，更加突顯了兩人的心靈可謂十分契合。

用餐時聊得很是愉快，此後成歸時常邀約弗襄下班以後一起用餐。再一段時間過後，他開始想要邀約她假期一同前往觀賞電影。

此時她忽有些猶豫了，她清楚這是情感往前邁進的端倪，她有些害怕。「我，沒什麼時間，最近。」

「是嗎，之前不是都有時間？那妳最近忙什麼呢？」

「呃，我忙……繪本創作。」

「需要給妳意見嗎？」他似乎有點覺察，有些試探。

「還沒有足夠的插畫量，等夠了再說吧。」

26.

雖說並未一同觀賞電影，但兩人在Line與臉書上的互動依舊持續，下班後還是會相偕用餐，其實兩人間的曖昧並未止息。

那日，他仍與她一同於公司附近的小餐館內用餐，兩人點了相同的白醬義大利麵，一大一小地被侍者送上桌案。她打趣地笑道，他的麵碗如同大碗公的份量，彷若巨人的食物一樣。他玩心一起，做狼吞唬嚥狀。餐後兩人於附近的紅磚道上漫步，斑斕的夜景成為他們的陪襯，月光柔柔地攬揉著他們向前行，一併連一旁花草亦搖曳身姿，朝他們蜜蜜甜滋地微微笑著，進而吐露幽微芬芳。他小心翼翼地護於她身旁，猶如守護心中神女。

忽然，他停下腳步，將手中提袋遞與她。「這是要送給妳的禮物。」

她有些訝異，笑了。「是什麼？」

「插畫用的彩色墨水，英國Rowney品牌。之前妳不是說，畫插畫想要投稿嗎？」

「這很貴的，我不能收。」

他拉過她的手，將紙袋遞進她手裡，微笑。「收下吧，我等著妳的插畫作品喔。如果出版，我要當第一個粉絲。」

她不再推拒，收下禮物。「謝謝你，我一定會好好用你所送的墨水，繪製最漂亮的插畫。」

「我相信妳可以。」月光與路燈相互輝映，讓他於夜裡尚能看清她娟秀美麗的臉龐。他燦出一抹微笑，輕輕地吻上她的唇，如雨點一般輕觸令人酥麻。

被突如其來一吻，她覺有些心慌，不知所措，縮了回去。

他不打算讓她退卻，於是便緊緊地抓住她手肘。「妳好像有些害怕，但是我同時感覺到，妳對我其實有好感。為什麼？」

她抬眼看向他，沉默了許久以後才說話。「我承認，喜歡一個人不是自己所能控制的事情，但是……，某些點上或許不適合。」

「我覺得我們很契合呀，為什麼妳會這麼說？」

她感到前所未有的艱難，思量許久才終於鼓足勇氣，對他說道：「成歸，我之所以有所顧忌，是因為我已經36歲了。之前曾聽聞同事提到，你29歲，小我足足7歲。試問，你能接受這樣的年齡差距嗎？」

「怎麼可能？」他尚未回過神來，不可置信。「妳看起來像是個大學才剛畢業不久的小女生，怎麼可能36歲？」

她失笑，「不老神話，不足為奇了。現在的女生都很會保養也很能打扮，加上我們家族似乎都有不易老化的基因遺傳，所以我的外貌看起來比實際年齡小了十幾歲。」

他trap愣在原地，不知如何接話，亦覺有些無法接受。

「我承認，對你頗有好感。知道年齡差距，擔心你無法接受也曾有過掙扎，所以裹足不前。如果你不介意，就像小龍女與楊過那樣譜一曲姐弟戀，或許可以試著走走看。但，一切還是尊重你的決定。」

他鬆開了她，倒退了兩步。

見狀，她心裡很是受傷。36歲怎麼了，大他7歲怎麼了？她有做錯什麼嗎？在不知年齡差距以前，兩人不是於工作上合作無間，且彼此契合十分有話聊的嗎？「年齡」，真有這麼重要嗎？

「對不起弗裹，我需要考慮一下。」

她笑了，凝睇著他，眼底竟不爭氣地浮起一層淚水，然後傷心地掉落下來。心想，這世上加諸於女性的野蠻對待，即便於二十一世紀仍有不少。

第十章　尤物妖孽

27.

自從那日晚間將彼此年齡差距的問題談開以後，成歸雖說要考慮，但很明顯可以感受到他的冷漠與疏離。他開始不邀弗襄下班後一起用餐，不再傳訊息，臉書也不再有太多的互動。辦公室裡，他也儘可能不再找她討論工作上的事情，如遇有合作，亦是公事公辦一切按規矩來的態度。

對此情狀，弗襄很是難過，這種被冷落疏遠的感覺很不好受，猶如一把小刀細細密密地鑽著自己的嫩軟心窩。這樣不進不退，糢糊未清的關係，不是她的行事格調，因此她決定要主動找他攤開來說清楚。

西餐廳裡，一直迴盪著馬思奈〈泰伊思冥想曲〉古典小提琴拉奏的樂音。

牆面上所懸一幅又一幅巨大油畫；畫中的宮廷仕女似乎皆隔著距離不住地窺探著弗襄與成歸嘴裡的呢喃，一種令人凝肅的氛圍，心頭感到很是壓迫。

兩人對坐，只靜默地用完眼前的餐食，美味卻不令人有興致耽溺，畢竟各自心中各有各的沉重負擔，萬千斤重。

先前的咫尺之距如今因一個小問題而阻隔成了千重山萬重水，她內心感到很是愁愴。而他，對她仍有情愫，甚至可說是非常非常地欣賞她：她的內涵；對於工作與生活的認真努力；她的才華；她的時尚與容貌。但，真相猝不及防地到來時，他壓根沒有想過，因此更不知當如何應對。

靜默許久，他認為應由自己開一個頭，便紳士般地對她說道：「弗襄，對不起，一直晾著沒能給妳回應，是我不對，我向妳道歉。」

「沒關係，可以理解你的心情。」

沉吟了一會兒以後，他回道：「其實，從以前到現在，我從來沒想過要談姐弟戀。」

「我也沒想過，」她臉上掛著一絲沮喪，「但緣份就是讓我們邂逅相遇了。之前我很掙扎，掙扎是因為情感上我有一定程度保守，被舊思維箝制，總覺得男人應該比女人年齡大些，要保護、要帶領女人。但如果遇見真愛，遇見一個與自己各方面都很契合的人，難道要因為那些古板傳統的舊思維而放棄嗎？」

「但，我一直想有自己的孩子，如果我們在一起，兩年之後結婚，妳已經三十八了。女人的生育能力在二十五歲達到高峰，之後逐年遞減，三十五以後更是迅速。若妳三十八歲嫁給我，一個年屆四十的女人如何易於受孕？」

「所以，你是獨子，有壓力？」

「不是獨子，但我想有孩子。」

「如果真不容易受孕，不能領養嗎？一定要是自己的骨血？」

「自己的骨血，比較有生命傳承的感受。畢竟血濃於水。」

她失笑，「東方人在生養孩子上，格局還是小了，只在乎血親。我曾在捷運上見過一對洋人夫妻，懷裡抱著、手裡牽著的是亞裔孩童，兩個黃膚黑髮的孩子說著一口標準英語，親膩地喊著Daddy Mommy。當時覺得甚是感動。」

「妳說得很有道理，我完全認同。但人就是這樣，一旦觀念養成，很難鬆動。或許我不夠先進，如妳所說的格局也不夠寬大。」

「總之，就是要有自己的基因傳承？」

「是，我是這樣想的。」他始尋藉口，想讓自己更有立場，讓自己感覺上不是那麼狹隘、那麼絕情。人，總會替自己找些藉口以庇護，不致於讓心理充滿歉疚甚至是罪惡感。「或許，我們之間並沒有那麼契合……」

「什麼意思？」她問。

「畢竟妳在歐洲念過書，想法應該比我洋派，眼界比我開闊。而且，妳一直很優秀能力很強，從工作態度上即可知妳事事追求完美，所以彼此個性上還是有些不同。妳年紀比我大點，人生閱歷比我豐富。妳雖然三十六，卻凍齡在二十二，妳美、妳青春，讓我有了錯覺，總之我、我配不上妳。」這最後一句「配不上」，不是實話，亦非不夠勇敢，而是最為萬用客套的婉拒情感藉辭。

「有哪對情人或夫妻生來是完全相同的？一對佳偶最好的性格比，就是1／3相同，像是另一個自己，可以彼此很和諧地相處；1／3互補，彼此截長補短；1／3不同，若在一起的話可以說是彼此相互吸引的點，或說是必須磨合的部分。至於凍齡外貌，那不是重點。」

他沉默了，不再多說。

她明白，這種沉默是思想的堅持，是不願再多做溝通的消極反應。人性心理學，她是懂的。她失笑了，「不知年齡差距，喜歡我的時候，你眼裡的我什麼都好：沒有缺點，才華洋溢，青春美麗，彼此談得來個性又很契合，有相同人生觀、價值觀。為什麼一清楚年齡差距就什麼都變了，難道過往美好不再？」

他仍是未語。

「年齡差距能當飯吃嗎，相差七歲很多嗎？自己的遺傳基因很優秀，非得有自己的骨血不可嗎？你這根本是心魔作祟。」

他嘆了口長長的氣，抬眼對她說道：「我不能反駁，因為妳說得都對。」

她的心就快要炸開了，再不離開她真的會失控失態。於是她打開包包取出長夾，掏出一張千元紙鈔扔在桌案上，然後便起身，頭也不回地離去。

望著她絕然遠去的身影，他的內心滿是疼痛，卻有著更多長長的無奈。

返家以後，她傳了訊息給他：「我不是癡纏的個性，亦非差到沒人要。日後絕不再打擾你平靜的生活。祝福你早日覓得理想佳人。」

彼端他聞手機訊息提示音，打開line，讀了她的短訊，內心仍不住地嘆息。他問老天，為什麼要讓他遇見一個這麼能打動他心，條件這麼好的女生，年齡卻比自己大上七歲？為什麼要開這樣的玩笑呢，這一點也不好玩哪。

他終究是傻的呀，最適合自己的就在眼前，然因一點不重要的執念，他放開了最好最適合自己的人，情願孤獨。是自己的執念與性格耽擱了自己的終生幸福，他不能怪責老天與任何女人，要怪也只能怪自己。

躺於床鋪上，她根本輾轉反側難以入眠。她腦海裡一直縈迴著他方才所說的那句話「妳雖三十六，卻凍齡在二十二，妳美、妳青春，讓我有了錯覺」。意思是因為她的青春美麗，使他有了錯覺以至於陷溺了？一思及此，她便感到很是傷心。男人不想要的時候，一個女人的亮點優點竟可讓他拿來成為最好藉口，甚至成為數落她的最佳把柄。他似是將彼此夭折的情感沒有擔當地歸咎在她身上，為自己的絕情與固執做了最佳開脫，不正如《鶯鶯傳》裡的男主人公張生是一樣的嘛？《鶯鶯傳》故事裡的張生指，鶯鶯是尤物，自己德不足以勝妖孽，只能消極地放棄。指責女主人公崔鶯鶯是尤物、妖孽，不妖其身必妖於人。曾幾何時，自己的青春容貌，竟成了使男人陷溺的罪大惡極？

她的心情實難以平息，於是將此事訴及了閨蜜向知心。

知心對她說道：「一個真正愛妳的男人，一旦遇見真愛深感難得，珍惜都來不及了，又怎會在乎介意這七歲之差？」

是，知心說得極是。所以，是他不夠愛自己。他成長生活於大都會，也讀了這麼多書，卻還是難以跳脫世俗眼光、傳統觀念的箝制。是的，有些人就算讀了再多書還是輸給了傳統，深被老舊思想給荼毒。如同某些讀了聖賢書的人，仍將書中真理背棄，輸給了欲望與權勢，昧著良知作惡是一樣的道理。這是「選擇」與「舊有形成自我心魔」的問題，需要時間疏濬。

於是她取出遊戲木匣，再攤開遊戲圖紙，將人像棋子置於「game over」的欄位，退出了這局男人對女人無形野蠻制約的遊戲。

28.

退出遊戲以後，弗襄瞬間回到了飯店房。望著床鋪上的遊戲圖紙發獃，一會兒以後回過神來，視線不停地來回逡巡，注視著紙上的遊戲組項。最後她定睛於「美女／凡女」選項，拾起那個代表遊戲者的人像棋子，將之置於此。當她移動那個代表她的人像棋子來到「美女」時，遊戲瞬間啟動，飯店房的空間陳列須臾轉換。

在這局遊戲之中，弗襄華麗搖身一變成為一名歌唱比賽的選手。由於天生極佳的聲線，與極易識別的嗓音，使得她於比賽之中受到萬眾矚目，脫穎而出，終極決賽結果揭曉，意料之中地她獲得了第三名的佳績。

比賽有了好成績，自然被相中的機會便更大了，開始有廠商看中她，進而找她代言拍攝廣告。以她的形象來選擇的話，有女性用品、化妝品、茶飲、泡麵等廠商上門，她因而選拍了幾支，效果很是不錯。因為很挑剔腳本的緣故，所挑的本也都很有質感，於是為她帶來了很優渥的收入甚至是知名度。由此，便有了更多曝光的機會了。

廣告受到青睞，自然也會有上門尋求拍戲意願的製作人。

製作人很有誠意地說道：「這齣趨勢劇有著很大成份對於社會議題的探討，裡面的女二戲份不少，而且也很適合弗襄的形象，我真的希望妳們能夠慎重考慮。」

經紀人青姐接過製作人前五集的劇本，遞給弗襄。然後對製作人說道：「真的很感謝劉製作的青睞，我跟弗襄會儘快看完企劃案與前五集劇本，然後給您答覆。」

「應該的，這是弗襄的頭一部戲，慎重些是必要的。我對這齣戲很有信心，我相信弗襄讀完劇本肯定會喜歡這個角色的。」

「謝謝製作人，期待能夠合作。」弗襄微笑回應。

之後，弗襄與經紀人讀完劇本，兩人一番仔細討論，選擇了這個適合她發揮的角色接演。由於並非表演科班出身，為了將戲給演好，公司便安排她前往上了一些表演與肢體呈現的相關課程。總之，她的前景被大為看好，是公司所欲重點栽培的少數藝人之一。

為了方便弗襄演戲與接拍廣告，公司派給她一輛豪華保姆車接送她往返各工作地點。車內的設備極為豪華：華麗木飾、麂皮內飾，還有電動沙發床以及羊毛地毯等。這樣的待遇，並非人人都有，公司的投資絕對期待其相對應的反饋。

她忙於拍戲與拍廣告現場的來回穿越，以及少數小型商演的工作。由於此次拍攝了這齣十五集的法律結合醫療的趨勢劇，因此與劇中男主角邵洋有了不少頻密接觸。雖說藝人是一種「異於常人」的工作型態，但人性不變，長久相處，近水樓臺，日久生情的機率大增亦是可以理解。

弗襄與邵洋戴著鴨舌帽、口罩與墨鏡，兩人相偕一起去逛街、吃東西，感情甚是融洽。邵洋給她添購了許多可愛的皮包首飾，她開心極了，帶著小禮物欣悅地返回住處去。

未料經紀人早已等在家裡，見她一入內便是劈頭劈臉地欲展開訓斥。「弗襄，妳跟邵洋出去了對嗎？」

弗褻沒有說話，算是默認。

「妳怎麼可以這麼大方跟他進進出出，妳不清楚妳現在是公眾人物嗎？」

「我們頭戴鴨舌帽、口罩，還有墨鏡。」

「晚上穿戴成這樣，反常，更容易引起狗仔的注意。」

「好啦，下次會注意。」弗褻自知有錯，說話聲音漸小。

經紀人肅著臉回道：「我不希望有下次。」

「好好好，知道了。」弗褻說著就要回房。

經紀人卻一把拉住她，「聽我一句勸，妳跟邵洋分手。妳跟他現在都在發展期，忙而且沒有太多時間相處，戀情維繫不了多久的。一旦被粉絲知道，肯定對你們兩人有所影響。」

「青姐，妳不用那麼擔心，現在的粉絲不比從前，對於偶像都會真心獻上祝福，不會有問題的。」

「基本上來說是這樣，但還是有少數不理性的粉絲。如果妳遇上一兩個不理性的，開始搗蛋、網路上攻擊妳，妳認為自己有辦法應付、能面對得來嗎？況且，妳有大好未來，犯不著拿自己的前程賭感情。」

「我們處得好好的，為什麼要分手？我做不到。」

「戀情初始如果不小心曝光，那對你們這段愛情無疑是致命一擊妳明白嗎？」

「我小心就是了。」

「不是妳小心就夠的，妳現在有些知名度，紅了，狗仔肯定會注意妳。」

果真沒多久以後，弗襄與邵洋的戀情便曝光了。所有網路與臉書上的新聞，都可以看見類似「史弗襄與邵洋，日久生情，假戲真做」為題的新聞報導。戀情曝光以後，記者老是圍在弗襄工作的現場堵她，想要詢問有關於戀情的種種。這樣的狀況同樣發生在邵洋身上。兩人皆被記者的騷擾與報導擾亂了工作與生活秩序，進出大受影響可謂頗為困擾。

邵洋畢竟是男人，對於演藝工作的企圖心與重視大過於弗襄，他一番深思熟慮以後，約她在她的保姆車裡頭碰面，藉以想躲避記者的有心追逐。

「弗襄，我想之前青姐說得有理，我們都有各自的前途，犯不著為了感情賭上未來。現在妳我的事情成了焦點，光是每天應付那些記者跟狗仔，怎麼好好工作呢？而且，感情的事情被拿來成為朋友跟粉絲茶餘飯後閒聊的話題，妳心裡不難受嗎？」

弗襄轉過臉去，不願聽他多說，只喃喃了一句：「那只是一時的。」

他拉過她，迫她面對自己。「我不知道自己的演藝生命能有多久，但至少在受歡迎的時候，我想多接一些工作賺錢存錢，給我家裡日子好過一些。」

「所以，」她不可思議地問道：「你因為這樣就想放棄我們之間的感情？」

「不是我想放棄，而是現在的狀況沒得選擇。一段感情沒有成長空間，太多關注與聚焦，注定會夭折。」

她笑了，「你還是比較愛自己。」

他拉著她的手，「理性一點，愛情不是人生的全部，我們都不是家財萬貫的富二代，所以前途對我們來說很重要。有愛情沒有麵包，那不務實。」

他說得沒錯，她不能反駁。但就因為如此，心更痛了。

「沒有愛情，我們還能是朋友。如果緣份夠深，情感夠長，或許有一天我們可以再續前緣。但現階段，讓我們好聚好散吧。」說完，他深深地吻了她，然後鬆開，下了保姆車便離開去了。

她沒有挽留，只是不住地落淚。那一串串淚水，是不得已對於現實的妥協。人生有很多事情，不是自己甘心做了選擇以後就沒有問題的，還必須有很多的妥協，選擇以外仍有很多的責任與義務必須去盡，這些全由不得自己。

分手以後，弗裏無心工作，在拍完幾支廣告與那齣法律醫療的趨勢劇以後，她向經紀人提出想休息的想法。青姐知她情傷難卻，也不為難，便給了她空檔，讓她可以好好休息，順便藉以療癒情傷。

這段時間，她藉由飲食以宣洩內心分手的壓力，所以少有節制，不久之後身材便有了明顯變化。某天，她外出購物，沒有任何偽裝的情形下便又被狗仔拍了極為清晰的素顏變形照片。此時的她，不僅面容憔悴，身形也胖了一圈。昔日知名、時尚、才華出眾且青春美麗的女藝人，因情傷有了重大轉變，不同於已往，狗仔怎可能會放過這麼好的報導題材與機會呢？於是有關於弗裏情傷難了的各大網路新聞便又紛紛地出籠了。

幾張身材走山的照片，不僅滿足了人們嗜血窺探的欲望，多少也揭開了藝人神祕的面紗，甚至還被酸民酸指藝人與常人其實也差不了多少，過不了情關的當口就是落寞暴肥，短短時日便失去了往昔的亮麗光彩……

弗襄的面容身材，一點點瑕疵皆被如此放大檢視。看了新聞，她不禁怒哭痛斥了。受不了記者報導時對她容貌身材缺陷的苛刻批判，更無法接受這些酸民、網友躲在電腦後面以鍵盤無情地攻擊傷害。她的心冷了，於是回到房間，取出遊戲木匣打開圖紙，將人像棋子置於「game over」欄位，隨即場景有了變化，瞬間便退出野蠻遊戲的場景而返回了現實世界。

她哭了好一會兒，實是心有不甘，於是再次移動遊戲圖紙上的棋子，進入了另外一個遊戲世界……

第十一章　商業機密

29.

晴空萬里，風和日麗，陽光如金絲線一般地射向大地。

一部閃閃發亮的黑頭高級轎車在太陽的照射下顯得非常耀眼，它緩緩地往城市裡的鈞悅飯店前行。車裡坐著一名微胖，梳著油亮頭髮年約五十歲的中年男子；他是余榮祥，鼎新汽車公司的董事長。由於鼎新汽車最新研發的飆風新型汽車即將上市，是以他選在城市裡最高貴的地段；也就是市府附近的五星級鈞悅大飯店舉行新款汽車上市記者會。

到了鈞悅飯店，司機下車為余榮祥開車門，余榮祥跨出步伐，抬眼望向矗立於眼前二十五層樓高，雄偉壯麗的酒店建築，再將視線緩緩地下移，定睛在一塊紅色的標示牌上，注視著上面幾個大字：「鼎新汽車公司成立酒會暨新研發汽車上市記者會」，心滿意足咧嘴瞇眼地笑著。他邁開腳步走進鈞悅飯店，司機尾隨其後。進入飯店大廳，他細細地審視，見有許多工作人員正忙著佈置現場，有的替長條桌案鋪上桌巾，有的端著一盆盆鮮花置於桌面上，有的則正以高腳杯堆疊杯塔，或有結綵、繫彩球的，總之整個記者會現場佈置得極其熱鬧豪華，讓人有種欣欣向榮，公司前程似錦，不可限量之感。

一位飯店經理趨近余榮祥，和善地笑問道：「余董事長，您來了。這會場佈置得您還滿意嗎？」

余榮祥點頭微笑，「很好、很好，你辛苦了。」

「不會不會，」經理笑得開心極了，「董事長滿意最重要。如果董事長還有什麼要吩咐的請儘管吩咐沒有關係。」

余榮祥點頭的當口，口袋裡的手機忽響起，他掏出手機接著揮揮手，示意飯店經理忙他自個兒的事情去。飯店經理恭敬地鞠躬、離去，他則按下手機接聽鍵，將耳朵湊近聽筒。

「喂……」

「余榮祥？」

一聽是老闆的聲音，余榮祥整個身子都直了起來。「是，我余榮祥，……，呃，都佈置得差不多了，請您放心。……當然當然，我已經讓手底下的人聯絡各網路與電視媒體的記者，該送的禮都會送，我們鼎新汽車創業代表作新型汽車上市的消息肯定能夠傳遍大街小巷。……，欸，不辛苦不辛苦，這些都是該做的呀。……，好，有什麼事我一定會馬上向您報告。」手機收線，他吁了口氣，拿出手帕擦擦汗。記者會馬上就要開始了，他整理了一下服裝儀容，等在一旁做準備。

✦　✦　✦

鈞悅飯店的大廳人山人海，被鼎新汽車所邀來的商界嘉賓跟請來的記者給擠得水泄不通，霎時鎂光燈四起，與天花板所綴飾的水晶吊燈相互輝映。記者會現場，有不少好奇圍觀的群眾喁竊交談，不過大部分是媒體居多；有架設攝影機者在一旁癡癡地守候，有正在準備麥克風跟錄音機的採訪記者。驟然間司儀的聲音透過麥克風劃過富麗堂皇的大廳，引起眾人注意。

「各位嘉賓，以及現場的記者朋友們大家好，歡迎您的蒞臨。今天是鼎新汽車成立酒會暨新型汽車上市的記者會，很高興大家能參與今天的盛會。現在，我們有請鼎新汽車公司的董事長余榮祥先生上臺為我們致詞，請大家以最熱烈的掌聲來歡迎他。」

站在臺旁的余榮祥先微微地躹躬致意，緊接著快步上臺，站在正中央。他頷首，清了清喉嚨然後透過麥克風對臺底下的眾人說道：「各位嘉賓、記者朋友們，大家好。很高興今天藉此跟大家見面。鼎新汽車歷經多時籌備，經由工作團隊的努力，目前終於正式成立。更高興的是，今天是鼎新第一個研發成功的汽車上市的日子……。為了能夠讓各位更清楚新型汽車的外觀與功能，廢話不多說，現在就請我們公司的助理為大家做一詳細介紹。」

余榮祥稍作致詞即下臺，此時背景音樂響起，由模特兒繞著鼎新汽車所上市的新型車輛在臺上走秀，還一邊展示汽車的時尚外觀；並由助理在一旁為眾人解說其諸多功能。

「鼎新汽車新研發的『飆風汽車』是一款免用火星塞的省油引擎，並且透過流體力學的研究，減少汽車的風阻……」

✦　✦　✦

城市某辦公大樓內，鼎新汽車光潔明亮的辦公室，一名男子手握電視遙控器，凝神地坐於辦公椅上，雙眼盯著螢幕上正在報導的鼎新汽車新車上市記者會新聞，嘴角露出滿意欣喜的笑容。

他——就是鼎新汽車的幕後老闆，余榮祥的神祕頂頭上司。

✦　✦　✦

鈞悅飯店的大廳傳來一陣歡聲雷動熱烈的掌聲，余榮祥在眾人的簇擁下開啟酒瓶瓶蓋，開心地將水酒注入會場裡的高腳杯杯塔，嘉賓們舉杯互敬，記者們的相機跟攝影機則是不停地捕捉著這值得慶賀的一刻，新汽車上市的記者會顯然非常成功。

就在大家高興舉杯同慶的時候，幾名警察肅穆嚴謹地走進記者會現場，惹來眾人一片驚愕譁然。領頭的檢調人員站在杯塔前，注視著眼前歡欣喝酒的所有人。

「誰是鼎新汽車的負責人？」

眾人面面相覷，接著全看向余榮祥。

余榮祥一頭霧水，但還是站了出來。「我是余榮祥，鼎新汽車的董事長。」

「在這裡舉辦新車上市的記者會？」

「是。」

「有人指控你們鼎新汽車盜取商業機密，今天上市的新車根本就不是你們公司研發的。你知道嗎？」

「這，這怎麼可能？」這下子余榮祥可傻眼了，明明是公司研發生產的新型汽車，怎麼會被警方說成是盜取商業機密呢？

「有沒有可能我不知道，總之請你先跟我們回警局協助調查。」

「這，酒會還在進行……」

「你覺得這酒會還能再進行下去嗎？有什麼話到警局再說。走吧。」

余榮祥面有難色，望著四周投射而來的狐疑目光顯得難堪至極，但還是得被迫消極地與警察離開鈞悅飯店。

要去警局之前，余榮祥突然唉喲了一聲，引起警察的注意。

「怎麼了？」

「警察大人，我肚子忽然有點兒不舒服。」

「剛才記者會的時候不是好好的？」

「肚子不舒服的事很難說得準嘛，我上一下廁所行嗎？」

警察狐疑地望向余榮祥。

余榮祥佯裝痛苦神情，「拜託了，警察大人，讓我上個廁所吧。你放心，飯店的廁所沒有窗子，我不會溜走的。況且你們也知道我姓啥名啥、公司叫什麼名，我能溜到哪呢？」

「好吧，動作快點！」

「謝了。」余榮祥急忙找了個男廁進去方便。

幾名警察則是守在男廁外面等候。

余榮祥進了男廁，迅速地躲進廁間打了通神祕電話。「老闆，是我。……今天的記者會本來很順利，卻突然來了幾個警察，說我們公司新上市的汽車被指控盜取商業機密，不是我們公司研發的，我現在人還正鈞悅，不過等一下就要跟警察去警察局了。……飆風汽車不是我們研發的案子嗎，怎麼會弄成這樣呢？……那現在我們到底該怎麼辦？」余榮祥心一慌沒了主意，聽著手機聽筒裡幕後老闆的指示只能拼命地點頭。「是、是，好，我知道了。」

✦　✦　✦

警察局內，余榮祥正極力捍衛鼎新汽車的立場，將「竊取商業機密」的罪名推到他人頭上。

「警察先生，這起竊取商業機密的案子跟鼎新一點兒關係也沒有，我們也是無辜的受害者，是一位名叫作史弗襄的女工程師將飆風這個設計案賣給我們的，我們鼎新根本就不知道史弗襄這研發案原屬華鑫汽車公司。如果真要調查的話，那也應該要找史弗襄來問啊。」

30.

鼎新汽車新車上市記者招待會的畫面在各大電視臺新聞報導時段強力放送，同時，華鑫汽車的協理華鏞則由檢調單位人員陪同下，前往華鑫汽車總部辦公大樓的研發工作室。

華鏞帶著幾名警察進入工作室，直接走向史弗襄的工作臺。一身中性裝扮卻仍掩不住青春美麗容貌的史弗襄正聚精會神專注地工作，餘光瞥見有人緩緩地靠近，於是抬起眼來。

「是協理，怎麼會來工作室？是不是有什麼事情？」

「史弗襄，我真沒想到妳竟是這種人。」華鏞一開口居然不是公事，而是義憤填膺地指責。

聽著他不友善甚至是帶有憤怒的說話口吻，史弗襄有些不解。「我不懂您的意思，協理，是不是我做錯了什麼？」

「哼，妳做錯的事情可大了！想當初總裁見妳是個人才，工作認真，所以用心栽培妳，拔擢妳，沒想到妳居然恩將仇報，將我們華鑫汽車投入巨資所研發的飆風汽車案賣給鼎新汽車，損公司之利謀取個人利益。妳這麼做對得起總裁對妳的栽培嗎？」

「損公司之利謀取個人利益？」史弗襄一頭霧水，「我不知道什麼鼎新汽車，也沒有將我們公司的研發案賣給他們。協理，這當中會不會有什麼誤會？」

華鏞冷哼不恥地說道：「會有什麼誤會？妳是我們公司研發部門的總工程師，飆風汽車這個案子的進度只有妳知道，不久前妳才跟總裁還有我報告過這個案子的研發進度，不是妳洩漏了商業機密那還會有誰？」

「協理，這麼嚴重的指控您不可信口胡說，要有證據才行。」

「要證據？那好，妳就跟警察走一趟警察局吧。」

帶頭的警察示意要史弗襄跟他們至警察局協助調查，她不得已只得跟著他們一起離開自己的研發工作室。

經過華鑫汽車總部辦公大樓一樓大廳時，許多公司同事見史弗襄被警察帶走，有人愕然，有的則是不解地看著她無奈離去的背影，還不停地在她身後碎嘴道：

「公司是不是發生了什麼事情啊？」
「史弗襄不是總裁眼前的紅人嗎，怎麼會被警察帶走呢？」
「她是不是做了什麼犯法的事情啊？唉，女人當總工程師，這能信任嗎？」

✦ ✦ ✦

警察局裡，承辦案子的人員將有關飆風汽車的書面資料攤在桌案上給弗襄看，她看完資料以後嘆了口氣，揉揉發疼的太陽穴。

「史小姐，這些資料妳應該不陌生吧？這些都是從鼎新汽車那兒拿到的，他們說是妳給的研發案，一手交錢一手交案。」

弗襄懊喪地搖頭，她感到一種蒙冤的憤怒，卻又不知該對誰渲洩怒氣。於是她對警察說道：「這案子確實是華鑫汽車的研發案，但我根本沒有洩漏給鼎新汽車公司，我不知道案子為什麼會在他們手上。我沒聽說過什麼鼎新汽車，也不認識那家公司的任何一個人，而且我一個子兒也沒拿，不相信的話你們可以查我的銀行帳戶。」

「查銀行帳戶有什麼用？如果你們是以現金交易的話根本就不需透過銀行轉匯款。」

「那你們可以查我手機跟市內電話的通聯紀錄，甚至連電子郵件信箱也可以查。我真的不認識鼎新的人，更不可能會拿他們的錢。」

「如果雙方真要見面的話也可以透過中間人傳遞消息，根本用不到手機或是電子郵件。再說了，如果妳不認識鼎新的人，那人家為什麼會咬著妳不放？妳史弗襄至多是華鑫汽車的總工程師，又不是什麼鼎鼎大名的大人物，誰會故意陷害妳？還是，鼎新有什麼人覬覦妳的美色，愛妳愛不成所以陷害妳？」

「警察先生，最後一句話請您收回。我雖是女性，但能有今天的地位與成就全憑本事，以及認真努力工作所換取得來的。其他事情……，我完全不知道。」她雙手抱胸低頭沉思，想不出為什麼會發生這種事情。

「好，剛才那句話我收回。但，事情不是推說不知道就沒有責任，妳不是華鑫汽車的總工程師嗎？華鏞先生說了，公司裡所有的研發案都是妳在掌控進度的。不是嗎？」

「是，但我真的沒有將公司的研發案賣給鼎新，不能因為鼎新有人隨便誣陷我，就把所有的罪過都往我頭上扣。」

「好，那妳想想，平時妳有沒有跟什麼人處不好，結什麼仇，還是有得罪過別人？」

弗襄想了一下，搖頭。「沒有，我跟同事處得很不錯，也沒有得罪過什麼人。」

「還是妳擋人財路，所以人家要陷害妳？」

「不可能，我只是一個工程師，能有什麼能耐擋人財路？」

「是嗎？妳要想清楚喔，這可關係著妳的清白。要知道，現在妳有很大的嫌疑，情勢對妳不利，如果沒有有力的證據證明妳的清白，那我們也只能照規矩辦事了。」承辦案子的警察笑了笑，

「來這裡的人，每個人都說自己是清白的，我們呢，只看人證物證。不過妳放心，我們會再過濾其他有嫌疑的人，另一方面也有可能是鼎新汽車公司竊取商業機密卻作賊的喊捉賊，所以我們會再進

行其他的調查，總之妳若沒做的事情，是絕不會讓妳承擔的。」

✦　✦　✦

經過警方長時間的調查盤問，弗襄累極了！她拖著疲憊的身子走出警察局時夜已深了。她站在大馬路上獃愣了好久，想讓夜風吹醒自己的腦袋，可沒想到風愈吹頭卻愈疼。她坐進一輛攬來的計程車，一路沐著黯淡悲慘的月色回到住處。她累極、惱極也困惑極了！所有的情緒交錯使得她有一種心力交瘁之感，她再也提不起一丁點兒力氣來，於是進屋以後便用自己身體的重量將門給壓著關上，接著就頹然地將自己給摔進床鋪裡去了。

因為實在是太累了，入內以後她根本就沒有開燈，只藉由窗臺透進微微的一抹月暈微光審視室內，她將自己鎖在這悽慘靛藍光線浮動的房間裡，衣未解、鞋未脫就躺在床上沉沉地睡去。牆上的時鐘滴答滴答地走著，伴著累癱酣睡的人兒入夢去了。不知睡了多久，衣服口袋裡的手機忽響了起來，她被擾醒，勉強睜開惺忪睡眼摸出手機，迷迷糊糊地按下接聽鍵。

「喂……」

「弗襄，我是宛若，妳在哪兒？」閨蜜董宛若打了電話來關心。

「我在家裡。」

「終於回家了。」宛若一聽見弗襄到家以後就鬆了口氣，「今天的事情我在公司聽說了，一聽見妳被警察帶走我就打了妳的手機，可是妳一直沒接，晚上也打了好多通電話到妳家，不過妳好像還沒回家，現在妳回家我就放心了。怎麼樣，事情跟警察交代清楚了嗎？」

「根本沒法交代清楚，而且愈來愈亂。」

「怎麼會這樣？」

「我跟警察說我沒有洩漏公司的商業機密，但警察說鼎新汽車那邊的人一口咬定是我做的。我是公司的總工程師，案子只有我知道，現在情勢不利於我，我實在是……，百口莫辯！」

「沒做的事情怎麼可能矛頭全指向妳呢？」

弗襄急了，想證明自己的清白卻全然無策，於是只能嘶吼著對閨蜜發誓地說道：「相信我宛若，我真的什麼也沒做，我絕不可能為了那點利益出賣栽培我的公司，我在公司受長官器重、發展順利，也沒跟什麼人有過結，根本沒有那個動機啊。」

「我當然相信妳，我們是閨蜜，我瞭解妳。這事太蹊蹺了，壞就壞在沒人可以為妳作證。沒關係，先別擔心，如果妳沒做，相信司法一定會還妳清白的。現在妳該做的就是安靜自己的心，好好想想到底有哪些人可能會跟這件事情有所關聯。記住！妳一定要仔細好好地想，這畢竟關係著妳的前途。知道嗎？」

「好，」她長嘆了口氣，「我會再仔細想想看。」

「那今晚就先好好休息，養足了精神再好好想想。」

「嗯，謝謝妳宛若，謝謝妳。」她同閨蜜道了晚安，手機收了線。雖然答應她要睡飽了再好好想，但腦袋瓜子還是忍不住地思索起有關於洩漏汽車研發設計案一事。她心想自己只是個拿人薪水的研發工程師，自進公司以來便安份守己、認真努力地將自己份內的事情給做好，殊不知安份上班過日子的她居然也會遭逢這等災難。她深感懊惱，同時又想起警察跟宛若所說的話，他們都要她仔細地回想自己是否與人結仇；有否得罪於人，或有什麼人可能跟這件事情有所關聯，於是她靜下心來，開始回想起六年前自己初入華鑫汽車公司時的景況……

第十二章　回溯過往

31.

又是一年一度鳳凰花開、驪歌響起的畢業季，許多應屆畢業生在畢業前夕會做的事情，就是決定繼續升學或者乾脆直接就業。不論選擇升學或是就業，因人而異，沒有什麼絕對好壞，重點在於畢業生能否於對的時間做出對於自己最為有利的抉擇。

最近校方在校內各公佈欄貼出公告，將於畢業前夕舉辦廠商徵才博覽會；這個活動的設計是學校為了讓畢業生能夠順利踏入社會進入職場的貼心美意，所以排除萬難，力邀很多廠商共襄盛舉，舉凡國內各大小型企業都會前來學校設置攤位，大開徵才之門。弗襄是電機科系碩士畢業生，念完研究所後她不想再繼續深造往上念，而是想要投入職場，找份符合自己志趣跟個性的工作做，同時積累職場與社會經驗，好為往後的人生積攢更多人脈、奠下更為紮實的基礎。

公佈欄前，一頭長髮卻紮起馬尾，身著襯衫的弗襄仔仔細細地看著有關徵才博覽會的訊息，並掏出記事本與原子筆，記下其日期、時間，還有參與的畢業生所該攜帶的證件、履歷等重點。闔上記事本，她露出一抹勢在必得的微笑，正巧同班同學胡君鵬也來到公佈欄前，見她站在那兒，便拍了她的肩膀一下。

「在幹嘛呢？」胡君鵬問。

弗襄手指了一下公告上的訊息，笑。「在記重點，怕忘了。」

「怎麼，對徵才博覽會有興趣？」

「是啊，要畢業了，我得趕緊找份工作做，可不想擔憂『畢業即失業』這個惱人的大問題。你呢，不找工作做？」

「我呀，要先好好做趟長程旅行，找工作的事等我旅行回來以後再說。世界如此之大，要趁年輕的時候好好走走看看。妳沒聽說過『讀萬卷書不如行萬里路』這句話嗎？」

「也是，行萬里路是因為讀了萬卷書。能多走走看看，印證一下書裡所教的東西也是好事，不過我可沒像你一樣有優渥的家庭環境，我要想行萬里路的話可得先找份工作掙錢了以後才可以。」

「呵呵呵，妳現在努力，以後一定是個比我還要有用的人上人。」

「現在雖然是二十一世紀，但你不知道嗎？世界是不平等的，女生要出頭天，掙個一席之地，要比男生付出更大的努力與心力才行。」

「弗裏，妳很優秀，我知道妳肯定行的。別因為家庭環境而妄自菲薄，通常這世界會成功的人，都是像妳這樣的女生。」

同學倆在公佈欄前聊了幾句，就說好要一塊吃午飯去。

✦ ✦ ✦

廠商聯合徵才博覽會那天，許多國內知名的大企業或是一些從未聽聞過的中小型公司都前來學校設置攤位，華鑫汽車公司也是其一。博覽會現場萬頭鑽動，攜帶證件與履歷表前來謀職的畢業生多到無法計數，所有社會新鮮人都想趁此機會謀求一份適合自己的工作，帶著夢想與熱情向職場之路大步邁進。

弗襄走在博覽會現場，不斷地與其他參與盛會的同學錯身往前走，走著走著她看見一個掛有「華鑫汽車公司」紅布條的廠商攤位，便走了進去。才剛一走到攤位櫃臺前，就有一位面目斯文和善的男人對弗襄頷首問好。

「同學好，歡迎妳。」

「呃，你好。」

「我是華鑫汽車公司的研發部主管王漢強，請多指教。」王漢強說著就示意弗襄坐下。

弗襄坐定以後掏出自己的學生證與履歷，恭敬地遞上。「這是我的證件跟履歷表，還請王先生過目，衡量一下貴公司是否有適合我做的工作項目。」

王漢強接過，大致看了一下，一邊點頭一邊將學生證還給弗襄。「原來史同學是電機科系的碩士畢業生，我們公司正在召募研發設計工程師，妳很符合我們公司徵才的基本需求喔。」

「那意思是，還有其他的需求是嗎？」

「那當然。最主要，我們公司是希望對研發工作有興趣、有熱忱的年輕人加入我們的工作團隊。我當主管這麼久了，遇到過很多年輕人，有的一剛開始進入公司的時候都說自己有理想有抱負，可通常只有三分鐘熱度，工作一段時間以後就想離職，讓我們當主管的感到非常頭疼，所以我們希望尋找的是有向心力，能夠願意長期待在公司服務發展的員工。」

弗襄點頭表示瞭解，接著對王漢強說道：「我瞭解貴公司的考量，為了節省訓練新進人員的人事成本，也讓營運能夠順利，公司當然會希望召募穩定性強的員工，徵才之前的考慮一定也會比較多。我很希望得到貴公司的錄用，因為我對研發工作一直抱有很大的興趣。」

「喔？」

「我希望得到這份工作有兩個原因；第一個原因是：我從中學開始就立定志向將來考大學一定要考取電機科系。或許研發對其他人而言是呆板枯燥的工作，但對我來說，能將自己的想法變成一個可以便利使用者的商品是一件很有成就感的事情，所以一直以來我期望自己能夠成為一名優秀的研發工程師，研發設計出許多使用起來方便自如的商品為公司賺錢，同時也造福消費者。」

「那第二個原因是？」

「因為華鑫汽車公司是國內數一數二的大汽車公司，能夠錄取加入華鑫汽車代表實力的被肯定，而且我相信這麼大的公司升遷管道一定十分暢通，只要認真、肯努力的人，相信一定會有機會出頭的。」

「嗯，妳說的沒錯，而且也聽得出來妳真的很有熱忱。妳是女生，本來就比男生細膩細心，加上有工作熱忱，一般來說工作效率是加乘效果。說真的，一般社會新鮮人都不太願意選擇研發工程師的工作，雖然薪水誘人，但畢竟工作過於枯燥乏味，必須要有高層次的技術與工作熱忱的人，才能夠熬得住，所以有實力，且願意長期在研發領域中工作的工程師就愈發顯得珍貴。」

坐在一旁的人事主管沈鈞建說話了，「雖然有經驗的工程師能夠很快就進入狀況，可是我們華鑫汽車公司每年所召募的基層工程師，有不少都是剛畢業的社會新鮮人，就像是史同學這樣有熱情的人。」

「沈課長說得沒錯，我們公司非常願意給剛畢業的年輕人一個機會，一來從頭培訓好強化他們對於公司的忠誠度；二來若能有幾個有熱忱、待得住的，也是公司之福。」王漢強說。

「如果是這樣，那就太好了。我滿心期待。」弗襄心裡滿溢著一股欣悅激動的情緒，好似她的人生就要從華鑫汽車公司開始，且前程似錦。

「你們這些新鮮人有衝勁，夠聰明，尤其是來自國立大學的碩、博士，幾乎只要稍加訓練就可以開始工作了。」沈鈞建又說。

……

研發主管王漢強與人事主管沈鈞建同弗襄一番談話，二人皆對她留下極為深刻又良好的印象。不過由於華鑫汽車是大公司，至攤位應徵的畢業生不在少數，所以沈鈞建先收下了她的履歷表，然後對她說道：「很謝謝妳參與我們公司的徵才活動，因為這個活動到下午五點才結束，所以我們還會再面試其他同學，將履歷表集中起來以後跟其他相關主管做討論，選出最適合的人選。這次徵才結果會在三天內公佈，若有錄取的話一定會以電子郵件加電話做雙重通知的。妳很優秀，希望妳能成為我們公司的一份子。」

「謝謝您，希望能夠很快接到貴公司的錄取通知。」

三天以後，弗襄接到沈鈞建通知她被錄取的電話，並恭喜她正式地成為華鑫汽車公司的一員，還告知她電子郵件上有報到的日期、時間與所需用到的證件需知，要她回家以後不忘收信一看，報到當天能夠著裝整齊準時至公司辦理入職報到手續。接獲人事主管沈鈞建的來電弗襄開心極了，立刻撥了電話給幾名同窗好友，好友們替她高興，約好今天晚上要到學校附近的酒吧，大夥兒一起慶祝慶祝。

✦ ✦ ✦

酒吧一隅，五個即將畢業的同學以慶祝弗襄找到一份好工作為由一聚，實則也想於畢業前夕與同窗好友藉此聚會以留下一點青春年華的記憶。畢竟這一別大家就要各奔前程去了，一旦進入職場甚至幾年之後成家立業，要想再聚首那可不是那麼容易的事情了。

幾名同學點了一手啤酒開懷暢飲，酒喝了一半，在胡君鵬的吆喝之下大夥兒舉起酒杯。

「這一杯，祝弗襄畢業前去華鑫汽車公司能有好發展。」

同學們跟著吆喝，「對，有好發展，好發展——」

「以後要是有成就的話，可別忘了我們這幾個好同學喔。」

「還有，拼工作，也別忘了拼一下自己的愛情蛤。」一位男同學說。

弗襄有點羞澀，靦覥一笑。

吆喝完，所有人乾杯，仰首一飲而盡。

弗襄很是感動，飲完以後再倒了滿滿一杯酒回敬大家。「這一杯，祝我們的友誼長存。」

「對，友誼長存——」

大夥兒便又碰杯，匡噹一聲喝乾了酒。

32.

報到日那天，弗襄穿戴整齊，一頭俐落長髮梳成俏麗包頭，外加簡約套裝與塊狀矮跟高跟鞋，騎著摩托車前往工業區華鑫汽車公司所在位址。弗襄本就出落得美麗，外加一絲典雅，簡約衣妝完全襯出了她的好氣質，且還外透了一些慧黠氣息。

華鑫汽車是家大公司，且就位於這座環境良好的工業區內，能在這裡工作，弗襄心裡自是非常高興，頭一天上班的精神當然好得沒話說。

華鑫汽車總部大樓是一棟下窄上寬圓柱型的鋼骨結構，外觀為透明強化玻璃，能看得見建物內部，時尚且科技感十足的商用辦公大樓，有二十層樓高，外有綠色植物環繞，位於工業區十分顯眼之處，裡面除了行政單位以外，研發部門也在其中。華鑫汽車的員工最嚮往的就是公司的最高樓層——第二十層樓；那是所有高階主管辦公的樓層，也是行政總裁華鑫坐鎮之樓，一旦有一天能夠爬到那層樓，那便代表著自己的能力受到主管肯定，同時在公司地位也已然是提升至某一程度的最佳證明。

站在那棟陽光照耀之下閃閃發亮的華鑫汽車總部大樓前，弗襄忍不住地抬眼望向最高那層樓，內心驟然升起一股澎湃豪情，她雖為女性，但暗誓定要認真努力地工作，好好發展，終有一天要讓所有同學們都羨慕、欽佩她在汽車研發設計領域上的成就。完成心裡那景仰崇拜、誓言成功的儀式以後，她微笑，然後斂容地踩著沉著有力的步伐，推開旋轉門，自信滿滿地走進去。

來到大廳，由櫃臺小姐帶領她前去人事部門，辦妥報到手續，然後就同其他同梯進公司的新進人員被帶往研發部門的工作室。她邊走邊好奇地看著身旁的同事，數數約莫有十幾名新進工程師，不禁令人咋舌。來到研發部門，見王漢強老早就站在不遠處，佈滿魚尾紋的小眼睛因笑而瞇成了一條線，似乎是在等待著大家。

「各位新進工程師，這位是我們公司研發部門的主管王漢強。」領工程師來到研發部門的櫃臺小姐對著大夥兒介紹著說。

王漢強上前，對眾人頷首地說道：「歡迎各位來到華鑫汽車，我代表總裁華鑫先生歡迎各位。」

「王部長，新進人員就交給你囉，我還有事先去忙了。」

「好，妳忙。」

櫃臺小姐點了個頭便轉身離開去了。

部門裡頭多添了些新工程師，王漢強免不了要給番勉勵，為大夥兒加油打氣。「我想新環境大家一定都很陌生，有什麼不明白的可以來問我，或問其他資深的工程師。華鑫汽車的同仁都很和善，相信大家一定能夠相處愉快。來到這裡，希望大家能夠好好幹，華鑫汽車是個能夠提供你們發揮的大舞臺，只要你們認真，有向心力，公司是絕對不會虧待大家的。」

新工程師個個你看我、我看你，點點頭，接著又有默契似地看向王漢強。

王漢強露出滿意的笑容，對眾人說道：「現在呢，我大致為各位說明一下工作職責，汽車研發的工作其實很固定，除了負責汽車硬體研發設計以外，還要蒐集市場資訊，像是：市場需求、顧客喜好等等，針對這些需求以進行車體啦、結構等相關的研發，再跟生產部門做溝通，然後調整研發的內容……」

弗襄聽著王漢強所說的話，內心鬥志昂然，對未來懷抱希望。

開始工作以後，每個新進人員都會有位領入門的「師傅」，也就是每個新人都必須跟著一位資深研發工程師一同工作。弗襄被分派跟在資深研發工程師鍾炘麟手底下，由炘麟來帶領她熟悉工作環境、工作內容與流程。

炘麟見弗襄被同事給帶了過來，上前始一番自我介紹。「妳好，是史弗襄對吧？我是鍾炘麟。」

「是，我是史弗襄。」

「妳確定妳是電機系畢業的嗎？」

「咦？」她有點不解地注視著他。

他笑了笑，「妳這種氣質，像是中文系。」

「啊？」

「太美了，我有點不習慣。」

「別對我有刻板印象，也別懷疑我的能力。」她說道。

「不敢不敢。那麼，從今天開始妳就跟我一起工作吧。」

見高大魁梧、長相卻斯文的鍾炘麟泛起一抹溫暖的笑容，弗襄原本初至新環境的擔憂終於卸下。「好，要麻煩前輩多多指導囉。」

「說指導不敢當，不過跟我工作會很辛苦，因為我的要求很嚴格，但一定能讓妳學習到很多實務上的經驗。」

她不以為意，「只要能夠學到東西，再怎麼辛苦我都不怕。」

「那好，我呢，知道什麼就教妳什麼，妳不懂什麼就問我什麼。」

「是。」由於初出社會，弗襄還未脫學生稚氣，對炘麟像是對老師一樣唯唯諾諾。

「呃對了，妳是剛畢業的碩士新鮮人吧？別喊我前輩，挺不習慣的，雖然我們是做研發設計的，但不見得要這麼拘謹，不嫌棄的話就喊我一聲鍾大哥好了。」

「是，鍾大哥。」

與炘麟共事以後，由於弗襄很聽話也很認真細心，炘麟很是滿意，兩人的相處則極為融洽，炘麟像是大哥帶領著小妹那樣，什麼事情都不藏私地搶著教給她。弗襄很是聰明，反應很不錯，總沒教炘麟失望，兩人的情誼可謂愈來愈好，甚至還結成了好朋友，是那種有幽微情愫的好朋友。職場是個你爭我搶、爾虞我詐且勾心鬥角的地方，炘麟的照顧與教導，讓弗襄心中流過一股暖流，也讓初入職場的她對於這個向來爭得你死我活的地方，少了些許恐懼不安與不適應。但她似乎還不明白，職場上並非人人是好人，有時壞人往往躲在看不見的角落，伺機想要陷害人。而害人的人，並非一定是因為人擋了他的財路或者是損他利益，其實只是想要拿人當作自己的替死鬼罷了。

33.

已經晚上十點鐘了，弗襄拖著疲累的身子來到公司一樓大廳，正準備推門走出去的時候，身後傳來炘麟的聲音。

「弗襄——」

弗襄停下腳步回頭，炘麟正好就站在她面前。「鍾大哥有事？」

他笑著上前，「走吧，去夜店喝兩杯。」

「去夜店？你不累嗎，我們都已經工作超過十二個小時了呢。」

「就是累才要放鬆啊。」

「那也應該回家放鬆，我累死了，想先回家洗澡睡覺。」

「妳這樣怎麼行呢？我們做研發的，除了工作還是工作，如果自己不主動找樂子，那人生就太無聊了。」

「……」

「妳忍心拒絕我的第一次邀約嗎？」

她有點羞怯地笑了一下，頷首。於是兩人相偕，一同走出辦公大樓。

炘麟開車載著弗襄，來到市區一家酒吧。那家酒吧門前有棵枝繁葉茂的行道樹，店前可謂花草葳蕤，且樹上垂綴著多如繁星點點般的跑馬燈，一閃一閃的，在夜裡看去十分美麗。酒店門面看起來很是英式鄉村風格，裝飾有一大片霓虹燈，最上方有以藍色霓虹圈成「傷心酒店」字樣的大招牌。

停好車後，他們倆走了進去。入內以後空間整個變暗，不遠處小舞臺上方的投射燈射出如金絲一般的光線緊緊地攫住了視線，舞臺下方則是供人跳舞的小舞池，一張張小圓桌簇擁似地圍繞在舞池旁。

他識途老馬般地領著她來到一桌位坐下，與店內的服務生點了兩杯啤酒。酒很快就被送上來了，他推了其中一杯給她，她邊喝邊看著酒吧裡的男男女女，忽覺得有些好笑，雖說這酒吧名為「傷心酒店」，但來這裡的人可一點兒都不傷心呢，看起來根本是非常高興快樂的模樣。她心想，真正傷心的人大概是不會到這種地方來的，畢竟這裡的氣氛太High，與傷心一點兒也不搭調。

兩人喝著酒，一壁聊天，氣氛很是融洽，氛圍很是令人不設防。酒過三巡，他便邀著她來到舞池，彼此相擁而舞。對於兩人來說，那貼近的鼻息，令人易於陷溺。如此情境令人迷醉，當然也就十分危險了，但這種危險帶有很深很濃的費洛蒙，使人甘於陷入其中而無可自拔。

不知過了多久，看著腕上的錶，已是午夜十二點多了，她愈喝酒，頭愈發暈眩，疲累與睡意一陣陣地襲來，實在是撐不住，於是搖頭示意不行了。兩人起身走到櫃臺前買單，他偕她來到夜店外，因喝了酒而不便駕駛，所以攬來一輛計程車，然後雙雙地坐了進去，車輛緩駛而去消失在夜的魅惑月光裡。

34.

由於環保意識抬頭，汽車不單是便利人們的交通工具，整體設計更重視環保與省油。未來汽車的趨向，一是較為省油的柴油車愈來愈有潛力與魅力；二是著重環保；三是除了實用性功能以外更為重視時尚元素。華鑫汽車最近所研發的方向朝此前進，弗襄以公司的大方向為前提，研發設計了一款流暢弧線的車體、別致的內飾，並且採用新的設計結構，使車輛發生碰撞時能使車內駕駛與乘者的傷害減到最低。

今天，華鑫汽車的行政總裁華鑫沒有事先告知就進入研發室，巡視研發部門的工作情形與進度。他是個年約五十五歲的壯年男子，有一頭些許花白的頭髮，平時雖不苟言笑，貌似肅穆嚴謹，一派西裝筆挺高不可攀的模樣，但事實上他很重視與員工之間的溝通，也很願意主動親近底下的職員，注重全體員工的福利，所以，所有華鑫汽車公司的同仁對他都很尊敬，也很是崇拜。

華鑫以不打擾同仁工作為前提靜靜地視察，來到弗襄的工作臺旁，見她桌案上的電腦螢幕秀著繪圖軟體所繪製而成的汽車外觀設計圖，被吸引住而停下了腳步。

「這是妳設計的？」華鑫問。

弗襄聽見有人說話，轉過身來。「是。」

陪在一旁的研發部長王漢強立刻對她說道：「還沒見過總裁吧？這是我們的總裁華鑫先生。」

弗襄進華鑫汽車公司集團已有好幾個月了，今天是第一次面見總裁，因此有些慌了手腳，像小學生一樣立正站好。「呃，總……總裁好，我是史弗襄，研發部門的新進工程師。」

華鑫點頭，「好、好。很高興我們公司的研發部門，終於注入了一股溫柔的氣質。」他指著螢幕上所秀出的汽車設計圖，「這個設計很特別。」

「是，汽車除了安全、乘坐舒適以外，現代人更重視省油與車體壽命。我所研發設計的這款新車，在材料方面，大量使用鋁合金車身跟鋁合金發動機，所以將車身跟發動機重量減輕了35％跟30％。而且鋁合金是很好的散熱材料，重量很輕，傳動會很省力，用於汽車部件即可增加發動機壽命，還可以節省燃料。此外，車體的流線造型也能降低阻力，無形中即可更加省油。」

華鑫笑，「沒錯，妳這設計真好，我很欣賞。女生確實很細心。」

「謝謝總裁。」弗襄得到高層賞識，便對自己的設計愈發有信心，她笑著說道：「這款汽車不只外觀流線跟輕盈的車身，連內部我也做了設計，內飾顏色設計了10種套裝。」

「嗯。」華鑫點頭，看得出弗襄是個很認真工作也很有心的工程師。「來公司多久了？」

「幾個月而已。」

「有沒有什麼不習慣的地方？」

「報告總裁，沒有。」

「妳呢，好好做，日後公司要是有可升遷的職缺妳絕對有機會。」

「是，謝謝總裁。」

王漢強一旁對弗襄笑道：「總裁可沒當面這麼稱讚過人的喔。」

弗襄猛點頭，「是、是，真的很謝謝總裁。」

華鑫點頭，拍拍她的肩膀就離開去了。

看著總裁離去的身影，弗襄心裡有股莫名的感動。初入職場，能被公司的最高主管一番肯定勉勵，她心裡自是高興與感動，為公司效命的火焰就在內心燃燒得更加熾盛了。

✦　✦　✦

有天早上上班時間，弗襄一推門走進華鑫汽車總部大樓就看見總裁華鑫與管理部門部長華鎧正與其他同仁一起站在電梯前等候電梯。

弗襄快步地上前，「總裁，早。」

華鑫笑了笑，想起。「妳是，研發設計部門的工程師史弗襄。」

「是，沒想到總裁還記得我。」

華鑫指著站於身旁的男子，「這位是管理部門的部長華鎧，妳應該還沒有見過吧？」

弗襄聽了以後馬上直起身子，向華鎧躹躬致意。「華部長，您好。」她還記得自己剛進公司的時候，炘麟曾跟她說過，華鑫汽車有一部分要職是華家人所擔任：負責管理部門的是總裁華鑫同父異母的弟弟華鎧；協理一職是總裁的堂弟華鏞；副總是堂妹華鏡；採購部部長則是華鏡之夫祈君堯所擔任。

華鎧沒說話，只點頭，敷衍似地淡然一笑。他雖年屆四十，但看起來就像是三十歲的年輕人，鼻樑上的墨鏡與一身名牌時尚又時髦的裝扮不太像是公司上班的高階主管，倒像是一個明星，非常有型。那身打扮將他不說話時的神情襯托得更為驕傲了。

「叮噹」一聲，電梯下降至一樓，打開大門。

弗襄禮貌地對華鑫說道：「總裁，您先請進。」

所有一起等候電梯的員工讓出一條小道來，要讓華鑫與華鎧先進電梯去。華鑫微笑地說道：「大家一起進去吧。」

於是所有人尾隨於華鑫、華鎧身後進入電梯。

電梯門關上，大家安靜地看著上升樓層的燈號一層層地往上跳，才到四樓就突然一陣劇烈搖晃。弗襄直覺不對，當下即手指一滑，將每層樓的按鍵全都按下，同時對眾人急地吼道：「背跟頭緊貼電梯，膝蓋彎曲抓緊把手。快！」

話音剛落，電梯即刻下墜，速度很快。弗襄上前護住華鑫、華鎧，拉住把手，將他們圈在自己胸前。不到一分鐘的時間電梯墜至一樓，電梯裡的同仁跌得東倒西歪，一時慘叫連天，哀聲連連。電梯內有同仁按了緊急警鈴，通知警衛電梯發生事故，忽急速下墜多人受傷，要警衛趕緊打電話找來電梯公司的維修人員將電梯門給打開，好送受傷的同仁前往醫院就診去。

華鑫、華鎧被弗襄壓住，華鑫搖了搖弗襄，見她毫無反應，心裡一緊。「史弗襄、史弗襄……」

華鎧感到右手臂一陣錐心劇痛，於是掙脫其他壓上來的同事，見弗襄動也不動，心想她可能傷得不輕。「大哥，史弗襄昏過去了，要等人打開電梯大門才有辦法送她去醫院。」

華鑫急了，向周身望了望，擔心地探問摔傷的同仁。「各位還好吧，有人受傷了是嗎？大夥兒先等等，很快就會有人來救我們出去的。」

身旁的員工個個哀哀慘叫，讓華鑫心裡相當難過。「很抱歉各位同仁，今天因為公司的電梯發生意外才會讓各位受傷，各位請放心，醫藥費由公司全部理賠，若傷重不能上班者公司給予病假，日薪、全勤照領。」

二十分鐘過去了，待在電梯裡的人感到愈來愈悶熱，且有一兩位對狹閉空間有恐慌的同仁開始產生身體不適甚至是呼吸困難等現象。華鑫見狀相當擔心，不時以電梯內的對講機聯繫公司警衛，好確認維修人員能抵達公司的確切時間，並要底下人打電話至醫院請求救護車趕緊前來公司門口待命，同時還得安撫受傷或者是身體不適者的情緒，要所有人放心，大家一定都會平安無事。

一個小時以後，電梯維修人員終於抵達，他們設法將故障電梯的兩片門掰開，救出許多傷者，立即送上早已等候於大門口待命的救護車，火速前往醫院去。

✦　✦　✦

華鑫只受了點兒輕傷，稍作包紮即可，並沒有什麼生命危險。華鑫的妻子李穆芬知道以後非常擔心，放下手邊的事情馬上趕赴醫院去。前往醫院的途中她心急如焚，一想到電梯由那麼高的地方急速落下，待在裡面的人很有可能會受傷，甚至丟失了性命，心就不由得揪慌了起來。她看向車窗外的景致深呼吸，試圖讓自己的情緒緩下，不論自己的丈夫究竟會傷成什麼樣，她都應該要冷靜自己，才能在最有需要的時候應付所有事情。

醫院急診室，李穆芬三步併兩步急匆匆地走來，她左右張望，目光焦慮急切地尋找著華鑫，找著找著，見一張病床上躺著一名傷重覆上白布，露出一隻手臂的男人，那手臂上的錶她認得，就是華鑫所戴的那支伯爵鑲鑽男錶。

見那隻手不斷有鮮血一滴滴地淌下，李穆芬的心硬生生地被搗成了碎片，她崩潰激動地哭喊：「阿鑫、阿鑫——」悲慟吶喊的同時，她往那張病床撲了過去，跪於床前嚎啕大哭。

「阿鑫，你怎麼可以這樣拋下我，你教我以後要怎麼活？阿鑫——」生離死別教她傷心欲絕，失去所愛，她根本就不在乎身分、形象，哭得像個淚人兒一般。

在她傷心到了極點，就快要昏厥過去的同時，一隻強而有力的手放在她顫抖的肩膀上。她似乎沒有知覺，仍自沉溺於失去伴侶的傷痛之中。

「穆芬、穆芬，妳在這裡做什麼呢？」

聽見這聲音，她覺得極其熟悉，回眸一望居然見到華鑫。她霍地站起，睜大眼睛跟嘴巴，驚訝到不行。「你、你沒死！」

「我當然沒死，我好端端的，妳哭什麼哭呢？」

她猛然撲進丈夫懷裡，「我以為你從那麼高的地方摔下來已經……」

華鑫輕拍自己妻子的背脊，安撫她。「妳以為躺在那裡覆上白布的人是我？」

她覺得有點兒糗，又哭又笑。「是啊，那人手上也戴著與你一模一樣的錶，所以我以為……」

她心想方才在車上還告訴自己要冷靜，結果一到醫院還是亂了方寸，而且居然還認錯了人。

華鑫笑道：「我的錶落在家裡，今天忘記戴了。」

她擦乾淚水，對華鑫左瞧右看。「謝天謝地，真是謝天謝地。」見自己丈夫能行動能說話，顯見傷勢不重，她逕自雙手合十感謝老天，然後趨近華鑫。「華鏡打電話回家，告訴我公司的電梯故障摔了下來，很多同仁受傷，你也在裡面，我心裡一急就馬上趕過來看你了。怎麼樣，傷到哪兒了？」

華鑫笑了笑，「我沒事，就臉跟手有點兒擦傷，有些碰撞，瘀傷的地方回家揉揉就行了。」

「沒事？」穆芬心疼地摸著他受傷包紮的手腕，「手都裹上一團紗布了還說沒事？」

「跟救我的員工比起來，我這算是小傷。」

「救你的員工？」

「是啊，一個叫作史弗襄的研發女工程師。電梯下墜的時候是她護住我跟華鎧，但她反而撞傷頭部，到現在還昏迷不醒呢。」

「會不會有生命危險？」

「應該沒事，不過醫生說還要再觀察看看。」

「希望那位史小姐有好報能夠趕緊醒過來，要是她醒來你一定要好好達謝人家。」

「那當然。」

「華鎧呢，他傷得怎麼樣？」

「撞斷了手臂，石膏固定以後必須住院幾天。」

✦
✦
✦

兩天之後，護士巡房，正幫弗裏打點滴，見她終於睜開雙眼醒過來。

「史小姐，妳醒了！覺得怎麼樣？」

她沒有說話，只感覺非常虛弱，且全身乏力，好像被劇烈地拉扯過一樣，渾身發疼。

護士沒再多問，只對她說道：「妳先好好躺著，我請醫生來替妳檢查一下。」

醫師檢查過後表示已經沒事，護士則是打了通電話至華鑫汽車公司，告知弗裏已醒的事情。總裁華鑫帶著慰問金與水果籃，偕同華鏞來到病房探視臥床休養的弗裏。

見華鑫、華鏞前來，弗裏勉強地坐起。「總裁、協理，你們怎麼來了？」

華鑫將水果籃置於病床旁的小桌案上，「那天電梯下墜看妳摔傷了腦袋昏過去，我心裡很過意不去，很擔心妳的傷勢，所以要醫院等妳一醒來就立刻通知我，我好來看望妳。」

「謝謝總裁關心。呃對了，華部長怎麼樣，有沒有受傷？」

「他摔斷手臂，住院兩天就回家休養去了，沒什麼大礙，等拆石膏。」

「那就好。」

華鏞笑，「妳自己都昏迷兩天了，居然還擔心別人的傷？」

弗裏靦覥一笑，笑裡明顯有些虛弱。

華鑫深深一鞠躬，「弗裏，真的很感謝妳救命之恩。」

她承受不起，忙勉力地攔著華鑫。「總裁，您別這樣……」

「還好妳醒了，一切正常，萬一妳要是有什麼三長兩短，我還真不知道該怎麼跟妳家人交代。」

「沒事了，總裁不必為我擔心，我很好，真的。」

華鑫遞上慰問金，「這是我的一點兒心意，請妳務必收下。妳好好在醫院裡養傷，所有住院的費用我會負責。」

弗襄很是感動於主管高層的體恤與關懷，不過她心想救人是本份，所以搖頭拒絕華鑫致贈的慰問金。華鑫卻很堅持，兩人推來搡去了好一會兒，她才收了下來。

華鏞上前，拍拍她的肩膀。「慰問金妳收下沒關係，那天搭電梯受傷的同仁每個人都有。謝謝妳救了總裁，我代其他華家人向妳致意。」

「呃，真的沒什麼，稱不上救，能夠協助總裁跟部長我很高興。」

華鑫欣慰地說道：「妳救了我跟華鎧，我很感謝妳。不過以後如果要救人的話一定要注意自己的安全。知道嗎？」

弗襄傻傻地靦笑著，「當時情況緊急我沒想那麼多，只擔心總裁跟華部長的安危，畢竟你們是公司的頭，不能有事，所有員工的生計都要靠你們呢。」

第十三章　寶座競奪

35.

弗襄進公司約五年以後，研發部總工程師王進安即將離職，高層決定將由資深工程師，擇一任研發設計總工程師一職。消息傳出後幾名資深工程師雖很高興，卻也顯得患得患失，因為人人有希望，個個沒把握。

這五年期間，弗襄與炘麟之間早已發展成為情人關係，是典型的辦公室戀情。由於兩人的人格特質相近，卻又有些互補性格，是以關係十分和諧。

一早進工作室，見炘麟已開始工作。她走了過去，高興地說道：「炘麟，你知道王進安總工程師離職的事情嗎？」

炘麟轉過身來，笑道：「知道啊，怎麼突然提這個？」

弗襄上前，挽著他的手道：「聽說要從資深工程師當中選一個接任王進安總工程師的職缺，而你是所有資深工程師裡最被看好的一個呀。」

「這話誰跟妳說的？」他肅著臉問。

「大家都這麼說啊。所有資深工程師就屬你資歷最深，而且你平時工作認真盡責，也很得上司賞識，所以總工程師這個位置當然非你莫屬了。」

他搖頭，「雖說我也很希望自己能夠晉升總工程師，可是上意難揣，不到最後一刻，誰也不知道究竟會由誰來接任這個位置。」

她聽了一臉茫然。

「我們總裁決定事情一向不按牌理出牌，所以妳絕對猜不到他到底在想些什麼。」

「呃，總工程師的接任人選是總裁挑選決定的嗎？」

「會由我們部長提供名單，但最後決定權在總裁手上。」

「原來是這樣。」

「再說了，人事命令公佈之前，我希望可以低調一點，這樣即使沒有升任總工程師也不會尷尬，心裡比較不會難過。」

「話是這麼說沒錯，但公司幾個資深工程師，就屬你能力最好呀。」

「弗襄，妳這麼希望我升任總工程師嗎？」

「當然啊，你是我男朋友，又是我的前輩，這麼照顧我，又在工作上指導我，我當然希望你能升職啊。」

他拍拍她的肩，在她頰上輕輕吻了一口。「妳有這份心我就很高興了，人事命令公佈之前我還是跟以前一樣，做我該做的事情、盡我該盡的責任，至於升職的事情就交給老天吧。」

雖然炘麟本想要在未確定人事命令之前謹守本份，只做好自己該做的事情，但周圍的同事可沒能讓他這麼如願地保持低調，私底下一起抽菸聊天或吃午飯時總是左一句「總工程師」、右一句「總工程師」地喊他，喊到後來，讓原本對於升職一事想儘可能抱以平常心看待的他，也被眾同事恭維得心癢癢、飄飄然，執著心一旦升起，總工程師這個位置已成必得之勢，炘麟心中也認定應該非他莫屬。

晚上七點鐘，幾名工程師搭乘電梯至公司一樓大廳，正準備離去，卻聽見身後傳來腳步聲，其中一名工程師停下腳步回望，見是炘麟，轉身上前。

「鍾哥，要下班了嗎？」

「嗯。」

「不如一起去吃晚飯吧？難得今天大家都這麼準時下班，一塊兒去吃個飯喝兩杯，意下如何？」

另一名工程師上前，慫恿道：「是啊，總工程師，就跟我們這些下屬們一起去吃個飯喝上兩杯，慰勞大家一下嘛。」

另一名同事也說了：「去吧，去吧，不過新任總工程師要請客喔。」

炘麟沒轍似地笑了笑，「你們啊，別老叫我總工程師，萬一沒升職的話我可就糗大了。」

「唉呀，不會的啦，總工程師一職非鍾哥莫屬了。放眼華鑫汽車的工程師，論資歷、論能力，論上司的賞識，有哪個能跟你比呀。」

「沒錯沒錯，你也真是的，別太謙虛了，再謙虛的話就太虛偽了。」

「就是說嘛，總工程師。總歸一句話，你呀，當我們老大當定了，除了你，別人我可是不會服氣的喔。」

炘麟聽了心裡很高興，好似飄上了雲端，但又不好意思表現得太明顯，免得讓人覺得他驕傲。

同事又說了：「是啊，有了鍾哥當我們的領導，大家以後前途無量啊。」

「不如這樣吧，為了慶祝鍾哥當了大夥兒的老大，今天大家請你喝酒慶祝，我們不醉無歸。」

「別鬧了，」炘麟故作推辭，「要喝酒我可是從來不會推託的，不過就算要慶祝也得等到人事命令公佈了以後再喝個痛快，這樣才名正言順，才能盡興。不是嗎？」

「等人事命令公佈以後要請你吃飯的人可多了，哪輪得到我們幾個呀？」

「對啊，到時要恭喜你的人不知道有多少，所以今天就讓我們幾個先給你慶祝一下吧。欸，弗襄呢，怎沒看見？」

「她呀，今天休假在家呢。」炘麟說道。

「那打電話給她好了，慶祝鍾哥成了我們的老大，嫂子怎麼可以缺席呢？」說著那同事就掏出手機，打電話給弗襄。

炘麟實在拗不過大家的鼓譟，就跟所有人吃飯慶祝去了，吃完以後他還請了眾人去唱ＫＴＶ，瘋了一整晚。

✦ ✦ ✦

人事命令終於公佈了，是在下班之前公佈的。凡是見過公佈欄上訊息的同仁，個個都訝異譁然，簡直不敢相信自己的眼睛。消息傳開以後，公司不斷有同事來到公佈欄前，為的就是想親眼一見人事命令上，白紙黑字所列印出來，接任總工程師的最終人選。

翌日一早，一群同仁擠在公佈欄前窸窸窣窣地討論著，炘麟從不遠處走來，穿越人群，擠到最前面。他目光掠過人事公告上那些制式毫無意義的行文，直接尋找重點，當他看見「史弗襄」三個字，登時臉色大變。那三個字就像針一樣地扎刺著他的雙眼，讓他疼痛不已，甚至是憤怒得想要大叫。下意識他緊握拳頭，眉宇間不停地抽搐，雙眼就像要噴出火焰來。所有人發現了他的異狀，全都噤聲不敢說話，不論安不安慰都好像不太對，因此只能瞪大著眼睛注視著他。他大失所望，倒退兩步，踉蹌差點兒跌倒。他心中不服，覺得這份人事命令簡直就是個大笑話，不但毫無理由，甚至讓他十分沒有面子。更匪夷所思的是，競爭總工程師一職的候選名單不是部長提的嗎，弗襄既非資深工程師，且也才到職五年而已，根本就沒有什麼顯著貢獻，怎麼可能會被列進候選名單之中？從天堂掉進了地獄，這一跤炘麟摔得慘絕痛極了！他咬牙，掠過人群憤恨地衝下樓去，途中正巧撞見了弗襄。

「炘麟，你要去哪兒？」

「我要去哪不關妳的事。」他撇下弗襄就走。他簡直無法置信，自己挖心掏肺所帶出來的後進，他最親愛的女朋友，居然會爬到自己頭上，成為他的頂頭上司，這教他的臉要往哪兒擱，教他情何以堪呢？

弗襄一頭霧水，摸不清究竟發生了什麼事情，只好先回工作室。

一入工作室，同事們的眼光驟然變得詭異，她有些不解，隨便抓了個人就問道：「今天工作室的氣氛怪怪的，炘麟也是。到底發生了什麼事情？」

「妳還不知道嗎？」同事問道。

「知道什麼？」

「人事命令啊，妳沒看嗎？」

「是不是總工程師的人選不是炘麟呢？」

「是啊。」同事嘆了口氣，「大家都以為是鍾哥，也都認定是他，結果居然不是，妳說他心情怎麼可能不糟呢？」

「既然不是炘麟，那是誰？」

「是誰？」那同事哈哈大笑，「弗襄，妳也不知是哪來的運氣，真是讓人既羨慕又嫉妒喔。」

弗襄急忙下樓，想看看究竟是誰搶了炘麟總工程師的位置，讓他的心情這麼壞。來到公佈欄前，她一眼就看見人事命令上自己的名字——「史弗襄」。

「總工程師是我！怎麼可能？」她見了這訊息簡直是驚獃了，還在想會不會是人事部門處理人事命令的同仁打錯了名字。

弗襄接任總工程師一職不但炘麟無法接受，其他同事也覺得很是不可思議。不過令人驚訝的還在後頭，當總工程師一事塵埃落定，一個月後又有了讓所有人更為震撼的人事消息公佈，那就是總裁華鑫終於宣佈了華鑫汽車公司的核心決策十人小組名單，絕大部分是華家人或是大股東，但有一個例外，那就是弗襄。於是公司裡便有耳語傳出，總裁會破例擢升新人史弗襄為總工程師又讓她進入核心決策十人小組是因為幾年前電梯事件她對總裁有救命之恩。

這些流言蜚語傳進弗襄耳裡，心裡感到十分難受，以為自己升職靠得不是本領，而是因為對總裁有救命之恩，更甚者她覺得是不是因自己「女性」的身分而有了便宜可佔？是不是同事們也會覺得，她的外貌會為升職一事加分，她平時待人和善僅是收買人心？她肯定是使了什麼魅功去魅惑主上？正因這些想法，是以升職一事她不僅沒有任何喜悅之情反倒深感壓力，還因此與炘麟之間的情侶關係陷入冰點，內心因而感到痛苦萬分，並且很是不能夠適應。

✦　✦　✦

行政總裁辦公室內，弗襄痛苦地握緊拳頭，揪著眉宇吼問華鑫：「為什麼，到底為什麼要升我職？我進公司才不過五年，還算是新人，總裁沒道理升我職。難道，真如同事所傳的那樣，是因為我對總裁有救命之恩？」

華鑫見弗襄崩潰失態狀，並沒有什麼反應，只淡淡地問道：「弗襄，妳在我辦公室對我咆哮是受不了那些蜚短流長想找人發洩情緒，還是因為我不該升妳職？」

「都是！會有那些蜚短流長也是因為總裁隨隨便便就升一名資淺員工的職。總之總裁不該升我職，應該升鍾炘麟才對，他是公司資深工程師，能力好，工作認真，沒道理由我取代他，總裁若放棄他那才是公司的損失。」

華鑫生氣地說道：「妳這傻小妮子，懷疑我的眼光？」

「是，我很懷疑總裁識人的眼光，我覺得總裁的眼光根本不如我。」

華鑫氣得大搥辦公桌一記，「妳懂什麼？在妳眼裡，像鍾炘麟那樣專業認真的人就是有能力，就能勝任總工程師嗎？實話告訴妳，在我的認知裡專業不等於能力，認真盡責不表示他有創意，資歷更只是年資數字的累計而不能代表什麼。我要的不是只有專業知識、認真工作的員工，我要的是人才，有道德品格的人才。妳懂嗎？」

她被他的震怒給嚇了大一跳，但同時也聽清楚他所說的話。像炘麟那樣的人，總裁居然不認為是人才也不想拔擢，卻破例升她這初出茅廬小女生的職，她真搞不懂老闆的眼界與想法到底是什麼，而標準又在哪裡。

華鑫見她靜默，便對她說道：「妳是個人才，我是華鑫汽車的總裁，為了公司的發展當然唯才是用。」

「為什麼總裁會認為我是個人才？我從不覺得自己有多出眾，我只是個很平凡的研發工程師。」

「是不是人才從小地方就可以看出來，這也就是我為什麼能當一個公司的總裁，而妳只能替我打工。好了，別鑽牛角尖兒了。妳呢，只管好好做事，用實力證明給那些眼紅酸葡萄心態的同事們看，我相信遲早有一天所有人一定都會認同妳，同時也會瞭解我為什麼要拔擢妳。我知道這件事情會影響妳跟鍾炘麟的感情，這是你們倆人的考驗，想辦法去通過考驗。出去吧。」

36.

弗襄前腳才剛走，華鎧後腳就進來。

華鎧蹺著二郎腿氣呼呼地坐在華鑫辦公室的沙發上抽菸，一副桀驁不馴的模樣，好似不把華鑫放在眼裡。

他板著臉對華鑫問道：「為什麼華鏞、華鏡可以進入核心決策十人小組而我卻不行？大哥，」他站了起來，走近華鑫，雙手支撐在桌案上看著他，「我可是你同父異母的親弟弟，難道親不過華鏞、華鏡？他們雖然也姓華，但大哥別忘了他們只是堂弟妹而已，我才是你最親最近的親人。」

華鑫見華鎧氣焰高張，且動不動就搬出兄弟倆的關係，對此非常嫌惡。「這裡是公司，現在是上班時間不是家庭聚會，用不著把我們的兄弟關係掛在嘴邊。我這人公是公，私是私，誰適合進核心決策十人小組我就選誰。」

華鎧一聽更加生氣，「你是什麼意思，覺得我不適合嗎？現在有成就就想把我一腳踢開？別忘了你能有今天也是我媽從小拉拔你照顧你。」

「我剛才說了，現在是上班時間，既然人在辦公室，談得當然是公事。」

「是，你公私分明很好，可是人不能忘本，想當年大媽死了要不是我媽嫁給了爸，照顧華家照顧你……」

「夠了！」華鑫用力地拍桌，既怒且威。

華鎧嚇了一跳，囂張的氣焰縮了回去。

華鑫雖然很不高興，但畢竟是兄弟他也不想撕破臉，於是收斂自己威怒的態度，和顏對華鎧說道：「你也知道我這人唯才是用，只要你好好學習多多歷練，一有好的表現我不會虧待你的。」

華鎧舉起手來攔住華鑫繼續說下去，「好了好了，這話我聽了快二十年，早就聽膩了。大哥，我雖然沒有華鏞、華鏡有才幹，但好歹沒有功勞也有苦勞，我待在公司快二十年了，幹了這麼久還只是一個部長，你，你要我這張臉在所有同仁面前怎麼擺呀？」

「人若要得到別人器重、尊重，就要從自重開始。」

「大哥這話怎麼說，我哪兒不自重了？」

「看看你一身名牌服飾，墨鏡不離鼻樑，公司高階主管有哪個像你這樣？」

「這是個人的服裝品味跟風格，公司又沒明文規定衣服要怎麼個穿法。」

「很多事情是約定俗成，不必條文規定。當主管就要有當主管的樣子。」

華鎧冷哼一聲，「什麼小事到了你這裡都成了大事，你都可以講。我跟你講華鏞、華鏡進核心決策十人小組的事情，你卻跟我扯到了衣著問題。」

「如果你不喜歡我說你服裝方面的問題，我可以不說，不過你也別跟我提華鏞、華鏡進核心決策十人小組的事情。」

「好，我不提他們，那史弗襄呢？」

「史弗襄怎麼樣？」

「她既不是華家人也不是大股東，是個外人呢，為什麼她就可以進入核心決策十人小組？」

「原因很簡單，因為她是個人才。」

華鎧一聽大笑起來，然後不屑地啐了一口。「丁丁是個人才？人才個屁！她了不起就是碩士畢業，進公司也不過五年，還是菜鳥一隻，就是個三十歲的小女生，能有什麼才？」他誇張地搖了搖頭，「要當總工程師，在公司年資就算沒有十年起碼也要八、九年，她才進公司不過五年你就升她當總工程師，更扯的是還讓她進入決策十人小組。你說，你對她會不會好得太超過了？她的才到底在哪裡，你說呀！」

華鑫笑了笑，「你看一個人就只看表面，你的想法就這麼膚淺嗎？」

「難道我說的不對？」

「當然不對。我第一次接觸史弗襄是去研發部門視查，那時看見她的電腦螢幕上秀著她所畫的汽車設計圖，覺得很特別。她跟我聊了一下想法，說明了新研發的汽車在線條與使用鋁合金使車體更加輕盈的特殊設計，那時我就覺得她是個很聰明很有創意的年輕人。」

「就這樣？」

「不只有這樣，這五以來她所研發的東西都很好，如果有機會你可以去看看她所研發設計的汽車。」

「照大哥的說法，她是個很有本事的工程師囉。」

「她不只有本事，而且反應很快。」華鑫又笑，「還記得幾年前的電梯事件吧？」

「那當然，這輩子到死都不會忘。」

「救你救我的人是誰？」

「是史弗襄啊……，」華鎧睜大眼睛看著華鑫，「該不會，你是因為史弗襄對我們兄弟倆有救命之恩，所以才……」華鎧嫌惡「喝」了一聲，「沒想到真如公司同事所說的那樣，果真是因為救命之恩你才會給那小妮子這麼多的甜頭。」

「當然不是！」華鑫鏗鏘有力，簡捷話音一落，讓華鎧的心很受震撼。

「一個人在那種危險的境況能夠立即反應教大家如何保護自己，又能夠救人，這不是一般人能做得到的。」

「哼，那是因為她知道我們倆一個是總裁一個是部長，為了巴結所以才會救我們。大哥別被她那點兒技倆給騙了。」

「是嗎，在那麼危急緊張的狀況下還能夠騙人？」華鑫不認同地搖頭，「人處於危險之中，保護自己是一種基本反應，在那種狀況下逃命自救都來不及了，根本沒有多餘時間去思索別的事情，更別說是巴結上司了。光由這件事情看來，史弗襄的確是個冷靜而臨危不亂的女生。」

「就算她反應好那又怎麼樣，一升職人緣就變差了，公司所有同仁都在她背後傳耳語，把她說得難聽死了。」

「說她難聽話的人也包括你，是嗎？」

「我……」華鎧一時語塞。

「會傳耳語說難聽話的，多半是眼紅嫉妒她的人。也好，現在她的處境對她而言是種磨練，我相信她一定有本事能讓大家都信服她。」

「是是是，反正只要是你喜歡的人怎麼樣都好，我呢，就把我當小孩一樣只會哄我騙我，說什麼好好歷練，有好的表現一定不會虧待我……。告訴你，從今天開始我華鎧再也不會相信你的話了，我要做我自己，而且還要幹出一番大成就大事業來讓你對我刮目相看。」

華鑫點頭一笑，「如果你能有這樣的志氣我很高興，我等著。」

華鎧不再說話，睨了華鑫一眼就離開了總裁辦公室。

華鎧下了班獨自一人到酒吧喝酒，身上手機在他半醉時忽響了起來，他意興闌珊地掏出手機，一看螢幕顯示是好友江衍智的來電，於是按下手機接聽鍵。

「喂，江衍智啊？」

「是啊，好久不見了，最近好嗎？」

「好，好什麼好，一點兒都不好。」

「怎麼啦？」江衍智聽出華鎧的情緒似乎有點兒糟。

「還不就是我那了不起的大哥，搞了個公司核心決策十人小組，華家大部分人都在名單裡，唯獨沒有我。你說我氣不氣，我的面子往哪兒擱？」

「唉呀，就為了這件事情在生氣呀，這有什麼好氣的呢？」

「你又不在華鑫汽車公司上班，也不是我，不懂我的心情當然不覺得生氣了。」

「我不是不明白你的心情，你生氣，是因為被你大哥看扁沒被重用嘛。」

「沒錯，我就恨我大哥心裡頭一直沒有我。」

「既然這樣，又何必強求呢？乾脆就自己幹一番大事業呀。」

「能幹什麼大事業？」

「當然是賺錢的大事業啊。」

「江衍智你說什麼呀，我聽不懂啦。」華鎧甕聲甕氣地說。

「我的意思是說，人要是有錢別人就會尊敬你，你就可以不必看人臉色。你現在在華鑫汽車靠得是你大哥，當然是他說了算。你有沒有想過其實自己也可以賺大錢？」

「我能賺什麼大錢？」

「當然能啊，只要做對投資就能賺大錢，像是跟朋友合夥做生意、自己開公司、搞房地產，或是買股票之類的。」

「嗯……，」華鎧手支著下巴，一臉思索狀。「你說得對。」

「如果你想賺錢的話，我倒是可以給你些建議供你參考參考。」

「你要給我建議？你行嗎，可別沒讓我賺錢反倒害我賠錢。」

「所以我才說我的建議供你參考嘛，信不過我的話可以再去問別人哪。」

華鎧沉吟了一會兒，下了決定。「欸，江衍智，我現在人就在酒吧，乾脆你過來找我，把你的想法告訴我。怎麼樣？」

「行啊，你在哪家酒吧，我現在就過去找你。」

於是華鎧將酒吧地址告訴江衍智，手機收線以後等他過來。

37.

弗襄原本生得秀外慧中、氣質慧黠，現在升職成了總工程師，還進入華鑫汽車公司的核心決策十人小組，這樣的研發新貴對公司裡頭許多單身的男同事而言是非常具有吸引力的，於是上下班時間便常有男同事在遠處盯著她喁喁竊竊，討論個沒完。不過當然，所有人皆知弗襄與炘麟是辦公室情侶，男同事自也不太敢過於靠近她，並且人事命令公佈以後，所有與他們友好的同事其實皆很擔心她與炘麟之間的情人關係可能陷入冰點。至於先前許多對她眼紅的同事見高層長官如此器重她，沒幾天後自然也樂意趨近，錦上添花，不過就是人性罷了。如同《戰國策》裡一段孟嘗君與譚拾子「朝滿夕虛」有名的對話：「理之固然者，富貴則就之，貧賤則去之……此事之必至，理之固然者……請以市諭：市，朝則滿，夕則虛，非朝愛市而夕憎之也。」意思是，人若是富貴所有人就來親近，要是貧賤的話大家就遠離，這就是道理。好比拿市場來做比喻，早上擠滿了人，到了傍晚就散去了。其背後意義就是——你身上有別人想要的東西，人家才會來親近你，否則就是離去。

唯獨炘麟，被自己女友打敗以後跟她一直保持著疏離關係完全不說話，甚至是連招呼也不打的狀態了。

午休時間，炘麟正要去吃飯，卻在廊上遇見弗襄。

「炘麟，要去吃飯嗎？一起去吃吧，好嗎？」

他聽了以後卻挖苦道：「現在妳升了總工程師，又是核心決策十人小組的成員，要請我客嗎，還是要收買我的心？」

「為什麼要這麼說，難道你認為我在你面前只是想向你炫耀我在公司的地位嗎？在公司我們是同事，但私底下你是我所愛的人，我們生活在一起。」

炘麟苦笑，「我們之間，還能夠維持從前的關係嗎？」

「當然，不管今天我變成什麼，在你面前，我永遠是你的女朋友，我需要你。」

「算了吧弗襄，那些都是過去的事情了，自妳晉升總工程師的那天起，我們的感情就隨之消失了。」

「我不懂，我還是從前那個史弗襄，一點兒沒變；你還是以前的你啊。」

炘麟向周遭看去，見偶有一兩名經過他們的男同事目光都放在弗襄身上。他手指著那經過的男同事，對弗襄說道：「看見了嗎，那些同事都在討論妳，都把注意力集中在妳身上。妳不同了，再也不是以前的史弗襄。」

她聞言搖頭，「不是我跟以前不同，而是你的心境跟以前不同了。與總工程師一職失之交臂讓你很痛苦，尤其又是我這女朋友搶了你的位置，你更難受了。」

「既然妳知道，那還跟我談什麼感情？」

「事情過去一陣子了，你的心情應該會好點兒……」

他大吼，「我的心情怎麼可能會好？只要妳在公司一天我就隨時有可能看見妳，一看見妳就會想起總工程師的事情來。妳說，妳這個刺激的存在怎麼可能讓我心情好得起來？」

「對不起。」

「為什麼要說對不起，妳又沒有對不起我什麼。所謂人往高處爬，妳只是追求一個好的發展，何錯之有？理智上我當然知道是總裁欣賞妳而拔擢妳，可情感上我卻有種像被情人背叛的感覺，我沒辦法過得了自己這一關。」

「我不知道事情怎麼會變成這樣，我去跟總裁爭論過了，告訴他你是個有能力的人不該由我取代你，可是……」

「妳太過份了，」他生氣，「妳居然還要這樣羞辱我？」

「我，我沒有羞辱你啊。」

「還說沒有，妳為什麼還去跟總裁說這種話？這不是羞辱我是什麼？我寧可沒當上總工程師也不要妳在總裁面前幫我說話，妳想想自己這麼做，總裁會如何看待我這個人？」

「我，我沒想這麼多。」

「人不是只有好脾氣好相處就可以，做事情之前先動動腦子。先前大家都以為我能升上總工程師，每個人都這麼恭維我，結果揭曉，總工程師不是我，我摔了這一跤摔得這麼慘在公司裡已經沒有面子了，就讓我變成一個隱形人，不要理我、不要跟我說話，也不要再跟總裁說些什麼了。行嗎？就讓這件事情儘快被同事們遺忘了吧。」

她不知該怎麼做才能讓他心裡好過些，就只能對他無奈地嘆息。

他說道：「經過這件事，我們的感情是沒辦法恢復了，妳怨我無情也好，怪我心胸狹窄也罷，總之以後妳走妳的路，我過我的橋。」

「你的意思是，分手？」

他沒有回覆，轉身就走。

望著他離去的背影，她不斷地想著，如果升上總工程師就得失去他的話，那麼她寧可不升這個職，也要保有與他之間的感情。可惜他不知她的想法，就算知道了他也絕不會相信的。

✦ ✦ ✦

最近公司有位新進的公關部同事董宛若一直很受弗襄的注意，原本她並不知道她，是在午休時間聽男同事們討論的時候才知道的。

某天下午，董宛若從小倉庫裡抱著一堆要送給廠商的贈品走出來，卻不慎掉了幾個在地上，弗襄從走廊經過，見狀趕忙上前幫她撿東西。

「抱這麼多東西怎沒推一臺小推車過來呢？看妳東掉西掉的，來，我幫妳。」弗襄撿了掉在地上的贈品，又從她手裡接過了幾個抱在自己懷裡。

「謝謝妳。」她點頭，對她一笑。

兩女並肩而行，她跟她走到了公關部的辦公室門口。

「到了。」她回頭對弗襄說道：「不好意思麻煩妳了，東西給我吧。」

「嗯。」她回應，將手裡的東西交還到她手上。

「謝謝。」
她沒有回應她的道謝，逕自地問道：「妳是董宛若吧？」
「咦，怎麼知道我的名字？」
沒回答問題，而是自我介紹。「我是史弗襄，研發部門的總工程師。」
「原來妳就是史弗襄！」她驚訝。
「妳……，好像早就知道我？」
她笑咪咪的，「是啊，聽同事說的。」
「喔，都說了些什麼？」
「當然是說妳的傳奇啊。」
「我的傳奇？」她有些不解，但大略知道是何事。
「妳不知道妳在華鑫汽車公司是個少見的傳奇人物嗎？」
「是嗎？」她輕撓了撓頭，一思及炘麟便有些嘆息。「看來得聽妳說說妳究竟聽到什麼了？」
她看了下腕上的錶，時間已近傍晚七點鐘。「如果不介意的話，一起到附近的館子吃晚飯。可以嗎？」
她眼珠子轉了轉，思索了一下，點頭。「也好，反正我剛好也要下班去吃飯。就一起走吧。」
她回座位拎了自己的包包，同弗襄一起走出公司。
兩人徒步至附近的一家餐館用餐；那是一家裝潢有點兒中國風的小館子，專做中式簡餐供應給在工業區附近工作的上班族，一到吃飯時間人潮湧現，生意一直都很不錯。不過由於現在已是晚上七點半，是以吃晚飯的人少了很多，館內的位置就空出了許多。

兩人選了個靠窗的位置坐下，點好餐點才聽見館子內隱隱有小聲輕柔的中國風樂音輕輕地迴盪流轉，桌案上還擺有彎著腰的小雛菊，與館內盎然的格調十分契合，氣氛顯得非常柔和雅致。沒一會兒，所點的簡餐跟飲料全上齊了，兩人就開始吃起來。她們一邊吃一邊聊，宛若將自己從同事那裡所聽來的一切，有關於弗襄在華鑫汽車公司以新人之姿晉升總工程師還有進入決策十人小組的事情大致說了一遍。

弗襄聽完以後呵呵一笑，「確實，在職場的話，這絕對會是個傳奇。」

「可不是嗎？我們華鑫汽車是家大公司，妳才進公司五年就升任總工程師，還能進入公司的核心決策十人小組，真是很了不起呢。這種事情對我這平凡人而言絕對是百分百的傳奇。」

「沒有，我沒什麼了不起，只是運氣好一畢業就找到華鑫汽車公司這份好工作，還遇見一個賞識我的老闆。但，在工作上意氣風發、有好的發展，那就意味著需要拿感情來交換。」

「我有耳聞，妳跟鍾炘麟工程師是男女朋友，在此次寶座競爭上，他輸給了妳。」

「是啊，因為升職的事情失去他，我心裡其實挺難過的。」

「你們分手了？無法挽回嗎？」

「他的意思是如此，我沒答應，但也暫時沒再打擾他，先讓他靜一靜吧。」她將自己跟炘麟之前相處的點滴，還有因升職一事所產生的心結大致同她說了一遍。在東方社會，女人在職場上贏過男人，通常疏離甚至是分手的命運在所難免。女人為難的是，既要在工作上拼搏，又要護住男人的面子，還得在家庭與自我空間上取得平衡，這不是女強人，而是非得到了所謂「強女人」的程度才能夠做得到。她想到英國從前的首相柴契爾夫人，可以得到夫婿完全的支持，夫妻之間亦能維持美好情感，這是多麼令人羨慕讚嘆的呢。二十一世紀的女性難為，自是不在話下。

她聽後不禁為他們瀕臨分手的愛情感到惋惜。

第十四章　福禍相倚

38.

華鑫汽車公司之前曾做過代理銷售日系汽車，自行設立門市銷售據點，主要是看好日系汽車的市場發展。除了臺灣，近期華鑫汽車公司已看好上海一塊地，簽下十年合約，蓋了一棟近三百坪大小、三層樓圓型科技感十足的賣場，以作為華鑫汽車的旗艦門市，主要乃銷售華鑫自家所研發的汽車、代理的汽車，以及汽車用品。

會議室裡，華鑫跟幾名高階幹部正在開會。

「華部長，上海旗艦門市的進度現在到哪兒了？」

華鎧報告，「建築物大體都完成了，目前正在趕工裝潢中，等裝潢好了就可以開始讓車輛進店。目前人事部那裡也已經在上海召募門市銷售人員做開店前的人員訓練，如果員工訓練得差不多，那就可以開始協助開店了。」

華鑫轉問人事部長，「找了多少銷售人員？訓練的情形如何，有沒有什麼問題？」

人事部長報告，「因為是旗艦店的關係，所以召募的人員比較多，連經理、主任跟銷售業務員一併算進去的話共有二十位。這次所召募的銷售人員都是有過相關工作經驗、一定年資的人，訓練起來比較容易也比較快，大致上都還可以，沒有什麼問題。」

華鑫點頭，接著詢問有關開幕活動的部分。「李部長，開幕活動規劃好了嗎？」

公關部李部長回答，「已經規劃好了。」
「這次旗艦店的開募我很看重，給我一份企劃案，我想看看。」
「是，會後會立即送一份活動企劃案到總裁的辦公室。」
「廣告部分呢？」
「已經跟當地電視臺買好廣告時段，開店前半個月會密集打我們之前所拍攝好的那支形象廣告。另外還會在旗艦店附近的住宅區派發ＤＭ，公交車上的文宣廣告已經做好了，也會配合e-mail，寄發給我們原有的客戶做開幕活動告知。」

✦　✦　✦

不久之後上海旗艦門市終於在某個放假的週六開幕，華家人幾乎皆自所居城市來到國際機場，搭乘飛機飛來參與這個盛會，無人缺席。由於今天的開幕式會有偶像青春明星現身現場，以及「來店贈好禮」與「消費滿五仟即摸汽車」等活動，配合電視廣告的強力大放送，讓許許多多開車的年輕族群很是期待，門店雖然還沒開卻早已是人山人海。上午十點鐘一到店門一開，所有等在大門口的人就像浪潮襲來一般擋也擋不住，瘋狂且迅速地湧進汽車賣場裡。

賣場前的廣場，擺了一輛很是吸引人的豪華轎車；這是此次活動最吸引消費者的一個獎項，必須消費汽車用品滿人民幣五仟元以上者才能得到一張汽車摸彩券，消費愈多，能得到的摸彩券張數就愈多，中獎機率相對也就提高許多。另外，若購買汽車者則有一年免費的維修與保養。

汽車旁邊搭設了一個大舞臺，上面掛有「華鑫汽車上海門市旗艦店開幕剪綵暨慶祝活動」紅布條，舞臺上佈置了許多彩色汽球，插滿了許多宣傳促銷旗幟，也放了一些盆栽，一旁則有一些燈光跟音響設備的陳置，是剪綵以後供偶像明星唱歌表演所用。開幕剪綵儀式與偶像歌舞表演擬於上午十一點鐘舉行，所以十點半的時候賣場內則開始每五分鐘就廣播一次，藉以提醒告知客人有關大致的活動內容、時間與地點，並歡迎大家購物之餘能夠前往參加。

廣場上聚集了許多人，一些被邀來剪綵的政府高幹與商界人士雲集，活動主持見愈來愈多人潮聚集，便透過嘜克風對大眾說話，正式展開今天的活動。

「各位敬愛的嘉賓，前來賣場購物的朋友，還有媒體記者朋友們大家好，歡迎您今天的蒞臨。今天是華鑫汽車公司上海門市旗艦店的開幕式，非常感謝大家能參與今天的盛會。現在我們有請華鑫汽車公司的行政總裁華鑫先生上臺為我們致詞，請大家報以最熱烈的掌聲來歡迎他。」

臺下的華鑫一臉意氣風發，他先向在場的嘉賓微頷首以致意，緊接著步上舞臺，站在佈滿鮮花的講臺前。「各位嘉賓、記者朋友們，大家好。很高興今天能在旗艦店的開幕活動與大家見面。華鑫汽車一向秉持熱忱服務消費者的一顆心，為了提供消費者更完善的服務，更舒適的購車購物空間，在本公司工作團隊的努力之下終於有了今天上海旗艦門市的開幕。上海門市的開幕意義非凡，因為這是華鑫汽車公司在大陸跟臺灣所有銷售據點裡最大最完善、商品種類最多的一個賣場，也是最新最氣派的一個汽車選購商場，相信它的成立一定能夠帶給汽車族群許多便利，希望大家都能記住，華鑫汽車公司永遠是你們最要好的朋友……」

華鑫致詞完畢，全場報以最熱烈的掌聲，緊接著就是政商名流的剪綵儀式。所有受邀參與剪綵的嘉賓們排排站，手握閃閃發亮全新的黃金剪子，在主持人的引領之下為華鑫汽車的上海門市剪綵，霎時掌聲又響了起來。華鑫代表公司與參與剪綵的嘉賓們一一握手致意，氣氛可謂既欣喜而又熱鬧非凡。

「楊先生，」華鑫上前，握住他的手。「謝謝你，今天撥冗來替我們上海門市剪綵。再次感謝，真的非常謝謝你。」

「哪兒的話，華先生能邀請我是我的榮幸。」

見到政府高幹，華鑫恭謹地上前。「王先生，今天有您的蒞臨，我們旗艦店的開幕式可增色熱鬧了不少，實在是非常感謝您百忙前來一趟。」

「欸，別這麼客氣，都老朋友了。恭喜啊華總裁，這家店可真漂亮！」

「哪裡哪裡，謝謝您。呃對了，樓上辦公室有慶祝酒會，」華鑫看向各位嘉賓，「我們就一起上去吧。」

所有政商嘉賓往賣場三樓的酒會現場移動，廣場舞臺上緊接著就是觀眾最為期待的偶像明星歌舞表演……

✦ ✦ ✦

由於來客十分踴躍，生意非常好，加上公司舉辦了「來店贈好禮」與「消費滿五仟即摸汽車」

等活動，還有會員制度、入會員即享會員價、分期零利率與維修九折等配套活動，門市單位可謂忙不過來，公關部門的董宛若在忙完自己手頭上的事情以後則熱心協助門市銷售人員為消費者辦理會員卡，指引顧客如何填寫資料，還有兌換贈品跟摸彩券給購物的客人。站不遠處的華鏞見宛若在忙，心裡很是高興，於是走向她。

「董小姐，很忙吧？怎麼樣，我來幫妳好了。」

宛若一聽華鏞要來幫忙，有些意外。「不用了協理，您一身西裝不小心弄皺或弄髒可就不好了。」

「沒關係，」他二話不說脫下西裝外套放在一旁，挽起袖子。「西裝脫下來就可以了。對了，妳跟我說該怎麼做，是不是每個來店的客人憑ＤＭ截角就可兌換一份獎品？」

「嗯。」她點頭。

「那汽車摸彩券呢？」

「看消費者的發票，滿五仟就可發給一張，滿一萬發兩張。以此類推。」

「還有辦理會員卡，要讓客人填哪幾欄資料呢？」

她取來一張空白的會員資料卡，用鉛筆勾了必填欄位，然後遞給他。「鉛筆打勾的都是必填。」

「好，瞭解。開始忙吧。」

她卻攔住他，「等等！協理，你可以嗎？」

他衝她笑了笑，「沒問題，妳別擔心。」

下午三點鐘，正當宛若與華鏞在忙的時候，門市裡突然出現了一個人，宛若一看笑了開來。

「弗襄，是妳！」

弗襄站在她面前，同時也見到華鏞。她先問候華鏞：「協理好。」

「欸，今天怎麼有空飛過來？」

「上海門市開幕是大事，再怎麼忙也得過來看看。」她轉看向宛若，「門市開幕，公關部跟門市單位最忙了。怎麼樣，還好嗎？」

「嗯，」她點頭。「還好，同事大家都互相幫忙。」

「那我也來幫忙好了，該做什麼呢？」

「告訴消費者要怎麼填寫資料辦理會員卡，憑ＤＭ截角發給小禮物，還有憑消費發票兌換汽車摸彩券。」

「汽車摸彩券？啊我知道了，消費滿五仟就送一張對吧？」

「沒錯。」

於是弗襄加入幫忙的行列，與宛若、華鏞一起協助門市銷售人員兌換小禮物跟汽車摸彩券給消費者。弗襄很是認真地為消費者解說慶開幕的各種促銷活動，同時指引消費者辦理公司的會員卡。一夥兒人可說是忙得不亦樂乎。

39.

完成上海門市的開幕以後，弗襄與宛若一同搭車要返回下榻飯店。上車的時候已是傍晚時分，宛若看向車窗外的景致，發出讚嘆的聲音。

「哇，天邊的晚霞好美！如果有相機的話該多好，就可以把它拍下來了。」

弗襄取出手機，一連拍了幾張，然後秀給宛若看。「喏，不用專業相機，只要風景美，手機隨手拍都可以拍出像明信片一樣的圖片來。」

宛若瞧著弗襄隨手拍的作品，露出微笑。

「對了，妳喜歡拍照嗎？」弗襄問。

「是啊，以前念書的時候一放假就跟同學出去拍，不過畢業找到工作一忙之後就很少拍了。」

「我也喜歡拍照，目前正在學攝影。」

「喔，是嗎？」

「嗯，放假的時候就一個人揹著相機跑出去拍照，拍累了就去茶藝館吃東西喝茶，我挺喜歡這種生活的。」

「有攝影作品嗎，帶給我看看。」

「好啊。」弗襄手支著下巴想了一下，「不如這樣吧，這兩天找一天去山塘街拍照，重溫妳學生時代的舊夢。怎麼樣？」

宛若高興地點頭，「好啊好啊，好久都沒有出去拍照了，趁來大陸出差之便，我們就去山塘街拍照，然後再去留園。」

✦　✦　✦

一個天氣晴朗的好日子。

弗襄與宛若很是投緣，認識以後無話不說，宛如閨蜜一般。她們揹著相機，搭乘公交車前往山塘街拍照去，那裡的風景很美，是最具蘇州街巷特徵的典型。山塘街緊傍山塘河北側，通過河上一座座石橋則可與另一側的街道相通。街的南段以市井為主；北段則以風景取勝。從半塘橋至虎丘山門，河面漸寬，河畔簡屋，綠樹成蔭，頗有野趣。弗襄與宛若沿著街走，邊走邊拍，看著河上畫舫款款而過；或裝載白蘭花、茉莉花還有其他貨物的船隻來來回回，不停地按下快門以捕捉這如詩如畫的景致。視線拉回街道一看，既有蘇州老字號，也有藝術家的工作室，還有一些傳統工藝品前店後坊式的店鋪，別有一番江南特殊的風情。美！

拍照拍累了，她們打算返回市區，途中經過留園，宛若說要下車一探。

弗襄貼心地幫她揹相機，與她並肩一起走。「不是累了嗎，要去留園？」

她笑了笑，「留園與拙政園、頤和園還有避暑山莊並稱四大名園，我畢業之後都一直在工作，很少旅行，而且從沒來過蘇州，今天難得出門拍照，當然要來看看囉。」

兩女挽著手一同逛了一下這座精巧別緻的園子；園以水池為中心，池北林木交疊，還有假山小亭。池南的涵碧山房與明瑟樓是留園的主要觀景建築。池西的聞木樨香軒則是俯瞰全園景致視野最棒的地方了。不過因時間已晚，體力透支，她們倆並沒有逗留在留園太久，僅是池畔拍了幾張照片，瀏覽了一下園內大致的景致就相偕離去了。累了一天，今夜定可香睡好眠。

40.

忙完上海旗艦店的事情，所有人員連同弗襄與宛若皆返回臺灣。

午休時間，公司裡的同事都在休息，弗襄吃完飯後來到員工休息室打算喝杯咖啡提振一下精神，正在茶水間沖泡咖啡的時候，一旁圍著桌子坐的幾名與炘麟要好的工程師正在說話。

「鍾哥是怎麼回事，下班找他一起吃飯、唱歌怎麼都不去？」

「你不知道嗎，他媽生病住院，他最近公司醫院兩頭跑呢。」

「啊，他媽生病，怎麼都沒說？」

「心情不好吧，聽說是心臟病要開刀，手術加住院還有看護，好像要花很多錢。連他父親也出了些狀況。他呀，最近正焦頭爛額呢。」

「要不要想辦法幫他？」

「跟他提過了，他說不用。唉，鍾哥拗得很。」

弗襄聽見幾名工程師的對話，心頭為之一震，想了一下做了個決定。

✦ ✦ ✦

某天下班，炘麟意興闌珊地走出工作室，來到公司一樓大廳，卻見弗襄早已等在那裡了。弗襄見他下樓，三步併兩步地上前。

「炘麟……」

「妳在這裡做什麼？」

「等你啊。」

「等我做什麼？」

「我們，好久都沒好好聊聊了，也不知道你最近好不好。現在下班，我們不妨一起找個咖啡館坐坐，順便聊聊好嗎？」

炘麟心裡有股細細的暖流流過，然只要一想到升職的事情，他糾結惱恨的情緒瞬間就蓋過了那股暖流。他肅著臉，沉聲地說道：「我們之間沒什麼好聊的，我們都分手了。」他邁開腳步就要離開。

她卻攔在前面，「分手是你說的，我並沒有同意。一起去喝點東西吧，就當是休息。」

「我還有事……」

「我知道你有事，你要去醫院對嗎？」

聽見她的話，他有些詫異地注視著她。

她笑了笑，「不然這樣，那家醫院附近有酒吧，很方便，去喝杯酒休息一下吧，你不是鐵打的，成天醫院公司兩頭跑也會累。不是嗎？」

他開車載著她前往醫院附近的那家酒吧。車內，她回想起頭一次與他前去酒吧的情形，那時也是坐著他的車，在月夜裡駛向那英式鄉村風格叫作「傷心酒店」的酒吧。一想起這件事情她心頭就有些暖暖的，好希望時光能夠從此倒流，讓他們之間的愛情可再回復到從前。只可惜事與願違，不知何時才能夠實現。但不管如何，她總要為他們的愛情做點什麼，盡些力量才對。

來到酒吧，他們倆一前一後地走了進去。他逕自地走到一個靠牆邊的桌位坐下，她也跟著坐下來。

「想喝點什麼？」她問。

「隨便，妳點吧。」他說。

她向服務生點了兩大杯啤酒，沒一會兒啤酒就被送上來了。

她端起眼前的啤酒，大大地喝了一口，然後對他說道：「炘麟，喝啊。」

他本有些不耐煩，端起酒杯大大地喝了一口。「到底要跟我聊什麼？」

「聽說你的母親最近心臟病住院，打算要動手術……」

他搶白，「我媽生病跟妳有什麼關係？」

「我在想，看你有沒有什麼需要我幫忙的。」

他肅著臉，「謝謝妳，我的事情我自己想辦法就可以了。」

「為什麼？難道你還在為升職的事情介懷？那件事情已經過去很久了。」

「再久我都記得，實話告訴妳吧，升職的事情我輸得心不甘情不願，妳根本就是靠巴結上司才有機會升職的。」

「為什麼這麼說？之前你不是說過理智上知道是總裁欣賞我所以拔擢我，現在為什麼又這麼說？」

他露出鄙夷神色，「是，我是說過這樣的話，但總裁會欣賞妳，也許就是因為妳的逢迎拍馬。妳本來就是個漂亮有氣質的女生，妳們女生在職場上只要撒撒嗲、說說好聽話，親近華家人救了總裁跟華部長的命，要升遷簡直易如反掌。」

她不能接受地搖頭，「炘麟，你要如何誤解我、忽視我的實力、不認同我所做的努力，甚至歧視女性我都無所謂。但，你把總裁看成什麼樣的人了？他那種格局的人會這麼愚蠢這麼傻嗎，又豈是我這小小工程師就能夠巴結得了的？」

「不要再說了，我沒有時間聽妳廢話。」他起身就要離去。

「炘麟，」她叫住他，「升職的事真有這麼重要，重要到連以前的感情都必須放棄嗎？希望你能放下這些事情，恢復我們之間的感情。我愛你，你知道的。」

他在這件事上受傷頗深，不欲再回應她，而是摔開椅子逕自離去。

弗襄返回家中，回到自己的房間。思緒拉回來，然後取出遊戲圖紙，注視著它一直興嘆不已。所有女性，不論哪一個世代，即使是二十一世紀亦有屬於這個新世代的困境。在職場上勝過自己的男友，被誤解、被懷恨以待，什麼努力認真全都成了白費，且還倒霉地沾上了「盜賣商業機密」不可思議的大事件，從過往迄今都還想不清楚究竟是怎麼一回事。她細細地思索，局勢發展至此，心裡揣測這件事情極有可能是炘麟所為，而後嫁禍到她身上的，但她毫無證據，只能是自己一昧瞎想。至於炘麟真正意圖，或許是為了「錢」，為了報復華家跟她。這一局遊戲，她仍舊失望，因此將遊戲圖紙上代表著自己的人象棋子一挪移，退出這場遊戲而回到了現實世界。

✦ ✦ ✦

41.

退出野蠻遊戲的弗襄累了。當天晚上她外出好好地吃了一頓料理，返回飯店房後便香香沉沉又密密地睡了一個好覺。沒有作夢，果真是香睡。

在倫敦停留了約一個月，大多在市區內的景點到處走走看看。一個月以後，弗襄開始想家了，於是便訂好機票收拾妥行囊退房，搭機返回自己所居的城市去了。

回來以後，她調整好時差，便約了炘麟在咖啡館見面。

他們沒有點餐，只點了咖啡與一些小點心。侍者將他們的飲品點心送上。

「電話裡，妳說才剛從倫敦回來？怎麼出國了也沒跟我說一聲？」

「你已經要跟我分手了，我又何需告訴你？」

「所以，現在我們能夠好好談分手了是嗎？」

她凝睇著他，沉吟了一會兒以後才說道：「先不談分手，談如何『做我自己』。行嗎？」

聞言，他有些訝異。

「這段時間我經歷了不少事情，包括知道我母親的一些事情。從小到大，母親是我學習的典範與目標，但是當知道她某件祕密以後，才明白已往母親的完美形象其實都是演出來的。沒有任何人，可以真正完美。」

「史媽媽究竟發生了什麼事情？」他問。

「母親的私事，我不方便對外透露。但至少我去倫敦以後玩了幾場奇幻的野蠻遊戲，短時間內歷經了許多我從未有過的人生閱歷，多了寬容與同理心，所以我能明白母親的痛苦與無奈。原來要成為一個人人景仰的女性典範是不容易的一件事情，而且所謂『完美典範』其實只是違背自己的心意，強撐起來給外人看的外在形象罷了。」

聽聞她的話，他可以感受得出這兩個月以來，她肯定歷經了不少足以改變她想法的事情，有了明顯的變化。「妳，不一樣了，有了瞭悟與體會，這是最難得的。」

她笑了，「雖然成長是用『痛苦』換來的，但至少我有蛻變，起碼有了一點二十一世紀的女性雛型了。對吧？」

他有些刮目相看，「是，妳確實有了新女性的雛型。我覺得很高興。」

「那，之後呢？」

他挑了挑眉，微笑地注視著她。

弗襄從那些奇幻野蠻遊戲的局裡退出回到現實世界以後，有了屬於自己的成長，至少多了很多自己的清楚意識，明白自己想要的究竟是什麼。即便這世界有許多制度、期待、標準於女性而言仍是野蠻不公平的，但唯有跟隨己心，做自己，不在意世俗眸光，如此才能活出與眾不同的生命，也才不會因此而感到痛苦，內在亦能生出抵禦外在壓力的力量來。她有了這層認識，這應是她比之於其母親而言更為幸運之處。

女性不論任何時代皆有其困境，亦有甘心困於傳統思維被束縛而毫不自知的女人，唯有不依照世俗的生命範本而活，才能活出屬於自己的任何可能性，進而獲致更為精彩可期的未來。

全書完

【後記】寫在《當淑女遇見紳士》最後

——既批判舊思維女人，亦憐恤新時代女性

直接破題。為什麼會將女主人公取名為「史弗襄（四不像）小姐」？那是因為女性在成長過程中，被困境與傳統思維教養成了四不像，沒有屬於自己的清楚意識，甚至失去了自我。故名。這個故事，不是歌誦女性，而是我以身為女性的角度，十分嚴厲地在批判舊思維的女人，同時亦憐恤新時代身陷困境的女性。

這本書仍承襲先前的形式，小說版加劇本版，為得是給讀者看故事的同時，更可藉其學習寫故事、寫劇本的一本工具書。故事前半段，所敘述的是女主角在過往思維教育之下，被教養成為事事追求完美，要儘可能成為好女友、日後成為好妻子、好母親，要變為一名成熟、識大體、溫柔、懂事的好女人。為了達成如是目標，不惜違背自己的意願，於是從此失去自我，因而成為一名「四不像小姐」。故事後半段，女主人公開始藉由旅行之中所意外拾得的遊戲木匣，開啟了野蠻遊戲。所謂的「野蠻遊戲」，指的是這個世界與社會所加諸於女性的諸多野蠻不公平待遇、期待，或者是要求，更正確來說這些就是所謂女性的時代困境；每一個時代的女性困境皆有所不同。甚至困境當

中，女人總是為難女人；女人甚至是攻擊傷害其他女人的。女人看不慣「做自己」而得到自由或者是幸福的女人，所以妒嫉，因而將之往下拉，想法上總認為：應該所有女人一起沉淪，一同成為男人的「他者」、「第二性」、「附屬品」、「附庸」才是，女人是甘願成為被宰制的對象的。慶幸的是，由於女權的被重視，女性地位逐漸因時代觀念的開放，而被提升至與男性幾乎平等的地位，因此女性有更多權利與空間去追求自我夢想的實現，去打破那些時代所加諸於女性身上的困境。雖然，因天生生理構造、體力、個性及思維等因素，不太可能真真正正完完全全地達到所謂「女男平等」。「平等」不是絕對的，而是相對的，是儘可能彼此尊重，相互協力。在此我所重申的「女性權利」，絕不是要再創造另一個強權性別（女性）。

比較有趣的點在於，我在設計故事情節時，以「野蠻遊戲」形式替代了占卜。一般女性在情感、婚姻上遇有問題時，會慣於尋求算命師或者是占卜師卜算塔羅、紫微斗數等。故事情節裡的女主人公史弗襄，即便身處再富裕的家庭，甚至在公司裡身居高階主管層級，一旦遇見感情事，仍免不了茫然不知所措。她前往倫敦旅行，撿到一個遊戲木匣，打開以後取出遊戲圖紙，藉由奇幻野蠻遊戲以觀未來，她能於短時間內經歷不同人生，有了有別於已往的閱歷，因而能夠很清楚地知道，什麼是自己想要的；什麼是不想要的。然而現實人生，一旦選擇了就沒有可以後悔的機會，更沒有一種選擇是能夠讓人安然無恙並且全身而退的。這就是人生詭譎之處。面對未知的將來，內心既盈滿焦慮，卻也能感受到面臨挑戰與危險的刺激，可謂人生處處充滿著驚險與驚喜。

我們沒有野蠻遊戲的圖紙可藉以預觀未來，所以只能準備、裝備好自己，以智慧去選擇一個適合自己的未來方向。不能安然過關，全身而退是必然的，但是從失敗或危機之中，我們仍得以學習到許多寶貴經驗。所以，不要害怕去嘗試，不要擔心轉變，一個人有了足夠的人生閱歷與社會歷練，才能成長、成熟，這些都是上天為了要裝備你，讓你有足夠的能力去解決人生問題，進而能夠幫助其他人。試問，一個人若沒有人生閱歷、社會歷練，宛如一張白紙的人生有何意義？不過就是個貪安怕事之徒罷了，沒能為身邊的人做任何事情，亦不能為社會貢獻自己的力量，那麼，這樣的存在只能說是存在感十分薄弱的「生物」（有呼吸心跳的肉體／米蟲）罷了，其生命最終目的只是混吃等死。另，有些人或許不能創造機會，亦無法貢獻太多力量，但請儘可能要讓自己成為重覆推巨石上山又滾下山的薛西佛斯，在過程中去定義出屬於自己的意義，至少於己有益，別人毋須擔心你。

最後有一點小小說明。不論小說或戲劇，其實都是探討人生議題、召示人生、展示人性的，是記錄有關於「人的世界」，因此許多主題與母題會被重覆使用在敘事之中可謂理所當然。好比本文主題即「婚戀」探討，並且小說前半段我是以驚悚的「歌德派小說」形式寫就，「驚悚氛圍」的重覆出現，指涉婚戀之於女性的驚悚性。另，小說中重覆出現「一〇一大樓」，其所隱喻的是陽具，暗示著女主人公在意識覺醒前對於男性的崇拜。小說情節中，藉以呈現許多二十一世紀女性仍會遇見的困境，在這些困境之中女性意識得以覺醒，乃至於抗爭與成長。再者，透過情節安排、敘事手法等技巧，我塑造了一個「徐磊瑄版本」的婚戀探討故事，不論情節與結局如何，最重要的其實是過程「如何」。這是一部獻給所有女性參酌，同時也是獻與自己的小說作品。至於劇本版最後圓滿的happy ending，雖說是有些落於俗套，但這樣的美好結局是依據人物性格及其互動情節所設置而成的。即便落於俗套，我也必須遵從故事中人物的意志。過去我所寫過的作品，悲劇（包含開放式）

結局不少，悲劇結局於我而言是真實世界的描寫，而喜劇結尾則有一種對於人世間美好期待的投射，畢竟苦已太多，不論讀者或作者都必須讓精神稍事休息。

謝謝讀者們的閱讀，歡迎有空前往我的小閣樓去逛逛，也可以留言或者寫信給我，告訴我，你（妳）對於故事的想法喔。

blog「徐磊瑄的，心情左岸」：http://blog.udn.com/selenashyu/article

page「徐磊瑄的，心情左岸」：https://www.facebook.com/Hsu.Lei.Xuans.Creative

e-mail：selena.hsu2007@gmail.com

see you soon.

小說／劇本分隔頁

（劇本內容請由封底開始閱讀）

國家圖書館出版品預行編目

當淑女遇見紳士【小說X劇本同步收錄版】
/ 徐磊瑄著. -- 一版. -- 臺北市：釀出版,
2023.03
面；　公分. -- (釀愛情；19)
BOD版
ISBN 978-986-445-777-9(平裝)

863.57　　112000193

釀愛情19　PG2827

當淑女遇見紳士

【小說X劇本同步收錄版】

作　　者　徐磊瑄
責任編輯　石書豪
圖文排版　蔡忠翰
封面設計　吳咏潔

出版策劃　釀出版
製作發行　秀威資訊科技股份有限公司
114 台北市內湖區瑞光路76巷65號1樓
電話：+886-2-2796-3638　傳真：+886-2-2796-1377
服務信箱：service@showwe.com.tw
http://www.showwe.com.tw
郵政劃撥　19563868　戶名：秀威資訊科技股份有限公司
展售門市　國家書店【松江門市】
104 台北市中山區松江路209號1樓
電話：+886-2-2518-0207　傳真：+886-2-2518-0778
網路訂購　秀威網路書店：https://store.showwe.tw
國家網路書店：https://www.govbooks.com.tw
法律顧問　毛國樑　律師
總 經 銷　聯合發行股份有限公司
231新北市新店區寶橋路235巷6弄6號4F
電話：+886-2-2917-8022　傳真：+886-2-2915-6275

出版日期　2023年3月　BOD一版
定　　價　390元

讀者回函卡

Printed in Taiwan

《當淑女遇見紳士》
改作劇本

S：01　　　景：鍾宅主臥房
時：日　　　人：炘麟、弗褱

△炘麟坐於沙發上；弗褱則是坐於床畔，兩人之間的氛圍有些凝重，因炘麟欲與弗褱分手，他們正在談判。

△弗褱無法接受如是結果，於是起身行至他眼前蹲下。

弗褱：告訴我，為什麼？

炘麟：我們之間不適合。

弗褱：當初邂逅相遇時，你曾說過，被我的能力與神采吸引了……

炘麟：親愛的，我們的相遇只是一個誤會，相處瞭解以後，才會忍痛做了分手的決定。只有分手，我們的緣份才能繼續走下去。不是以情人，而是以朋友關係。

弗褱：（泫淚）不懂。

炘麟：我所欲尋求的是心靈伴侶，而非一個毫無自己思維，一味只知依從男人，而失去自己的女人。

弗褱：我一切以你為主，事事聽從，幾乎將你當成了天，沒想到竟成了我所有的過錯？你這根本是欲加之罪。

△他累了，不欲與她爭辯，於是拋下她離開了自己的屋子。

△她則是待坐在房裡，左思右想，千迴百轉，完全不清楚自己究竟是哪裡出了錯。

△她的思緒回溯，時光倏忽間跳回兩人邂逅初見的那段過往……

S：02　　　景：副總辦公室／大辦公室
時：日　　　人：弗褱、Irene、環境人物若干

△CU.「行政副總辦公室」幾個字。

△三十歲的弗褱面試那日是將長髮綰成了髮髻，身著寶藍色淑女套裝，外戴一頂類英國皇室貴族的仕女帽。

Irene：不必等候通知了，妳明天能來上班嗎？

弗襄：（有些訝異）：能。但是，為什麼當下就告知我？

Irene：（笑了笑）妳對自己的能力沒自信嗎？

弗襄：不，我對自己當然很有自信。我只是以為，面試的流程，都是面試完了以後回家等候通知，收到通知之後再進行報到的動作。

Irene：我做事呢不全照規矩，只要不影響大方向，偶爾有些不同於規定或流程的作法也沒有什麼不可以。Right？

弗襄：好，那我明天準時來公司報到。謝謝您給我這個機會，副總。

△大辦公室畫面，弗襄端莊地走了過去，與所有同事頷首微笑狀。她的模樣，向來是有理有禮且毫不多話冰山美人的形象。

△辦公室裡弗襄與同事討論公事、開會時解說PPT上的企劃案，或平時與同事點頭寒暄，交辦文件。同事們與她雖不至於疏遠，卻也保持著一定的互動距離。

S：03	景：總經理辦公室／會議室／公司大樓外
時：日	人：炘麟、弗襄、行政助理、司機、松坂、稻田、鈴木

△城市街景，人潮川流。

△鏡跳室內，炘麟吃完餐盒，稍事休息。

△行政助理給他端來的餐後咖啡，恭謹地置於他眼前。

△他抬眼，見是行政助理，便問道。

炘麟：怎麼一早上都沒見到Celine？

行政助理：報告總經理，Celine今早因為出車禍受了點小傷，被緊急送往醫院去。

炘麟：（有些愕然）今天日方合作廠商要過來，對方不會講英文，我需要日文翻譯。她居然出車禍？有人可以替她嗎？

△行政助理見炘麟好似有些惱怒，不知該怎麼辦才好，杵著

不動有些驚慌，且也不敢隨意回話，擔心說錯了話反倒更惹老闆心裡不快。

炘麟：想辦法去給我找個替代的日文翻譯來。動作快！

行政助理：（有些囁嚅）我，我……

△弗襄入內，來到炘麟面前。

弗襄：總經理，我來翻譯吧。我英日語都行，沒問題的。

炘麟：（眼睛亮起來）妳是新來的行政副理。好，今天下午的會議就麻煩妳了。

△鏡頭一轉，公司大樓外，司機前往接了日方廠商前來公司開會。

△一行三名日方貴賓進了會議室以後，炘麟與弗襄已經等在裡面了。

△弗襄主觀視線見是三名貴賓前來，速速地掃了一眼，再以特寫鏡頭掠過手上日方幾名人員的基本資料，對其容貌姓名、基本背景大致皆已有些瞭解了。

△她站起身來，先向領頭的松坂先生頷首，然後以流利日文溝通。

弗襄：松坂先生，您好。還有稻田先生、鈴木小姐，您們好。歡迎蒞臨敝公司。我先自我介紹，我是敝公司的行政副理史弗襄。（邊說邊以手帶向炘麟）這位就是我們公司的總經理——鍾炘麟先生。

△松坂先生笑頷首，伸出手來與炘麟交握，以日語回道。

松坂：鍾先生，您好。

△炘麟握手回以適中力道，笑道。

炘麟：很高興今天見到松坂先生。

弗襄：（將炘麟的話譯成日文）松坂先生，鍾先生是說，很高興今天能夠見到您。

△接著，她手一帶，示意三名日方貴賓就座。

△三位貴賓入座以後，一旁行政助理即刻上茶，同時送上美味可口點心，恭敬地將茶杯與茶點一一地就定位，安置於貴賓眼前。

弗襄：今天我們的會議，主要是就代理權一事的細節做商討並且決定簽約等事宜……。

△她主持同時做翻譯，工作上十分細心、自信，且又負責認真。

△一旁炘麟見狀，留下了頗為美好的印象。

S：04	景：員工休息室
時：日	人：炘麟、弗襄、員工若干

△午休時間，炘麟進入，正想動手沖杯咖啡喝。一旁幾名員工見是總經理，便忙著躡手躡腳快步地離開去了。

△炘麟邊動手打開咖啡罐，以小湯匙舀了兩瓢咖啡粉放進咖啡杯裡，邊抬眼看向坐於窗邊正在喝茶的弗襄。

炘麟：弗襄，吃飽了嗎？

△聞言，她轉過臉來，淑女地笑道。

弗襄：吃飽了。總經理呢？

炘麟：剛吃完飯，想說過來沖杯咖啡提提神。

△他動作完了以後，端著咖啡杯走向她，在她面前坐下來。

△她僅輕笑了一下，以示禮貌，仍維持一派高冷冰山美人的形象。

炘麟：那天，還好有妳代替Celine做日文翻譯，英文我行，但日語我可沒辦法。

弗襄：哪裡，小事一件。我是公司員工，理當為公司效力。

炘麟：不知道Celine的傷有沒有好點，身為公司主管我本該去醫院探視她的，但最近實在太忙，抽不開身。

弗襄：我跟副總還有行政助理一同前往探視過了，沒事，總經理不必擔心。

炘麟：原來如此。太謝謝妳跟Irene了。

弗襄：（端莊一笑）總經理客氣了，應該的。

炘麟：對了，有件事情想問問妳意見。

弗襄：總經理請說。
炘麟：最近一些合作貴賓頻繁進出公司，這才讓我意識到，我們公司的大廳跟會議室，好像太過於空蕩簡單，款待貴賓好像有些不太適宜。
弗襄：（揣上意）總經理的意思是，想要增添一些藝術方面的陳列品之類的？
炘麟：（微笑）沒錯。我們公司是有一定規模的，日後貴賓上門的機會總是有的，所以門面總得裝點一下。弗襄之前學過藝術，妳覺得該添購什麼藝術品才好呢？
弗襄：西洋古董，總經理覺得可好？
炘麟：（笑頷首）正合我意，不過這方面我不是太熟，得蒐集資料。
弗襄：如果總經理不介意的話，由我來蒐集資料如何？
炘麟：好啊，那就麻煩妳了。

S：05	景：餐館
時：日	人：炘麟、弗襄、環境人物

△弗襄與炘麟於餐館遇見，兩人寒暄，一起點餐吃午飯。
△鏡頭從兩人的食物拉開，帶到用餐的兩人。此時的人潮已少了許多。
炘麟：最近在公司上班還習慣嗎？
弗襄：還行，謝謝總經理關心。
炘麟：初接觸茶文化，應該還不太熟悉，慢慢的妳就熟了。有什麼問題都可以問我。
弗襄：（笑了笑）雖說是初接觸茶文化，但我之前曾在某咖啡館總公司待過，算是相關行業，對茶也有一點涉獵。
炘麟：喔，那妳知道茶的歷史嗎？
弗襄：說起茶的歷史，一開始其實是源於東方的。後來慢慢地傳入西方，到了西元十七世紀，飲用下午茶已經成為英國貴族圈一種時尚流行的文化，更是一種社交不可或缺的活動，直到

十八世紀才成為普羅大眾都能消費的飲品。

炘麟：嗯，妳倒真有點涉獵。

弗襄：（笑了笑）之後部分英國人飄洋過海，遠渡重洋前往美洲新大陸開墾，過新生活，從此茶也被帶往美國去。不論是東方或者是西方，因為環境差異、歷史與生活上的不同，茶之於各個國家而言，有著不同的品飲習慣，更衍生出不同文化的品茶逸趣來。

炘麟：（測試心態）不妨說說看。

弗襄：（侃侃而談）好比在英國，若是早餐飲茶的話，一般皆採錫蘭茶（ceylon tea）、阿薩姆（assam）以及肯亞的茶葉混合，這是英國具代表性的紅茶品飲之一。大多是搭配英式早餐，烤的食物以及味道較為強烈的吃食，同時享用。而且，每天一到下午四點鐘，什麼事情都得放下來，先享受下午茶的時光，放鬆心情最為重要。

炘麟：那美國人呢？

弗襄：美國人的話多數喜愛冰茶，是粉末加入水的速溶茶，主要是方便快速，而且沒有茶葉渣滓，比較不扎口。

炘麟：德國人？

弗襄：德國人喜愛品飲花茶，花果茶屬於調配茶。所以可想而知，為了要有絕佳搭配，德國便有了『配茶師』的專業職員，最主要工作就是將各種花草、水果乾等等，依本身屬性、特質，按著比例混合搭配，然後調製出最美味的花果茶來。

炘麟：法國人呢？

弗襄：法國人在品茶方面，有『調飲』與『清飲』兩種形式。清飲顧名思義，即是單純茶飲。至於『調飲』，則是加入薄荷葉或者是方糖，使飲料能夠香甜。另外，他們最愛品飲的茶類有紅茶、綠茶、花茶。飲用紅茶時，習慣沖泡或者是烹煮，不論是袋泡紅茶或者茶葉都可以，將它放入杯中，以滾燙的沸水沖泡再加入糖，或者同時兌入牛奶與糖；而品飲綠茶，則要求要在茶湯之中加入方糖與薄荷葉，調製成為透香蜜甜的清涼飲品。

炘麟：（訝異）妳真的很出乎我意料之外。
弗襄：這算是誇讚嗎？我接受。
炘麟：（笑點頭，忽想到了什麼）喔對了，之前妳說要蒐集西洋古董的資料，蒐集得如何？
弗襄：我還在翻譯，會儘快處理完跟總經理做報告的。
炘麟：好，那我拭目以待囉。
弗襄：沒問題。

S：06　　景：弗襄辦公室
時：日　　人：炘麟、弗襄

△書案上，攤著所有西洋古董家具的資料。
△炘麟看過弗襄所蒐集的相關資料，兩人一起討論以後，有所決定。

S：07　　景：辦公室各處／大廳
時：昏　　人：炘麟、弗襄、同仁若干、搬運工人若干

△工人將所有古董家具運進公司內部，一一地做了仔細陳列。
△大廳一隅，尚有工人擺設了一座「一〇一大樓」的藝術雕塑予以裝飾。
△炘麟看完所有佈置以後，抬眼看向弗襄，很是滿意地頷首。
炘麟：嗯，這些古董家具實在很漂亮，既有歷史感也有藝術美學，辛苦妳處理這些了。
弗襄：（微笑）老闆滿意，我很高興。
炘麟：走，請妳吃飯，當是犒賞妳。
△他比了一個「外出」的手勢。
△她笑了笑，忙跟上。

S：08　景：法國餐廳
時：夜　人：炘麟、弗襄、環境人物

△餐廳外觀空鏡，弗襄與炘麟相偕入內。

△明亮寬敞且高挑的用餐空間，鏡頭審視所有客椅皆絲絨質製。

△鏡頭從天花板垂綴的一盞盞水晶吊燈往下攀，帶到底下櫥櫃裡置了滿滿剔透的水晶高腳杯。

△四周盡是新藝術格調的裝飾線條，還有一盆盆花卉盆栽姿態萬千地展示其美麗。簾幕、壁畫、飾品，總是別出心裁地安置在適宜它們所待的區域或者是角落裡。

△一桌子精緻而細膩的餐點，既滿足了視覺享受亦滿足了味蕾。炘麟與弗襄相視對坐，一同吃著美味餐點。

S：09　景：夜街
時：夜　人：炘麟、弗襄

△餐後他們走在華燈初上的城市街頭，只是走路，一逕地享受迷離夜色。

△炘麟沒有說話，只是低頭認真地徒步而行。忽然，他嘴裡哼起了一首西洋歌曲〈You Don't Know Me〉。

You give your hand to me
Then you say hello
And I can hardly speak……

△聽見他的歌聲，她有些驚為天人，因為聲線既好聽，且十分富有磁性。因此，她情不自禁地跟著他一起唱和。

△他聽見她的唱和，有些訝異，但並不停下。於是兩人便這

般合諧地唱了起來。

And longs to kiss your lips
And longs to hold you tight
Oh I'm just a friend
That's all I've ever been
Cause you don't know me
For I never knew……

△邊唱，他邊深情地凝睇著她，然後緩緩地牽起她的手。
△她有些愕然，但並不意外，且任由他緊握著自己的手。
△稍後，兩人唱完了歌，他停下腳步看向她。

弗襄：為什麼？
炘麟：什麼『為什麼』？
弗襄：牽我的手？不問我是否心有所屬？
炘麟：（笑）妳若心有所屬，那人便是我。
弗襄：這麼有自信？
炘麟：（一派斯文，儒生似地一笑）妳這樣的女人，沒幾個人敢追妳。
弗襄：是諷刺我，還是恭維我？
炘麟：是誇妳。

△他炯炯有神的雙眼，深深地望進她眼瞳裡。
△她溫雅地笑了，笑容裡滿是喜悅。彼此的眼睛裡，盡是對方。
△兩人牽手相偕，沐著月光前行，並溶進斑斕華麗的夜色裡，開始走進了屬於他們的故事扉頁。

S：10　　景：雜景
時：日　　人：小弗襄、史母、史父、環境人物若干

△小弗襄與父母在飯廳吃飯。

△小弗襄與父母在客廳裡享天倫樂。

△史父於病房裡，於小弗襄與妻子面前臨終的畫面。

△史父的喪禮，一小群人立於墓前獻上鮮花。

△小弗襄與史母面對一幢豪華大宅，有些茫然。於裡頭生活、睡眠、閱讀、看電視、用餐等等畫面。

△史母經營丈夫所留下來的企業，公司開會，巡視所經營的咖啡館門市。

△以上畫面搭以下OS呈現。

旁白：（OS）弗襄失去了父親，從小由母親一手帶大。原本，弗襄與雙親一家三口幸福快樂地一同過生活，可惜好景不常，其父史哲明在她幼年時期即因病離世，母親因而承襲了父親所遺留下來的龐大財富，偕她一起居於一幢哥德式的大洋房，過著瓊漿玉露、錦衣玉食，華美宅邸毫無匱乏的富足生活。她的母親服膺於成功女性大獎對於女性的規範與期待，因此完全遵守著為家庭、為兒女犧牲，將情愛僅奉獻予一名男性的高標準，不思改嫁，與女兒共同守著丈夫所遺留下來的這一切，表面上看起來很是美滿無虞地彼此陪伴，共同生活。

△飯廳裡，母女倆正在用餐。

史母：親愛的，雖然妳沒有了爸爸，但相信媽媽，媽一定會身兼父職，陪伴著妳成長直到妳出嫁的那一天。

小弗襄：沒有爸爸，我們會不會被人欺負呢？

史母：（搖頭）只要有錢，沒有人敢欺負我們的。弗襄，妳記得，長大以後妳一定要找個有財富有地位的男人嫁了，有了財富跟地位，才有保障，也才會開心快樂不用煩惱。知道嗎？

△小弗襄尚且不懂母親所說的話，她僅機械性地將話給記在腦海裡。

S：11　　景：鍾宅主臥房
時：夜　　人：炘麟、弗襄

△窗外的月亮有點瑩中帶藍，很是迷濛的光氛。

△視線往房裡挪移，見炘麟與弗襄半躺半臥於床鋪上，兩人相依相偎著彼此正在說話。

炘麟：（攬弗襄肩）我有個想法，想說公司的茶館應該要進一些骨瓷茶具來販售。妳覺得呢？

弗襄：（抬眼看向他，頷首）可以啊。我們的門店是比較高檔的店，所以要進貨的骨瓷也必須高檔一點。

炘麟：妳的意思是？

弗襄：你應該知道所謂『骨瓷』茶餐具吧，其實是瓷泥中加入動物如豬或牛的骨灰，經高溫素燒與低溫釉燒而成的？

炘麟：嗯。

弗襄：它的功用是為了改善瓷器的性能與透光度。骨灰含量愈高，瓷泥的塑性就愈低，高含量大約是40％，若是超過45％則會比較難以成形一些。由此可知，骨灰含量愈高，約50％以內，就是所謂的『精緻骨瓷』；它的精製度、透光性、淨度、潔白度、硬度，都會比一般骨瓷來得更好。

炘麟：明白了。所以這種較好的骨瓷，就會比一般白瓷更棒了。

弗襄：（笑）是呀。最重要的是，骨瓷防摔耐磨，保溫性佳，卻不燙手。

炘麟：那妳有熟悉的廠商嗎？不妨約到公司來談談看。

弗襄：好，我聯絡一下，再跟你說。

△他看了一下床頭櫃上的小時鐘，已近午夜十二點了。

炘麟：（摸摸弗襄的臉）妳要不先去洗澡吧。

△然後又在她耳畔呢喃了兩三語。

△她含羞地笑了，在他頰上親一口。然後起身，取來睡衣便進入浴室洗澡去了。

△鏡頭一轉，他仍坐於床鋪上，以筆電正在看影片，以等候

沐浴中的她。

△時間過程。之後，她沐浴完畢身著性感睡衣自浴室走了出來，來到他身旁偎近他，卻見他正在觀賞A片，於是有點尷尬地拉著他的手肘。

弗襄：你怎麼在看這個？（她的臉有些泛紅燥熱，深覺難為情）

炘麟：（不解）為什麼不能看，只是助興而已。

弗襄：影片裡的情節太誇張了，很多觀念並不正確。

炘麟：我只是看，並非學習。

弗襄：可以關掉嗎？

炘麟：（按了暫停鍵）妳覺得低俗，還是骯髒？

△她木著臉並不說話。

炘麟：難道不看影片，就能否定它的存在與市場性？

△她仍是不語。

炘麟：男女嬿好，我們不也做嗎？飲食男女，食色性也。是不是只能『做』卻不能『說』？不說就代表妳比較高雅比較有水準？

弗襄：你覺得這種事情，能登大雅之堂嗎？

炘麟：為什麼不能？就像吃飯喝水一樣，是一個健康的話題。不說就代表它不存在嗎？國外還有學者的研究論述呢，連肛交都能寫成一篇論文。妳是念過書的高知識份子，怎麼會有如此迂腐的思維，如此避諱呢？即使是探討這樣的議題，妳的立場還是可以保持中立的呀。

△她刷下臉來不再與他討論這件事情，直接掀被鑽入被中，倒頭就睡。

△他暗嘆一口氣，仍在她耳畔喃語。

炘麟：妳覺得低俗、毫無美感，甚至覺得難為情，那是因為妳承襲了傳統的觀念才會如此……

S：12　　　景：雜景
時：日／夜　人：小弗襄、史母、傭人、司機、家教、同學衆

△十歲的弗襄，日常生活衣食有傭人侍候、有司機接送上下學以外，課業方面則尚有家教時時關注，補充教導。

△校園裡，弗襄與同學互動。

△教室裡，弗襄與所有同學正在聽講課。

△教室外，幾個孩子聚在一起。孩子們碎詞：

△「弗襄的爸爸留了好多錢給她跟她媽媽」、「她媽媽有可能是為了那些錢而害死了弗襄的爸爸……」

△幾名小男孩學著大人一樣的口吻說道：「最毒婦人心，好可怕喔。」

小女孩：怎麼可能？

小男孩：我媽媽說，人為了錢什麼事情都可以做得出來。

△不遠處的弗襄，聽見同學們的流言蜚語，流露出芒然懵懂的神情。

△史宅哥德式建物內的客廳，弗襄坐在母親身邊，母親正在看書。

弗襄：媽，同學們都說，爸爸是媽咪害死的。

母親：這些都是外人的妒嫉，不必當真。知道嗎？

弗襄：可是他們都一直說，一直說。媽……

母親：好了，別再理會那些閒言閒語了。妳聽媽媽的話就對了。媽媽很愛爸爸，也很愛妳，不用懷疑。

△看著母親，弗襄有些迷惑了。

母親：對了弗襄，頂樓的小房間妳絕對不可以獨自進去。聽見了沒有？

弗襄：為什麼？

母親：因為那裡頭放了很重要的東西。就這樣。

△小弗襄不解地望著母親。融入以下畫面。

△夜裡作了惡夢，弗襄夢見爸爸被掛在頂樓小房間的牆上，

七孔流血、筋骨全斷，滿臉滿身遍體鱗傷甚至鮮血淋漓的慘狀。疊惡夢畫面，以顯示這個惡夢經常出現，她驚聲尖叫，夜裡再也不敢一個人入睡，總得母親或者是傭人陪睡方能安心。

△一早，母親為小弗襄梳頭。母女倆一站一坐於妝鏡前。

母親：為什麼惡夢呢？是不是聽了什麼可怕的故事，還是看了什麼恐怖電影？

△小弗襄搖搖頭，怎也不敢如實說出自己對於頂樓房間，以及對於母親的害怕與排斥。

S：12-1	景：史宅弗襄房
時：日	人：小弗襄、史母、女傭

△疊入數次夜晨轉換的畫面，以顯示時間過程。

△晨間，小弗襄早起掀被下床，準備上學的一切。

△弗襄自行穿戴好一切。

△她坐於妝鏡前，由史母親自為她梳髮紮辮。

△她看著鏡中的自己，主觀鏡頭往上攀再看向母親。

△小弗襄腦袋裡開始幻想著情節，想像母親將父親殺死在床鋪上，滿是鮮血淋漓的驚駭狀。接著母親手拿尖尾梳，梳著梳著便往小弗襄的腦袋刺進去，霎時鮮血噴濺，濺滿了妝鏡，一條一條向下流淌的血痕甚是令人怵目驚心，然後是開出了一小朵一小朵的絳紅花……

△小弗襄嚇壞了，掙脫母親梳髮的手，站起身來向後退去。

史母：（不解）怎麼了？

弗襄：以後可不可以讓幫傭阿姨為我梳頭？

史母：為什麼？

弗襄：沒為什麼，我想要幫傭阿姨幫我梳。

史母：媽咪梳得不好嗎？

弗襄：（搖搖頭）沒、沒有，媽咪梳得很好。只是想讓媽咪多休息。

史母：（笑了笑）弗襄真乖。好吧，以後就讓女傭幫妳梳頭囉。

△小弗襄鬆了口氣，然後坐於妝鏡前。

△史母讓女傭接手，女傭接過梳子以後熟練地替小弗襄紮好辮子。

S：13	景：鍾宅主臥房
時：夜	人：炘麟、弗襄

△窗櫺以外葉影迷離，如同給窗子打了馬賽克。

△月光如水絲絲而柔軟地漏進室內，光暈烘托氛圍令人迷醉。白色床單，似泛起一絲水藍柔色調。炘麟的居處能夠看見一〇一大樓。

△炘麟與弗襄一番耳鬢廝磨，他吻著她光潔柔軟的頸項，採擷她胸前祕密芬芳，探索她私密花園中的蜜桃。

△她低聲吟哦，不住顫抖，如此更引發他的興致。

△變換了姿勢，他起身復又伏於她身軀之後，曖昧之際進入，然後盡力地往前攻克。她為他柔情中的霸氣所折服攻陷，於是就此臣伏於他底下。

△接著兩人再度變換身姿，相擁相吻，專注認真，然後雙雙齊赴巫山雲雨，登仙作樂。

△雨露雲鬢以後，前所未有地釋放，同時亦鬆開了彼此。他完事起身離去，一番處理。鏡頭一轉，他躺上床鋪趨近她，輕攬著她入懷，然後朝她溫文地微笑。

炘麟：妳開心嗎？

弗襄：為什麼這麼問？

炘麟：因為，在乎妳的感覺。

弗襄：（緊偎著他，嬌羞柔情）我的感覺不重要，我在乎的是你的感覺。

△他揚了眉宇，注視著她。

△她以食指在他胸口上劃著小圈圈，甜笑。

弗襄：這是我身為女友的義務啊，你覺得滿足、滿意了，我就覺得滿足滿意。

炘麟：（不可思議）妳只是在盡義務，沒有情愛甜蜜、沒有歡愉共享的感覺嗎？

弗襄：會有情感交流，也會覺得甜蜜。但對我而言，盡義務更為重要，這會直接影響到我們的感情。

炘麟：撇開義務，妳從不去感受自己的身體嗎？

△她不解地凝望著他。

炘麟：顯然做這件事情，妳的重點只放在男人身上，完全忽視了自己。

△聞言，她無法理解。以自己的軀體來服侍回應他，讓他感到開心滿足，難道是一件錯事？

△鏡頭一轉。她一番洗沐以後，回到床鋪偎於他身旁，靠在他的胸膛上。

△他輕輕地拍著她的臂膀，但並沒有多說一些什麼。

弗襄：（抬眼凝睇）我媽跟一些阿姨們，從小到大總是告訴我，要讓男人愛自己，必定要想辦法服侍並且取悅他。

炘麟：為什麼妳只聽長輩們的話，沒有自己的想法？

弗襄：長輩就是長輩，她們的話不會錯的，總是為我好。

炘麟：為妳好的話不見得是對的。所以不論是非對錯，妳根本是服膺階級。

△聞言，她有些疑惑不解地注視著他。

炘麟：取悅我，盡所謂的義務。妳從不曾想過自己是否開心。

弗襄：跟你在一起，我很開心啊。

炘麟：我所謂的開心，是指妳享受過身體所帶給妳的歡愉嗎，妳喜歡親熱這件事情嗎？

弗襄：我沒想那麼多。

炘麟：如果妳病了，我還強要，那妳給嗎？

△她肯定地點點頭，毫不遲疑。

△他有些受不了，輕推開她，沉默地背對著她，拉被覆上自己以入睡。

△見狀，她有些懵了。是她說錯或做錯了什麼嗎？

S：14	景：史宅雜景
時：日	人：小弗襄、史母、女性長輩若干、女傭

△十歲那年，小弗襄見有許多她所不認識的阿姨們受母親邀約，前來家裡做客。母親會克盡家主之誼，邀請所有女士們參觀屬於她的歌德式城堡，從花園、大廳、書房、飯廳，直到起居室。

△幫傭阿姨總會備好所有午茶的餐點，以及骨瓷杯具、餐盤，然後由這些女士們親自地將茶點、茶湯以及杯具組給端進小房間裡去。

史母：親愛的，媽咪要與阿姨們下午茶了，沒有媽咪的允許，不可以進來。知道嗎？

弗襄：我也想要下午茶……

史母：讓幫傭阿姨給妳準備茶點，在飯廳裡吃。妳乖啊。

△語畢，母親便端著優雅的架子，端莊而身姿款款地步入小房間，將門給闔上。

△注視著緊閉的小房間之門，那個父親死在裡頭血腥驚悚而又恐怖駭異的惡夢畫面，復又倏地竄入小弗襄的腦海裡。

△小弗襄驚嚇得趕緊跑離開頂樓小房間，接之神色倉皇地下樓去了。

△見狀，女傭覺得很是奇怪，但小弗襄畢竟是小主人，自己似乎也不方便過問一些什麼，便尾隨在她身後跟著下樓去了。

S：15	景：鍾宅主臥房／飯廳
時：日	人：炘麟、弗襄

△陽光透過窗櫺與紗簾斜射入內，經簾子過篩以後的光線顯

得十分柔和，摩挲著弗襄的臉龐，讓她充滿了好氣色。

△鏡頭一挪，能夠看見牆上掛著一幅一〇一大樓的攝影作品，上面寫有「史弗襄攝」。

✦ ✦ ✦

△熱壓土司機裡的奶油與雞蛋，因熱能而發出滋滋且療癒的煎食聲響，一旁的咖啡機也正輕輕地咕噥著。

△炘麟與弗襄邊享用早餐邊看著電視機裡的晨間新聞；那新聞所播報的是一對顏值藝人的世紀迷炫婚禮。

弗襄：（微笑）好棒的婚禮，女人一生一世的夢想。

炘麟：那婚禮恐怕是大手筆。

弗襄：能有這樣手筆的男人，才是條件好的男人。

炘麟：（揚了揚眉宇，注視她）有錢就代表條件好？

弗襄：是啊。看看我媽，雖然寡居又帶著我，可是我父親留下一大筆遺產給了媽媽，讓媽媽跟我往後衣食無缺。這樣的條件難道不好嗎？

炘麟：一個男人的人品優劣或條件好壞，除了以財富來衡量之外就再也沒有別的了？

弗襄：（理所當然）不是這樣嗎？

炘麟：那我呢？如果給不起藝人般的婚禮，我其他的優點是不是就全被妳給抹滅了？

弗襄：（遲疑了幾秒鐘以後，靦笑）不、不會啊，當然不是。

炘麟：妳猶豫了。

弗襄：你……，生氣了？

炘麟：衡量一個人的好壞不能單憑財富多寡或社經地位等等外表可見的一切，很多事情過猶不及並非好事。

弗襄：那，我還能以什麼來衡量？

炘麟：妳不懂得相處之道嗎？所謂日久見人心。一個人的好壞真假，處久了妳便會明白。

S：16	景：史宅客廳
時：日	人：小弗襄、女傭

△小弗襄正坐在沙發上閱讀童畫書。

△女傭給她送上水果與飲料，然後坐在她身旁。

女傭：知道妳母親為什麼會得成功女性大獎嗎？

△小弗襄搖搖頭，一臉懵懂。

女傭：（似乎與有榮焉）妳母親之所以能獲獎的原因，主要是因為先生因病離世以後，她將他的產業管理得非常好，對待員工猶如家人一般而且能夠恩威並施、知人善任、給予所有人工作機會，同時照顧好他們的日常生活。

△小弗襄點點頭。

女傭：最難得的是，她非但沒有再婚，竟還能單獨地教養撫育妳這個獨女生，讓妳能夠健康而且快樂地成長。

小弗襄：喔……

S：17	景：史宅書房
時：日	人：小弗襄、史母、設計師、裁縫師、化妝師、美髮師

△史宅哥德式洋房外觀。

△設計師正為史母繪製服裝設計圖，史母稍有不滿便要求重畫。一旁還有一名裁縫師傅正為史母丈量其身量尺寸，並詳實地記錄下來。

設計師：太太，我重畫過的設計圖。這次的設計是依您所喜歡的胸前平口與合身收束的魚尾裙襬為主。您看看如何？

史母：（看了一下，滿意地頷首）這次的設計圖OK了，我很喜歡。對了，要選用寶藍色絲綢縫製，好襯我的膚色。

設計師：明白。

△設計師註記在設計圖裡，再做了一些細部修改。

史母：（叮嚀）還有，首飾不要太多，著重在耳環就好。

設計師：沒問題，項鍊的話選擇細緻簡單的款式，這樣看起來會比較俐落大方。

△還有美髮師與化妝師，正替史母設計髮型與造型。她們仔仔細細、戰戰兢兢工作的態度。

△小弗襄在母親身旁看著所有人進進出出，忙裡忙外，簡直目不暇給。

△她開始崇拜母親了，因此以母親為自己學習的典範。

S：18	景：公路／山上／飯店外
時：夜	人：炘麟、弗襄

△情人節，炘麟駕車攜弗襄一同上山。

△他們在山上觀星賞月、聽風覺雲，山下萬家燈火。時間過程。

△兩人回到飯店，入內。

S：19	景：飯店房浴室
時：夜	人：炘麟、弗襄

△兩人已於房內浴室共沐溫泉鴛鴦浴。

△澡池裡，他為她揉背，她閉起雙眼享受著他所給予的情調服務。

△稍後，他將她的身子給轉過來，讓她面對著自己，隨後湊上自己的雙唇。兩人四唇相貼蜜蜜舔舐，曖曖秋波卻是情慾高漲。

△他情不自禁地愛撫她賽雪雙乳，不大不小的34D足以令他亢奮堅挺，進而手心在她毫無贅肉的肚腹肌膚上恣意地滑

行，滑至深處時始探索著她的私密禁地，在水裡與她密蜜無間地交纏起來。

△她身處在他胯下，雙手緊抱著他滿是水珠的背脊，纖細指尖留下微微抓痕，並承受著他一逕攻克而來的雄偉……

△完事以後，他穿上浴袍。她出浴，他貼心溫柔地為她穿上袍子，然後兩人雙雙地走出浴室。

S：20	景：飯店房
時：夜	人：炘麟、弗襄

△飯店房陽臺主觀鏡頭，能看見很棒的view，以及一〇一大樓。

△他與她在氛圍浪漫的房裡共品紅酒，一壁賞睹山下萬家燈火。香氛蠟燭與人間燈海相互輝映，襯得夜色十分璀璨，同時亦簇擁著他們，並將其臉龐映照得點點星耀。

△她放下手中高腳杯，偎於他懷裡。

弗襄：什麼時候，你要摘星給我？

炘麟：（不解）嗯？

弗襄：就，求婚哪。

炘麟：妳想結婚？

弗襄：你不想？

炘麟：（笑）想啊，但我尊重妳。妳的工作能力很強，現在很能夠發揮，所以，不想再多工作幾年嗎？

弗襄：有你在，我便可以安心洗手做羹湯了。

炘麟：妳對職場毫不留戀？我倒替妳覺得可惜。

弗襄：能夠佈置一個溫暖的家，生幾個孩子，在家相夫教子，這比職場更重要。等孩子大了，再『復出』職場也不遲呀。

炘麟：這是妳的想法？

弗襄：（笑點頭）嗯。反正一切以你為主，看婚事要如何操辦、房子想買在哪、生幾個孩子、要不要留在職場，都聽你的。

炘麟：都聽我的，那妳自己心裡的聲音呢？
弗襄：心裡要有什麼聲音嗎？你是我的天，當然聽你的呀。
炘麟：所以，妳根本沒有自己的想法？
弗襄：（復又笑了）你的想法，就是我的想法呀。
炘麟：那妳想要的世紀婚禮呢？
弗襄：我知道，不可能每個女人都能擁有那樣的婚禮。但以你的條件來說，就算沒有世紀婚禮，也一定能有一個大排場而且像樣的浪漫婚禮，你肯定不會委屈我的。總之，一切都交由你去安排。如此，夫復何求？

△聞言，他笑不出來了。第一次他覺得有一個女人什麼都聽他的，而他卻絲毫開心不起來。

△主觀視線注視著她，他覺得眼前的她，倒讓自己有些卻步遲疑了。而她則是不解地望著他。

S：21　景：史宅旋轉梯／頂樓小房間
時：日　人：小弗襄、史母

△小弗襄站在旋轉樓梯底下，見母親身著一襲如月光仙子般薄如蟬翼的薄紗長衫，緩緩地攀上梯子，往頂樓的方向而去。

△她循著母親上攀的腳步來到頂樓，遠遠地見她開門走進小房間，然後關上房門。

△愈是靠近，愈是想起母親以前的叮嚀。INS新拍回憶畫面。

史母：弗襄乖，頂樓的小房間沒我的允許，妳絕對不可以靠近或者是進去喔。知道嗎？
弗襄：為什麼？
史母：媽咪說過，那裡面有重要的物件啊。
弗襄：我是媽咪的女兒，又不是小偷，不會偷走重要物件啊。
史母：（耐著性子，微笑）但妳是小女孩呀，迷迷糊糊，分不清楚什麼東西可以玩什麼東西不可以，容易將重要物件弄丟了呀。

弗襄：喔。（有點委屈不情願，嘟嘴）

△鏡回原場。母親的叮嚀猶如緊箍咒，一旦靠近了小房間，她腦袋裡似乎便響起了巨大聲響，猶似拉警報般令她感到害怕不已。

△正當她一步步趨近的同時，小房間裡傳出了母親令人驚恐的號叫聲……

△這號叫聲觸發了她恐懼的警鈴，她腦海裡復又嵌入了時常夜襲的惡夢，INS新拍夢境畫面：父親被戕害於小房間之中，滿室血腥、鮮血淋漓、父親的筋骨皆被礫斷，幾近身首異處。特寫父親死不瞑目的雙眼，滲出血絲。

△鏡回原場。終於忍不住心中惶惑憂懼，她以高八度的聲音大喊：「啊——」這嘶吼在孤絕冷清的林園裡頭聽來，可謂十分的淒厲驚悚。

△沒一會兒母親便慌忙失措地開門，朝她走來，驟然又令她猝不及防地掌摑了一耳刮子。她驚懼而又無可置信地注視著母親，無法言語。

史母：（吼）我說過沒我的允許，不能靠近頂樓小房間，妳為什麼不聽話？

△她無法反應，只是放聲地大哭，將所有恐懼與委屈全然一傾而出。

S：22	景：史宅飯廳／史宅大門口
時：夜	人：小弗襄、史母、女傭

△鏡頭自一桌子好菜拉開，帶到坐於桌案旁的母親一臉憤怒狀，而弗襄則是站立於她眼前，委屈落淚。

史母：知不知道妳做錯了什麼？

△小弗襄噙著淚水，點頭。

史母：別只是點頭。說！妳做錯了什麼？

弗襄：靠近頂樓小房間。

史母：媽咪是不是告誡過妳，不准靠近？

　　△小弗襄一邊落淚一邊頷首。

史母：那妳為什麼這麼不聽話？

　　△小弗襄沒有言語，只是緊咬著下脣，任由淚水佔據臉龐。

史母：今天晚上妳不准吃飯，到大門口去罰站。

女傭：（試圖緩頰）太太，弗襄只是個孩子……

史母：閉嘴！不然連妳也一塊罰站。

　　△女傭於是不再多說，倖倖然又悄悄地離開，往廚房方向走去。

　　△母親厲眼一瞧，弗襄立即轉身走到大門口去，於月光底下默默地罰站。

S：23	景：史宅廳堂大門外
時：夜	人：小弗襄、女傭

　　△弗襄站累了也餓昏了，管不了母親的責罰，便坐於兩扇雕花大門前的愛奧尼克式羅馬柱子旁，並將身子斜靠於其上休憩。

　　△忽然，兩扇門之間漏出了金黃色光線，光線由細條擴展為面狀。門被打開了，一條人影出現。女傭輕輕地來到弗襄身邊，搖搖她的肩膀。

女傭：弗襄，快午夜十二點了，進去吃東西洗澡吧。

　　△弗襄睜開雙眼，那雙眼睛在月光底下泛著墨藍光，水水的很是憂鬱又很是無辜。她以眼神詢問「真的可以嗎」？

　　△女傭朝她點點頭，將她扶起身來，一大一小相偕的身影走進那扇如同聖殿般高雅且神聖不可侵犯的大門去。

S：24　　　景：史宅飯廳
時：夜　　　人：小弗襄、女傭

△小弗襄坐於偌大鋪著白色桌巾的餐桌前，面前置放了一盆姿態迷人的玫瑰花束，層次分明地朝四周伸展著她們的典麗身姿，撩人魅惑。

△女傭給小弗襄送上一碗玉米酥皮濃湯、烤馬鈴薯培根及一份沙拉麵包。

△小弗襄取來麵包，撥著一小口一小口地吃起來，邊吃邊喝碗裡的濃湯。她真的是餓慘也餓慌了。

△女傭坐於她身旁，溫柔地。

女傭：如果不夠，還有喔。站在外面吹風，這麼久沒吃東西，肯定餓壞了。

弗襄：夠了，吃不了這麼多。

女傭：好，那妳慢慢吃，阿姨在這裡陪著妳。

△鏡頭審視寬敞華麗的飯廳。另外，除了窗邊偶入的風聲以外，可謂一片靜得出奇。

△一女一傭兩個落寞的背影獃在那兒，宛如點綴。斜欹於地面上的兩隻黑影子卻彷彿愈來愈大，愈來愈高。

S：25　　　景：史宅浴室
時：夜　　　人：小弗襄、女傭

△女傭給放好了洗澡水，並為小弗襄取來換穿衣物置於一旁櫃子上，然後退了出去。

△小弗襄始褪去身上的衣物。鏡頭一轉，她蹲進浴缸裡，宛若躲進水裡，哭一哭，委屈便能盡數散去。

△鏡頭上攀，拉到窗外的月亮定格。夜，在委屈小女孩身旁，不聲不響地踰越而去。

S：26	景：鍾宅飯廳
時：日	人：炘麟、弗襄

△視線自牆上那幅弗襄所攝一〇一大樓的攝影作品拉開，帶到一旁坐於餐桌旁的炘麟。

△弗襄沖泡好兩杯咖啡，兌入了一點鮮奶，再加一丁點蜜糖，接著以熱壓土司機將土司、起士、培根、雞蛋、番茄與小黃瓜絲一番熱烤。

△等待熱烤的時間裡，她行至一旁冰箱打開，將一份楓糖布丁乳酪蛋糕端出來，然後放在餐桌上。那鵝黃色Q軟而吹彈可破的糕體與褐色楓糖布丁的層次分明，確實勾人食慾。

△炘麟見狀，眼睛一亮。

炘麟：妳買的？

弗襄：（笑搖頭）我昨晚做的。趁你睡著的時候做的，想說今早給你驚喜。

炘麟：有熱壓土司啊，何必這麼辛苦？

弗襄：想給你不同的選擇囉。

△她坐了下來，以刀子將蛋糕劃了一小塊放進白瓷盤裡，然後動作優雅地推至他眼前。

△他以小湯匙挖了一口品嚐，感受美味。

炘麟：口感綿密，味道拿捏得恰如其分。

弗襄：你能喜歡，再辛苦也值得。

炘麟：那妳呢？妳也可以為自己做些愛吃的料理呀。

弗襄：（莞爾）女人哪，結婚前一心一意為得都是男朋友；結婚後一心一意為得都是兒女還有家庭。

炘麟：我不希望妳如此，何必為了家庭老公小孩而如此委屈自己呢？

弗襄：我認識一位女性長輩，她就是這樣，因為是家庭主婦所以整天想的都是老公小孩吃飽了沒、渴了嗎、有沒有穿暖、上班上學該帶的東西帶了沒。

炘麟：我猜，她肯定變成一個胖大媽了。對嗎？

弗襄：你怎麼知道？

炘麟：因為老公小孩不吃的東西，全到她胃裡了。她肯定不捨得花錢美容保養健身，因為要將錢省下來給孩子念書用，甚至是出國深造。

弗襄：（驚訝他神準）真的，是這樣沒錯。

炘麟：如果有天我們結婚了，妳也會學這位女性長輩做一樣的事情嗎？

弗襄：當然。為家庭犧牲奉獻是天經地義的事情。

炘麟：即使容貌變醜、體態走山、離開職場變成一個管家婆？

弗襄：（點頭）嗯，不就是好太太、好媽媽該有的形象嗎？（笑了）但你放心，顧及你的感受，我會儘可能保持好體態。

炘麟：但我期望的妻子，不是這種傳統思維、保守形象的女人。

弗襄：什麼意思？不懂。

炘麟：弗襄，妳真是一個活在二十一世紀的古典女性。

弗襄：我這樣，你不開心嗎？

炘麟：不是不開心，而是不樂見，不期待。

弗襄：那，我該怎麼做？

炘麟：如果今天早上，妳不必上班，也不用替我準備早餐，那麼，妳想做什麼呢？

弗襄：（側頭想了想）我想先去吃一頓高級早餐，徜徉在輕盈的古典輕音樂裡，吃完早餐以後去做臉，再去逛街shopping，最後呢就去看場電影。

炘麟：好，那就照著妳方才所說的行程，去走一遍。不要管我，也不必理會工作上的事，今天我准妳放一天假。妳今天所要學習的功課就是——做自己。

△說完，他不再理會她，而是逕自地吃著自己的早餐。

S：27　　景：鍾宅主臥房
時：日　　人：弗襄

△一會兒以後她回房更換衣服。鏡頭一轉，她已換好了一套端莊美麗的洋裝，揹起包包，亮麗地出門去了。

△房間主觀鏡頭，人去房空。有光線漏進室內，一切物事依舊。

S：28　　景：雜景
時：日　　人：弗襄、環境人物若干

△弗襄正吃著豐盛高級的早餐，餐廳所播放的古典輕音樂甚是令人迷醉。

△美容沙龍房內，她做臉，享受了一個高級精緻而令人舒服的服務。

△她去逛街，在百貨公司各專櫃間流轉，買了一堆衣服鞋子，手中購物袋一個一個地增加。

△她去了戲院買票以後來到入口處等待。鏡頭一轉，放映室內，她一邊流淚一邊看了場虐心令人泫淚的愛情電影。

S：29　　景：鍾宅廚房／客廳
時：夜　　人：炘麟、弗襄

△客廳主觀鏡頭，弗襄拎著大包小包的戰利品回到家裡，將所有東西放在沙發上。

△弗襄又再次地待廚房裡忙於料理晚餐，時間過程。

△做好了一桌好菜，她自行添飯用餐，有點孤寂。

△鏡頭一轉，特寫牆上時鐘已是晚間九點鐘。鏡跳大門，炘

麟打開大門，見弗襄正守著小燈以等候自己。

△見他返家，她起身，行至他身旁接過他的公事包。

弗襄：忙一整天，累了吧？吃了嗎？

△他搖頭。

弗襄：那我給你熱一下晚飯。

△說著她正要離去，他抓住了她的手。

炘麟：今天去了妳早上所說的那些地方了嗎？

弗襄：嗯，依你吩咐，行程全走完一遍。

炘麟：那，妳開心嗎？

弗襄：（點頭）很開心。

炘麟：所以，這樣很好呀。女人，有時候也得適時對自己好些。

弗襄：可是，雖然開心卻總有點罪惡感。

炘麟：為什麼？

弗襄：女人該把男人侍候好，把家庭照顧好，這麼一整天都顧著自己玩耍，很說不過去。

炘麟：讓妳出去放鬆自己，妳只有這點感受？

△他放棄，也沒有力氣了。累了一天不再多說，便逕自地走進房裡去。

△聞言見狀，她有些懵懂，不知所措。

S：30	景：史宅客廳／頂樓小房間／史宅弗襄房／史宅外大門處
時：日	人：弗襄（十五歲）、史母、女性長輩若干

△史宅歌德式城堡外觀。

△弗襄趴於房內窗臺，主觀視線見數名女性長輩華麗衣著以後來到史宅，她們自大門口進入。

△史家母親領著她們進入廳堂，然後一個接著一個地隨之上樓而去。

△來到頂樓小房間，母親開門讓所有女性長輩們入內。

△送完骨瓷茶餐具與點心以後，女傭忙離開下樓去了。

△弗襄在自己房裡頭踅步，她心底有一種煎熬難以自持的感受。終於她深吸了口氣以後下定決心，要立即衝上頂樓小房間，去看看母親與那些阿姨們正在做些什麼。她打開房門走了出去。

△她一步步地走向樓梯，站定。抬眼看著向上伸展的樓梯，她始拾階而上，一邊深呼吸，一邊一步步地靠近頂樓小房間。

△踩著最後一個步伐，她終於站在了小房間門前。她復又深吸了口氣，然後驟然且用力地推開房門入內——

△只見母親與所有女性長輩們皆睜大雙眼盯著自己瞧，那些盯著自己的阿姨們，皆是成功女性族群的成員，她們正聚攏圍坐於圓桌周邊，桌案上則置放了一尊古希臘神話裡的天后——希拉女神的雕塑。

△見狀，母親怒不可遏地起身，將弗襄一把拽拖下樓來到她的房間，將她像扔垃圾一樣地扔在了地上。

史母：為什麼這麼不聽話？忘記小時候我告誡妳的話了嗎？

弗襄：（哭著回道）我沒忘。媽，我是您的女兒，但為什麼我總覺得我們隔著一道心牆，彼此疏離？有什麼事情不能告訴我嗎？

史母：沒什麼事情，就只是不准妳靠近甚至是進去那個房間而已。

弗襄：那為什麼那些阿姨們就可以進去？

史母：妳少廢話！

△弗襄爬著來到母親面前，抱著母親的腳踝仰臉哭泣。

弗襄：媽，是不是您有什麼祕密？

史母：（不可思議地注視女兒）我能有什麼祕密？妳別瞎猜。

弗襄：我沒有瞎猜，您肯定有什麼不可告人的祕密……

△母親急忙掙脫女兒的束縛，吼道。

史母：妳閉嘴——

△史母端著高姿態，揚長離去，將房門砰一聲給關上，鎖上。

△弗襄心裡覺得十分傷心委屈，但同時亦有一隻「狐疑好奇」的小野獸在心裡逐漸地成長茁壯，她告訴自己，定要想方設法給弄清楚真相不可。

S：31　　景：史宅外觀／林園／弗襄房
時：昏　　人：弗襄（十五歲）、史母、女性長輩若干

△傍晚時分，史家哥德式房內的燈盞依次亮起，宛若星點，屋外林園亦然。

△弗襄待在自己華麗洛可可風格的房裡，被鎖著無法外出。

△她來到窗畔，倚窗趴於窗臺上，此時見母親已領著那一小群女性長輩們出了大門，穿過小花園經過了小噴水池，行至林園的鑄鐵大門前，正在話別。母親以主人之姿向她們行禮，目送著所有阿姨們一一地上車離去。

△弗襄的眼眸深如潭水，亮攸攸，正注視著她們，同時亦思考一些事情。

S：32　　景：鍾宅陽臺
時：夜　　人：炘麟、弗襄

△陽臺陳列了一張小桌案，其上置有許多香氛蠟燭、蛋糕、甜點、兩只高腳杯以及一瓶陳年紅酒。此外，尚且佈置了許多綠色盆栽與金黃色清光跑馬燈。

△炘麟與弗襄對坐，他貼心地將生日蛋糕上的蠟燭給點燃。

炘麟：閉上雙眼，許三個生日願望吧。

弗襄：不用許願了，我的願望已經達成。

△聞言他感到訝異，以眼神詢問。

弗襄：找一份好工作、擁有一個好男人。

炘麟：只有兩個？

弗襄：嗯。

炘麟：（想了想）那不如，說說妳的夢想吧。

弗襄：（燦出一抹微笑）想在異國開一家有我特色的咖啡館，古典的、懷舊的Fu。

炘麟：我完全支持妳追逐夢想。

弗襄：但我放棄了。（甜蜜笑）等我們結婚以後，我要當一個在家相夫教子的好妻子。

炘麟：不，為什麼要為了丈夫兒女放棄自己的夢想呢？哪怕我不支持妳，妳也可以想辦法在家庭與夢想之間取得平衡。或許辛苦，但人因夢想而偉大，值得一試。

弗襄：為了家庭犧牲奉獻，何錯之有？

炘麟：女性是獨立的個體，完全沒有必要為了家庭而犧牲自己。

弗襄：公婆怎可能允許？

炘麟：傳統家庭確實不被允許，這是女性困境，但只要有心還是可以設法溝通的。

△她有些驚奇地注視著眼前的他，若有所思。

炘麟：我的想法很開明，絕對願意支持女性做自己，有自己的工作、事業、社交生活乃至於夢想。二十一世紀的新女性，雖然還是有屬於這世代的困境，但已有更多空間與籌碼可以掙脫這些傳統枷鎖。所以弗襄，（他定睛在她臉上）妳不該躲在傳統制度、文化與禮教的空殼裡，妳要走出去。

弗襄：別的女人見我這樣，不知道會怎麼衡量我、批評我。這不是成功的女人，也不是被眾人所期望的女性形象。

炘麟：最糟的就是女人為難女人。活著，只有自己才是自己的主人，妳的一切旁人無法置喙。明白嗎？

S：33　　景：鍾宅書房
時：夜　　人：弗襄

△弗襄正在上網，主觀視線見天下雜誌的網路報導，關於女權運動家布塔莉雅（Subhadra Butalia）的事跡。

△鏡頭定格於電腦螢幕。據報導指出，她的女性主義思想，主要啟蒙於她的母親薩布哈德拉・布塔莉雅。

△鏡頭審視文章內容：

因為與祖母同住，許多生活細節仍得遵守傳統男尊女卑的習俗。吃飯時，永遠是父親最先上桌，然後是兩位男孩，再來是女孩、祖母，最後才輪到布塔莉雅的母親。

但她母親絕不會讓自己的女兒餓肚子，「我媽都會教我們如何略施小計騙過祖母，」布塔莉雅大笑說。每天下午，趁祖母午睡時，布哈德拉便要女兒去偷拿鑰匙，打開存放零食、脆餅的箱子，大吃特吃。布哈德拉也堅持，兩個男孩必須分擔家務。

布塔莉雅的父親原本是保守的父權主義者，非常介意兩個女兒都沒有結婚，更是無法忍受親戚和鄰居們的指指點點。但現在的他，卻為這兩個女兒感到驕傲，成了可以相互聊天談心事的好朋友，「一有空他就會跟我們說，『來，跟我喝一杯威士忌吧。』這在一般的印度家庭是很少見的。」布塔莉雅說，「我想這都是我母親的功勞。」

……

對於布塔莉雅來說，身為女權運動家，她的目標很單純，「每個人有尊嚴地活著，這也是我對於『女性主義』的定義。女性主義不只是為了女性，也不是為了對抗男性。無論你來自哪裡，你的身分是什麼，每一個人都應該過著有尊嚴的生活，這才是我們最重要的目標。」[1]

△Fade out.

S：34　　景：鍾宅主臥房
時：日　　人：弗襄

△Fade in.

[1] 吳凱琳，〈印度女權運動家布塔莉雅：女權主義運動不是為了對抗男性〉，《天下雜誌》（二〇一八年四月九日），https://www.cw.com.tw/article/5089133瀏覽日期 二〇二一年六月二十日。

△思緒跳回S-1炘麟宅主臥房，僅餘弗襄一人獨處。
△此時，她似乎逐漸地明白何以炘麟會如此絕決地想要分手。
△弗襄很是沮喪，因而整頓自己的行李，然後難過地提著離開。

S：35　　景：史宅客廳／頂樓小房間／書房／廚房／飯廳
時：日　　人：弗襄、史母、男子

△弗襄返回史宅推開大門，屋裡沒有任何一人。
△她左邊看了看大廳；右邊復又瞧了瞧書房，再前行來到設備先進齊全的廚房、飯廳……等處，沒有任何人。
△鏡頭特寫她足蹬十公分高的亮黑高跟鞋，卻儘可能躡手躡足悄悄地踩上那座通往頂樓的旋轉樓梯，一步步地拾級上攀。
△上樓以後行至頂樓小房間的前方，她站定，注視著那扇房門，一聲聲的浪吟嬌喘，如同被擴音器給放大了一樣傳了出來，頗為令人感到驚疑與不可思議。
△終於，她以雙手緩緩地推開大門，豈料……，卻見母親裸裎著歲月遺忘未曾刻劃蒼老痕跡的胴體，與一名身材精實膚色麥芽的年輕男子，雙雙臥躺於沙發上彼此繾綣纏綿，且四足交纏。
△他們倆忘情地親熱，母親立時變換了姿勢，坐於男人的胯部，扭動著若蛇一般的腰臀，享受著不臊人的魚水之歡。此時此刻她瞠目結舌，無可置信，完全不知道該作何反應。
△纏綿中的母親，似乎意識到有人入內，於是動作的同時抬眼望去，見是女兒站立一旁，驚得她宛如一株驚縮中的含羞草般，即刻自那男人胯部起身站了起來。那名碩壯男人見是弗襄，有些驚愕，便趕緊取來一旁的衣褲有些慌亂失措地邊遮掩邊穿上。
△男人莫名奇妙地注視著弗襄的母親，母親眼神示意男人先行離去，於是他乖乖地依著指示而行。

△待他離去以後，母親將被單給拉上，圍裹著自己瑩肌賽雪的身體，行至弗襄身旁輕聲地喚了她。

史母：弗襄，聽我說……

弗襄：（笑了，笑的眼裡藏有淚珠）您覺得，我該相信眼之所見，還是耳之所聞？

△母親不知該如何回應，僅是尷尬地立於她眼前。

弗襄：（理所當然）為什麼不讓我知道？

史母：該讓妳知道嗎？（失笑）妳怎麼看，覺得媽咪是個不守婦道又淫穢的女人？

弗襄：（沉思片刻）是，若是以我從小所受的教育觀念來看，媽的行為既不守婦道又淫穢。您是我的母親，是爸的妻子，是眾女性的楷模，您不可以做出這樣的事情來。但若以炘麟的角度來看，他會支持您，既然丈夫已經離世，那麼逝者已矣來日可追，當然能夠追尋自己所愛，做自己。

史母：弗襄，我一點也不想成為妳們口中所說的那種成功又完美的女性典型，我有情我有慾，我有思想，我有追求，我有夢，不單是一個會呼吸有心跳的軀體。我恨，恨妳爸早逝，不得已讓我必須變成一個在他人眼中全然完美而又能幹的女人。妳可知道，完美的女人有多麼不好當？

弗襄：所以從小所教我的一切，都是謊言，是虛偽的？

史母：（淚落下）是，這世界有很多事情都是假的，沒有人能做得到，我們都不是聖女，不是神。

△弗襄不再多言，而是轉身失笑地走出小房間。

△母親裹著被單追了出來，喊道。

史母：弗襄，求妳，不要告訴任何人好嗎？這是媽這輩子頭一次求妳——

△弗襄沒有回頭，僅冷語對母親說話。

弗襄：我知道分寸。

△她踩著心碎的步伐離開，沿著階梯下樓而去。

△母親未再言語，僅是如珠簾般的淚滴垂掛臉龐。此刻她腦海裡所浮現的盡是過往所有一切（回憶新拍）：

△小弗襄生病，她獨自一人偕女兒前往醫院，夜裡辛苦地照顧著她。

△自己初管理丈夫公司時，許多不願聽從她指揮安排的資深主管在她面前抗議爭鬧，咆嘯辱罵。

△Fade out.

S：36	景：歐洲各咖啡館／史家咖啡館（回憶新拍）
時：日	人：弗襄、環境人物

△Fade in.

△歐洲咖啡館與史家朵茉咖啡館的外觀照片，及內部服務生服務顧客、工作等畫面交疊。

△弗襄於歐洲校園上課，以及與同學前往咖啡館餐敘的各畫面交疊。

△以上畫面搭以下OS呈現。

旁白：（OS）史家所經營的是連瑣咖啡館，但所走的路線並非星巴克那種簡約美式格調，而是比較富麗典雅的風格，如同匈牙利布達佩斯的紐約咖啡館（Café New York）一樣。一如紐約咖啡館曾是電影《紅雀》（*Red Sparrow*）女主角珍妮佛勞倫斯某一場戲取景之處，史家的「朵茉咖啡館」為打響知名度，也曾幾度提供咖啡館做為某些電影與戲劇的拍攝場景，因此慕名前來朝聖者非常多。免費提供場地作為劇組拍戲所用，是弗襄的母親接手經營以後所做的一項重要決策。

在此之後，所有史家的朵茉咖啡館皆採如是作法，同時亦將店內裝潢成為極富古老典雅的藝術風格，置身其中會有一種濃厚優美的歷史感。在點心上，他們仿西班牙塞維亞市區拉坎帕納廣場（La Campana）的一家甜品店Confitería La Campana。除了甜品以外，亦提供各種迷你三明治、餅乾、酥皮糕點、松露，冷盤、奶油以及沙拉等美味點心。為擴大服務，他們尚提

供了各種類型活動的雞尾酒、午餐以及晚宴服務。

弗襄因曾於歐洲留學過，很喜愛歐洲的咖啡館文化及美學。在她學成歸國以後，曾於史家的朵茉咖啡館總公司工作過一段時間，協助史母公司方面的營運與管理。她工作期間，曾建議母親開一家朵茉旗鑑店。

S：37	景：史母辦公室（回憶新拍）
時：日	人：弗襄、史母

△畫面自兩女說話的情狀開出。

弗襄：而且我建議，可以將義大利知名的咖啡館品牌Caffé Florian搬到我們的城市，不是完全複製，而是擷取它的精華做成朵茉的特色。

史母：為什麼妳會推薦Caffé Florian？

弗襄：那是因為，它被稱之為『全世界最美麗的咖啡館』。

史母：那不是跟紐約咖啡館一樣嗎？

弗襄：不同，紐約咖啡館是網路票選的，Caffé Florian則是擁有這樣的美稱。

史母：為什麼會有如此高的讚譽呢？

弗襄：如果親自去一趟福里安，就會明白它內部的每一個設計與擺設，都有獨屬於福里安的美學概念，更能夠清楚為什麼許多西方名人諸如香奈兒小姐、伊莉莎白女王、海明威等，會如此喜愛這個品牌咖啡館的真正原因了。

史母：喔，真這麼棒？

弗襄：我舉百貨公司所進駐的Caffé Florian來說明，裡面的裝潢佈置是由Gloria De Ruggiero所親自設計的，是仿威尼斯本店的設計形式，將義式與東方元素做一完美結合，這非常重要。除了有許多藝術品擺設以外，還融進了『龍騰雲端』圖騰作為它牆面的花色，而且以銀製托盤為顧客們上菜服務，真正做到

了令食客們擁有最高級而華麗的貴族享受。

△史母點頭。

弗襄：另外，也提供了300年義式古法的手沖咖啡——古銅金濾杯咖啡，絕對可以滿足消費者對於視覺美學與味覺哲學享受的高要求。不只如此，在Caffé Florian除了咖啡與早午餐義式餐點的享用以外，還販售從義大利威尼斯所空運來臺的名牌茶、咖啡、手工藝品等，不論自用或者送禮都很合適。當然，最主要的，就是英式下午茶的提供，也就是說不用花大錢飛到威尼斯，就能享受如此美好高尚的下午茶規格。

史母：這樣吧，下週請各級主管到會議室針對這個case開個會，妳預先將構思做成企劃案，發給各級主管看看。如果開會以後大家贊成，那我們就著手進行這個案子。

弗襄：好，沒問題。

S：38	景：會議室／朵茉咖啡旗艦店（回憶新拍）
時：日	人：弗襄、史母、各級主管、環境人物

△各級主管開會，弗襄立於臺前講解，其背後show著企劃案PPT。

△案子得到各級主管的肯定，所有人鼓掌一致通過。

△朵茉咖啡旗艦店正在施工中，史母偕弗襄及各主管巡視。

△旗艦店開幕，人潮絡繹不絕，史母、弗襄、各級主管皆出席。內部許多客人，吃點心、喝咖啡、購物、參觀、交談……等畫面交疊。

S：39	景：史母辦公室（回憶新拍）
時：日	人：弗襄、史母

△鏡頭特寫弗襄交遞辭呈的雙手，往上攀帶到她的臉龐。

△史母坐於辦公桌案前，有些疑惑不解地注視著女兒。

史母：妳所主導的案子很成功，大家都很看好妳，為什麼要辭職呢？

弗襄：媽，這是史家的王國，我是史家的女兒。我想證明自己的實力，即使離開史家王國的範圍，也能有所發揮，進而被其他人肯定。

史母：（欣慰笑）妳能這樣想，我很高興。去吧，到外面多歷練歷練也好。史家的事業早晚也是妳來接手，所以到外面的世界多學學看看，對妳而言非常重要。

△弗襄笑點頭。

S：40　　景：雜景（回憶新拍）
時：日／夜　人：弗襄、史母、史父、女性友人、各級主管、同仁、員工衆、男人、小孩

△畫面回到S-35，史母從過往的記憶回到現實。她泫淚，再一次陷入過往回憶裡。INS回憶新拍畫面。

△獨守空閨，風雨雷電驟至而害怕驚懼的無數個夜晚，無人可傾訴進而可依靠的孤寂寥落。黑夜於她而言，宛若緊纏著軀體而無法逃離的一張可怖的網。

△見閨蜜一家幾口整整齊齊的情狀，史母內心感到前所未有的落寞。

△憶及丈夫臨終，點頭允諾其所交代的一切。嚴守住丈夫的產業並將之發揚光大，巡視各門店，在辦公室裡辦公，開會等畫面交疊。

△史家咖啡館各門店畫面：員工調製咖啡、製作點餐、為客人服務上餐等畫面交疊。

△聖誕節，史母出席員工餐會，與員工話家常並一同用餐的畫面。

△農曆春節史母於公司向所有人拜年，各級主管與同仁一起說話的畫面。

△尾牙餐會史母致詞，員工抽獎十分開心。

△史母含莘茹苦將女兒弗襄帶大，參與女兒的日常生活、課業學習、對女兒諄諄教誨，以及陪同參與各項嬉戲⋯⋯。

△以上畫面搭以下OS呈現。

史母：（OS）歷經了旁人所無法體會，喪夫育女、孤寂寥落，以及撐起夫家產業半邊天的痛苦。接著，身旁所有人尤其是女性友人的雜音如雷聲一般大，不停地告誡我該如何走人生的路、該如何展現一名堅毅女性的韌性。為了臻至成功，我接收那些規勸告誡的雜音，而從未有過一刻是聽從自己內在的聲音「做自己」。這麼多年以來完全違逆了自己的意願、壓抑所有內在一切，因應不同場景而戴上迴異的華麗巴洛克面具，為得只是維持一個淑女、典雅、高尚、貞德、好妻子、好母親、好女人的完美女性形象。即使丈夫因病驟逝早已離開我，我還是堅定信念，定要與女兒維持著外人看來是「母女親和」歲月靜好的幸福樣貌。我早已變成一個，活在城市裡的四不像怪物，除了依循所有人的期望前進以外，幾乎沒有屬於自己的人生目標與夢想。眼見著這四不像的思維，似乎透過世代的教養傳承，而深入到女兒弗襄的血液裡。悲劇彷彿早已透過如是複製過程而不斷不停地輪迴重覆，若一條蜿蜒的小河般往前流去而毫無盡頭⋯⋯

△Fade out.

S：41	景：飯店外／飯店房
時：日	人：弗襄

△Fade in.

△飯店外觀日空鏡。

△弗襄找了家星級飯店，住進去。

△鏡跳房內，她點了高級的餐點與葡萄酒，一個人悶悶地獨飲，一壁淌著淚珠。想起一些事情，INS：S-35母親偷情的

剎那、S-1炘麟絕決分手的請求。

弗襄：告訴我，為什麼？

炘麟：我們之間不適合。

弗襄：當初邂逅相遇時，你曾說過，被我的能力與神采吸引了……

炘麟：親愛的，我們的相遇只是一個誤會，相處瞭解以後，才會忍痛做了分手的決定。只有分手，我們的緣份才能繼續走下去。不是以情人，而是以朋友關係。

弗襄：（泫淚）不懂。

炘麟：我所欲尋求的是心靈伴侶，而非一個毫無自己思維，一昧只知依從男人，而失去自己的女人。

弗襄：我一切以你為主，事事聽從，幾乎將你當成了天，沒想到竟成了我所有的過錯？你這根本是欲加之罪。

△畫面閃回本場，使得她從小到大所信仰的真理，傾刻間猝不及防地全然崩潰坍塌了。

△她趴在床上流著眼淚，傷心難過。

△以上畫面搭以下弗襄OS呈現，第一場炘麟與弗襄的對話成為背景音。

弗襄：（OS）多年來為了外在期望，我做盡成功女性群組裡那些女人所要我做的許多愚蠢的事情，最後才發現連自己的母親也做不到。更令人傷心的是，一向自我感覺良好、自認為優越且優雅的自己，竟連一個男人的心也抓不住。原來，飄逸美麗的長髮並不能夠綰君心，那只是多數人們世代相傳的一個刻板觀念罷了，根本就不是真實的。

S：42	景：百貨公司專櫃
時：日	人：弗襄、知心

△弗襄在某女性衣飾專櫃前瀏覽時，竟不意見到昔日的大學同學向知心。

△弗襄上前拍了知心的肩膀一下，笑。

弗襄：沒想到在這兒遇見妳。
　　△知心轉過臉來，見是弗襄，倒有些意外。
知心：是啊，真巧。
弗襄：趕時間嗎？若不趕的話一起喝杯咖啡好嗎？
知心：好啊。

S：43　景：福里安花神咖啡
時：日　人：弗襄、知心、女樂師、環境人物

　　△兩女來到百貨公司內的福里安花神，走了進去。
　　△入內以後，尋了一個明亮的桌位就座，一旁尚有女性樂師下顎夾著小提琴正忘情地拉奏。
　　△鏡頭一轉，兩女面前已各有一杯咖啡，氣氛有點尷尬。
弗襄：（驚訝）原來妳要結婚了，是當年那個小妳五歲的大男孩嗎？
　　△知心點頭，欣喜微笑。
弗襄：真替妳感到高興，也恭喜你倆愛情修成正果。
知心：謝謝妳。
弗襄：真的很抱歉，當年那樣傷害妳，在妳男友過世的同時，那樣批評妳。
知心：（笑了笑）大部分女生都會這樣的反應吧。我一直都說很愛我男朋友，但沒想到他因病過世不久，我就跟了一個小我五歲的小弟弟。
弗襄：妳是怎麼，克服『女大男小』的年齡差距呢？
知心：很重要嗎？
弗襄：重很要，因為，我想學習。
知心：（訝異）妳交往了比妳年齡還小的男生了嗎？
弗襄：不是。
知心：那是……
弗襄：應該是說，我想有所突破；突破傳統思維與框架。
知心：每個人都是承襲傳統思維與教育，活在刻板既定的框架裡，所

以我們每個人生命裡都有許多的老我，沒有任何一個人例外。

弗襄：那，妳怎麼能夠突破『女大男小』的年齡差距呢？

知心：（想了想）妳覺得，『年齡』代表的是什麼，一個人思想的成熟度、人生閱歷、社會歷練、生理的成長與成熟？

弗襄：（想了想）是啊，都是。

知心：但，有沒有一種可能，雖然有了足夠年齡，卻很幼稚；又或者很年輕，卻有成熟的老靈魂？

弗襄：有。

知心：除此之外，『年齡』還有其他意義嗎？

弗襄：（想想）代表肉體活在世上的一串關於時間的數字。

知心：所以這串數字之於肉體有義，之於靈魂則無義。對嗎？

弗襄：是這樣沒錯。

知心：（笑）所以，這就是我突破舊我思維的關鍵點。『年齡』只是一串攸關生理的數字，而這串數字並不能完全代表一個人的成熟與否。一個人是否成熟，應與他的人生閱歷、社會歷練以及家庭教育有著重大關聯。對吧？

弗襄：對，妳說得沒錯。

知心：有的男人很在乎年齡，覺得要與自己年紀小的女孩交往，或許是出於『播種』育養下一代的天性，或許是大男人主義有著保護女人的欲望。

△弗襄笑了。

知心：但若是一對『女大而男小』的戀人，在不知年歲的情形下，彼此和諧相處，性情十分契合，有共同話題，相同夢想，一樣的人生觀價值觀，妳能說他們不合適嗎？

弗襄：嗯，確實不能。

知心：但如果有一天，這個男人發現了所愛的女人比自己大了五歲、十歲，就開始挑剔女人諸多不是、種種不妥。妳說，這不是很好笑嗎？究竟是喜歡這女人，還是喜歡女人的年齡？根本上來說，就是知情以後的心魔作祟罷了。之前的契合與美好呢，難道都不作數了嗎？

弗襄：是，妳分析得頗有道理。所謂『心魔』，姑且可以作『舊

我』解，也就是過去所承受的許多傳統觀念、古板思維所形成的自我。

知心：沒錯。我們每個人都活在傳統思維與老舊框架裡，那些觀念與框架的構建，為得是讓人們的生命方向有所依循、可以參考，但它們不該是一成不變的。

弗襄：也就是說，如果我們只一味依照那些思維與框架過活，就好比是活死人一樣？

知心：是啊，可以這麼說。我們每個人都是自己的主人，過往那些思維與框架只是參考，我們不該複製到自己的人生裡面，而活成了前人的樣式。那樣不是完全失去了自己嗎？

弗襄：（恍悟）對對對，失去自己。我明白了，炘麟要我做的是自己，而不是依照前人的樣式活著。

知心：對，沒有任何人的活法是放諸四海皆準的。拿我來說，男友離世不久以後接受了一個小我五歲的男人，不是情感衝動，而是經過相處與瞭解以後，很清楚他是對的、適合我的人。我相信男友天上有知，會很開心我沒有因他而沉淪，我的腳步是往前走的而絲毫未曾停滯下來過。

△弗襄握住知心的手，感激的眼神注視著她。

弗襄：謝謝妳與我分享這些，這太重要了。

知心：但要有所突破，會很痛。有時妳會遭受到他人的批評與攻擊，還有反駁與唱衰。

弗襄：對不起，當年我不該那樣說妳。

知心：（笑了）都是這樣子的，女人為難女人；晚輩刁難長輩；長輩為難晚輩。但很多時候想法只要有了突破，那麼行動上的突破便也不難了。

弗襄：嗯，人活著，要快意，要酣暢淋漓，一味在意他人的想法與眼光，注定只能痛苦一輩子。但我記得，一開始妳也是瞞著男孩的。

知心：是，我是瞞著他。那當下我也很痛苦，我花了些時間突破這些傳統思維與框架，但不確定他是否也能和我一樣，可以很快速地梳理好自我情感。

弗襄：後來呢？

知心：在他知情我隱瞞年齡一事以後，他能同理心地理解與諒解我的害怕，他很清楚東方女性所背負的傳統壓力，但一開始他也沒辦法馬上原諒我，畢竟任何人都不期望自己是被欺瞞的，尤其他在情感方面曾經受過被欺瞞的傷害。

弗襄：妳一定用盡很多方法挽回他了，是嗎？

知心：是，但我用錯了方法。

弗襄：怎麼說呢？

知心：兩個彼此喜歡的人，因為在乎，也曾經為此而互相傷害。但在當時我並不清楚他為什麼不能馬上原諒我在年齡方面的欺瞞，畢竟這只是一個攸關我隱私的小謊。後來彼此分開沉澱了一段時間，我才清楚，他理智上其實是理解我的，但他尚未從受傷害的情感陰霾之中走出來，所以感性上、感情上，他仍存在著對我的焦慮不安。

弗襄：我懂了，他心裡還是過不去。

知心：是啊。後來我調整了做法，完全站在他的立場去看事情、去理解他內心的感受。我告訴他，之前都是用我自己的立場在數落他、批判他，站在我的立場覺得自己委屈、無奈，是我太放大了自己。之後則是站在他的立場上解釋說明了一些誤會，同時提出能夠消除他對我焦慮不安的具體作法，完全以他為出發點進行談話，這才終於感動了他。

弗襄：他終於原諒妳了？

知心：是啊。所以我現在才明白，兩個人感情不能走下去時一定有其問題，分開以後應該各自安靜沉澱一段時間，去找出問題的癥結點，以對的方法去解決問題，而非一味討好對方。

弗襄：感情事件，終歸是兩個人的事，所以是兩個人的立場，而不能只偏頗於某一方。站在至高點上看清楚，找對方法，才能真正解決問題。

知心：是的，沒錯。

S：44　　　景：飯店房／飯店櫃臺
時：日　　　人：弗襄、服務員

△倚窗沉思，弗襄決心要掙脫所有舊的一切。她挪動身子坐在沙發，以筆電上網，主觀視線注視螢幕，操控滑鼠訂了機票打算飛往英國倫敦。
△她一番洗漱、收拾行囊，然後便毅然決然地退房離開。
△來到櫃臺，她辦妥退房手續以後走出飯店。

S：45　　　景：機場大廳
時：日　　　人：弗襄、環境人物

△孤身一人入鏡，弗襄感到前所未有的怔忡不安、茫然、憂懼以及無所依憑。
△她託運完行李，出關，之後走進登機室。
△機場上方的天空，一架飛機起飛，掠過上空飛遠去了。
△Fade out.

S：46　　　景：倫敦斯特蘭德宮飯店外／櫃臺／飯店房／浴室
時：日　　　人：弗襄、櫃臺人員、環境人物

△弗襄從計程車下車，正是自己所欲下榻的斯特蘭德宮飯店。
△櫃臺check in之後來到飯店房，她鎖上門後先將包包扔在床鋪上。
△鏡頭一轉，她在浴室裡泡了個熱水澡，出浴穿上浴袍以後走出浴室，躺上床好好地睡了一覺以調整時差。
△時間過程，從白天到夜晚，再從夜晚至白晝。
△她起身入浴室洗漱了一番。

△洗漱完後她出了浴室便窩進沙發，並取出袋內的筆電上網查了下可遊歷的景點。她主觀視線瀏覽了聖保羅大教堂的網頁資料，決定去那裡走走。

S：47　　景：泰晤士河千禧橋／聖保羅大教堂
時：日　　人：弗襄、環境人物

△沿著泰晤士河上的千禧橋行走，即可抵達聖保羅大教堂。
△來到聖保羅大教堂，鏡頭審視，正門柱廊分為兩層，教堂四周牆面以雙壁柱支撐，每一開間皆有扇窗，使其觀之嚴謹肅穆。兩側傍有兩座哥特遺風之鐘塔，更添雄偉莊重。
△弗襄拿著單眼相機，不停地拍照。
△一旁遊客如織，景致如畫。

S：48　　景：大教堂內部
時：日　　人：弗襄、環境人物

△弗襄走進大教堂內，主觀視線瀏覽著所有一切：教堂內部分為中殿、圓頂、高壇、後殿。
△弗襄一步步慢慢地攀上其271臺階，登上其最頂端，盡可俯瞰整個倫敦市景，煞是快意。

S：49　　景：教堂頂端咖啡館
時：日　　人：弗襄、環境人物

△弗襄抵達咖啡館，鏡頭一轉她已坐於桌案前，眼前置有一些點心與一杯咖啡。她在那裡享有一個愜意的午茶時光。
△鏡頭自教堂頂端處往下帶，可俯瞰全倫敦市景。

S：50　　　景：帕丁頓站月臺／溫莎小鎮
時：日　　　人：弗襄、環境人物

△鏡頭定格於帕丁頓站（Paddington）站名。

△弗襄站於月臺上候車，不久以後火車來了，她上了車，尋了位置坐下。一會兒以後，火車緩緩地開走了。

△時間過程，（約莫四十分鐘）列車來到了溫莎小鎮（Windsor & Eton Central）。弗襄同其他遊客，一起下車。

△她揹著背包，慢悠悠地拉背走遠。

S：51　　　景：花園
時：日　　　人：弗襄、環境人物

△悠遊時，弗襄不停地攝影，邊走邊拍。

△忽然，她見樹叢間有一個木質充滿歲月痕跡形狀扁平的木匣，不是很大，約莫A4 size，如同筆電一般大小。

△她本已邁開步伐離開不欲理會，可走了幾步以後她停下腳步，畢竟好奇心真會殺死一隻貓。她退了回去，拾起了那個舊舊的木匣放進袋子裡，然後便離開去了。

S：52　　　景：飯店外／飯店房
時：日　　　人：弗襄

△飯店外觀日空鏡。

△房內，弗襄將帶回來的木匣子取出。她想打開卻一直撬不開，於是耗費了好大的勁兒才以用餐的刀叉打開它。

△裡頭並沒有什麼值錢之物，僅有一本簡單的遊戲書，翻開一看，是關於一個野蠻遊戲Brutal game的說明與遊戲選擇

的圖象。她主觀視線看了下說明書，裡頭有許多可供選擇的遊戲項目，鏡頭特寫：「工作／婚姻」、「生育／不生育」、「父女戀／姐弟戀」、「美女／凡女」、「才女／庸女」……。如欲停止遊戲，便將棋子移到「game over」的格子內即可。

△她將遊戲木匣置放於床鋪上，將遊戲圖紙攤開，坐在面前直盯著它瞧。沉思了一會兒以後，她拾起那個代表遊戲者的人像棋子，隨即做出選擇，將棋子置於「工作／婚姻」的遊戲選項裡。

△未料當她移動那個代表她的人像棋子來到「婚姻」時，遊戲竟瞬間啟動，飯店房的空間陳列須臾轉換。

△見狀，她簡直驚嚇獃了……

S：53　景：海邊婚禮現場
時：日　人：弗襄、炘麟、牧師、環境人物

△遊戲開始了，是弗襄與炘麟盛大婚禮的現場。鏡頭審視，有許多賓客坐於位置上以等候。

△現場除了堆疊成山的美麗鮮花以外，還有許多五彩汽球、夢幻般的紗幔以及絲帶點綴。

△鏡頭一轉，當立於檯前的牧師宣佈兩人正式成為夫妻時，炘麟掀開新娘的頭紗，然後深情如水地親吻著她。

△此時所有手上握有手機或者是攝影機的人，皆紛紛捕捉了這幸福美麗而又令人豔羨的畫面。

S：54　景：雜景
時：日　人：弗襄、炘麟、環境人物

△婚後兩人的蜜月來到歐洲，從巴黎、倫敦、柏林直到維也

納，行程既充實且美好，逛街、用餐、喝咖啡、噴水池前許願、拍照、街道擁吻，十足的異國風情。

△Fade out.

S：55　　景：鍾宅主臥房
時：夜　　人：弗襄、炘麟

△炘麟洗完澡以後來到房裡，見弗襄已鑽進被窩覆上了被子。他掀被窩了進去，抱著她，微笑而親暱地親吻她，點點疼惜。

△她有些慌張，對他搖搖頭。

炘麟：怎麼了？

弗襄：（咬了咬下唇，一絲羞怯）我，懷孕了。

炘麟：真的？（高興極了）

弗襄：嗯，已經去婦產科確認過了。

炘麟：那，需要注意些什麼嗎？有什麼是我可以做的？

弗襄：（笑搖頭）我是新手媽媽，也不清楚。但我可以回家請教我媽，她總會教我的。別擔心。

炘麟：問醫師，醫師也行。

S：56　　景：鍾宅雜景
時：昏　　人：弗襄、炘麟

△炘麟提前下班返家，打開家門進入客廳，卻發現廳裡一片昏黯。

△他走進書房，見空無一人。

△再走進廚房，亦然。

△來到陽臺，空空蕩蕩。

△最後走進了主臥室，這才見到妻子攤懶在床上，酣甜入夢。

△他搖了搖她的臂膀，輕聲呢喃。

炘麟：弗襄，醒醒……

△她睜開雙眼，始覺天色已然昏黯。

弗襄：幾點了？

炘麟：晚上七點鐘了。妳人不舒服嗎？

弗襄：（起身，搖頭）沒有，只是懷孕之後很嗜睡。

炘麟：（恍然）我上網查過了，孕期因為黃體素上升，比較容易使孕婦感覺疲倦想睡。以後就不必煮三餐了，我們外食，或者我帶回來也行。

△她點頭，憨憨地笑了笑，甜甜地在他頰上親了一口。

S：57　　　景：鍾宅主臥房／浴室
時：夜／早　人：弗襄、炘麟

△鏡頭自窗外的月亮向下攀，是炘麟與弗襄沉睡入夢的畫面。

△但睡了一會兒，她便起身如廁，之後才又回到被窩裡安睡。疊多次她起床如廁的畫面，藉以顯示已經很多次，嚴重地擾醒了睡眠中的炘麟。

△時間過程，由夜轉日，太陽放射出絲絲光線。

△一早起床的他精神很是不好，浴室裡瞇著眼睛刷牙。

△他如廁洗漱的聲音擾醒了她。她掀被起身，來到浴室裡脫下底褲便坐在馬桶上。

炘麟：（失笑）妳倒是不計形象了？跟以前的妳很不一樣。

弗襄：（回以一笑）呃，尿急嘛。反正咱倆熟到不行，你也不是沒見過。我不在意了，只求儘快紓解。

△他笑著，沒再多說什麼而是繼續地刷牙，邊刷邊打呵欠。

弗襄：孕婦受荷爾蒙影響，膀胱的括約肌比較鬆弛所以頻尿，想來昨晚你受我很大的影響。

炘麟：妳懷孕，我也不輕鬆。

△他吐了兩口泡沫，開始以清水漱口。

弗襄：不然這樣吧，我從今晚開始到客房睡，這樣比較不會影響到你。

炘麟：這樣好嗎？

弗襄：你要上班，工作量大，晚上沒睡好那怎麼行呢？

炘麟：（摸摸她的頭）親愛的，謝謝妳體諒我。

弗襄：（側頭一笑，還坐在馬桶上）因為我是老公的賢內助呀。

△Fade out.

S：58	景：鍾宅外／飯廳／城市景致
時：昏	人：弗襄、炘麟

△Fade in.

△城市景致，道路上車流迅速掠過，快閃的夜斑斕畫面。

△鍾宅外觀黃昏空鏡。

△兩人於家中用餐，弗襄吃沒幾口便開始孕吐，忙到一旁洗手臺吐東西。

△見狀炘麟不知如何是好，自己碗裡的飯都還沒吃完，似乎吃也不是；不吃也不是。

△一旁她正倚於洗手臺側乾嘔，至多是吐了些方才所吃過的食物罷了，再沒有什麼是可以吐的了。

△他關心又擔心，放下碗筷起身趨近。他拍拍她的背，順了順她的背脊。

炘麟：好點了嗎？是不是吃點蜜餞會好些？

△她一臉狼狽，抬眼看他，勉強一笑。

弗襄：蜜餞吃多了會發胖的。醫生說，如果害喜嚴重的話，從穀類食物中攝取維生素B，可以改善症狀。

S：59　　　景：鍾宅客房／主臥房／城市景致
時：夜　　　人：弗襄、炘麟

△深夜時分，城市景致，完全處於休眠狀態。

△但有夜生活之處還是燈紅酒綠、活色生香、衣香鬢影兼之紙醉金迷。

△鍾宅外觀夜空鏡。

△原本弗襄已上床準備就寢，卻忽然饞了起來想吃地瓜粥，翻來覆去輾轉難眠。她起身來到原本所睡的主臥房，見炘麟尚未入睡卻似乎有想睡的樣子了。這狀況使得她有些顧忌，囁嚅著不知所措。

△他覺查到她的靠近，抬眼。

炘麟：怎麼了？

△她入內偎於他身側，溫言。

弗襄：忽然好饞，想吃地瓜粥。

炘麟：啊？（有點傻眼）這麼晚了，上哪兒去買地瓜粥？

△她聞言興嘆，沮喪地轉身欲離。

炘麟：（拉住她的手）不然我開車出去找找，但不保證一定買得到。

△她露出了欣喜笑容，給他在頰上親了一口。

弗襄：謝謝你。

S：60　　　景：車內連街道／小攤販
時：夜　　　人：炘麟、小攤老闆、環境人物

△炘麟馱著一身疲憊，開車饒著大街小巷。

△終於找到小攤販，下車以後買了地瓜粥順利地上車繫好安全帶，發動車子揚長離去。

S：61	景：客廳
時：夜	人：弗襄、炘麟

△鍾宅外觀夜空鏡。

△見妻子坐於沙發上心滿意足地吃粥，炘麟卻一臉睏意就要受不了了，終於不支地歪於她身側睡著。

弗襄：（邊吃邊說）不好意思，讓你這樣勞累。

△聽見她所說的話，他半睜開雙眼，注視著她，嘴裡喃喃的話語好似糊在一起了。

炘麟：儘可能滿足妳，不然荷爾蒙的影響下心情不定，可能會有產前或產後憂鬱症……

△說著說著，他便失去意識，睡著了。

△吃過粥以後，她取來一條毛毯給他覆上，然後在他頰上親了一口，關燈，便轉身回客房睡覺去了。

△Fade out.

S：62	景：起居室／城市景致
時：夜	人：弗襄、炘麟

△Fade in.

△城市景致，由日出轉日落。

△炘麟與弗襄坐在椅子上觀看夜間新聞，她有些坐立難安，這也不舒服那也不痛快。

弗襄：我真的好後悔懷孕，好痛苦。

△見妻子抱怨，他忙坐到她身邊攬著她的肩以安撫。

炘麟：辛苦妳了，再忍忍。

弗襄：（崩潰大吼）都是你，我懷孕都是為了你，我不想生了。

炘麟：婚前是妳自己說可以生孩子，完全在家當一個賢內助。我說要讓妳工作，讓妳逐夢做自己，是妳自己不肯，現在怎倒怪

起我來了？

弗襄：我後悔了，我後悔了。後悔了後悔了。行了嗎？

炘麟：弗襄，妳講點道理。妳孕期不適，能做的我都儘量去做，儘可能滿足妳，我還有哪裡做得不夠好？妳要體諒我每天都得工作啊。

弗襄：我就是不想生了嘛……（開始哭了起來）

炘麟：（火大了，撂狠話）孩子就在妳肚子裡，我想幫忙也沒辦法，妳若不耐煩的話只能等到卸貨。我沒那麼多閒功夫服侍妳、體貼妳。

弗襄：（不可思議）我就是發洩情緒，你吼什麼吼？為什麼你不能體諒我懷孕的辛苦痛苦呢？

炘麟：那妳體諒過我每天工作的辛苦嗎？婚前妳也跟我一起工作過，又不是不曉得。

弗襄：如果能交換的話，我寧可在外辛苦工作也不想承受所謂懷孕的痛苦，（吼）我一點也不想——

S：63	景：客廳玄關
時：日	人：弗襄、炘麟、Lily（畫外音）

△炘麟上班之前，於玄關處整理了下衣領與領帶。

△弗襄為他取過公事包，遞與他，然後機械式地與他Kiss goodbye。沒有情深繾綣，似乎還有昨夜的餘慍殘留在情緒裡。

炘麟：心情好點沒？昨天對妳說話很不理性，對不起。

弗襄：（儘可能裝作識大體）明白。知道你也累了，情緒難免不好。

炘麟：那妳今天乖乖的好嗎？看要去哪兒，讓Lily陪妳一起去。

弗襄：我想shopping。

炘麟：好，就算刷爆卡宣洩懷孕痛苦情緒也可以，我毫無怨言。能夠讓老婆刷爆卡洩恨，那也是我的本事。

△聞言，她終於笑了。

△他朝廚房方向揚聲地對外傭喊著。

炘麟：Lily, Vivi wants to go shopping, please go with her, OK？

Lily：（畫外音，大聲地回應）OK, no problem.

炘麟：那今天就好好去購物吧，祝妳愉快。

△她聳聳肩地笑了笑。

△他轉身出了家門，抽出車鑰匙打開車門坐進去，發動車子揚長離去。

△她揮揮手，目送他上班去了。

S：64	景：百貨公司
時：日	人：弗襄、Lily、環境人物

△一主一傭在光潔華麗的百貨公司商場樓層裡不停地走逛瀏覽，弗襄確實不手軟，見到喜歡的飾品衣物鞋子包包，毫不考慮地便要門市小姐替她打包結帳。

△結完帳，她帶著戰利品偕Lily離開。著似曾相識，千種一款的孕服在商場內走逛，似乎聞有幾名未婚女孩針對自己的衣著有些不認同的議論。

△女孩碎詞：「那小姐長得挺漂亮耶，可是怎麼會穿那樣的洋裝呢？」；「人家懷孕，當然穿寬大的洋裝啊。不然要穿什麼，泳裝喔，還是小禮服？」；「髮型很時髦，妝也很好看，但那身洋裝就覺得很不搭調。」

△聞言，弗襄白了那幾名女孩一眼，噘著嘴心裡感到些微委屈。

△女孩們覺查到了弗襄怨懟的眸光，便趕緊噤聲，忙離開去了。

△弗襄低頭，見自己身上所著的寬鬆洋裝，扁扁嘴有些生氣。

弗襄：（對Lily）走，再去買別的衣服，我要穿出和其他孕婦不一樣的感覺來。

△她領在前面，頭也不回地往前走。

△提著購物袋的Lily沒來得及反應，便急跟在弗襄身後離開去了。

S：65	景：百貨公司專櫃
時：日	人：弗襄、Lily、門市小姐

△弗襄換好衣服自更衣室裡走出來，立於穿衣鏡面前展現迷人身姿。

△她將一套極其緊身卻富有彈性的衣服穿在身上，與妝髮十分搭配，既時尚又有屬於自己的一路風格。唯一較不同的是，服裝遮不住明顯孕肚，可這樣的打扮不顯突兀，倒顯得她獨樹一格的魅力格調。

△門市小姐眼前一亮，上前一番誇讚。

門市：小姐，妳雖然懷孕但穿著這身衣服真的好美好美，很有自己的品味，沒有孕婦敢像小姐這樣穿搭的呢。

弗襄：誰說孕婦一定得穿寬鬆的大洋裝？我就要跟別人不一樣。哪怕是露出肚子，也是母性之美；母性的光輝。

△鏡頭一轉，Lily提著弗襄的戰利品，陪她一同繼續地遊逛。或許是她的穿著太時髦太引人矚目了，一旁掠過的兩名媽媽，竟一直將目光投射在她身上。

母親A：懷孕了竟然還穿成這樣，實在是有點不倫不類。

母親B：是啊，懷孕當媽媽的時候就是要放棄一部分自我，放棄一段時間的美麗。好好過完孕期，平安將孩子給生下來比較重要。

△聞言，弗襄很是不悅。

弗襄：（OS）為什麼連女人都要批評女人呢？這世界究竟是發生了什麼事情？

S：66　　景：咖啡館
時：日　　人：弗襄、Lily、環境人物

△弗襄偕Lily前往咖啡館，入內。

△鏡頭一轉，桌案上置有兩客義大利奇揚地紅酒燉牛膝、伯爵柳橙巧克力蛋糕、一整套正式的英式下午茶點心，以及愛爾蘭咖啡。弗襄洩恨似，毫無顧忌地大快朵頤起來。

△正好Lily跟在一旁難得可享受如此美食，便也高興地陪著女主人一同吃喝了。

△Fade out.

S：67　　景：鍾宅主臥房
時：夜　　人：弗襄、炘麟

△Fade in.

△夫妻倆上床掀被，正欲歇息。

△弗襄半躺半臥，有些擔心。

炘麟：（安撫）別擔心，反正就算大半夜要生了，我也在妳身旁。（想到）還有Lily啊，她是三個孩子的母親，很有經驗的。

弗襄：嗯，我知道。只是頭一回生孩子，有點緊張，也怕疼。

炘麟：別怕，我陪著妳。而且還有醫護會幫助妳呀。要是怕疼，我們就打無痛。

△她偎進他懷裡，企圖得到一點安心的感覺。

S：68　　景：鍾宅主臥房／客廳
時：夜　　人：弗襄、炘麟、Lily

△睡到夜半，弗襄的肚腹真的疼起來了，痛醒，開始呻吟。

△一旁炘麟被她擾醒，見她肚子疼，有點緊張地扶著她。

炘麟：怎麼了，肚子疼要生了？

△她點頭，表情痛苦。

△鏡頭一轉來到客廳，炘麟扶著弗襄坐於沙發上。他光是目睹，內心便感到十足震撼的了。

△Lily正在給她收拾前往醫院生產的衣服與孕婦嬰孩所會使用到的用品。一旁炘麟其實很是擔憂。

S：69	景：醫院產房
時：夜	人：弗襄、炘麟、醫護人員若干

△弗襄躺在產臺上，醫護人員正在為她接生。

△炘麟著無菌衣陪產，一旁緊握住弗襄的手。她疼得緊捉住他的手，咬牙隱忍，滿頭是汗。

△鏡頭一轉，護士抱來新生兒給弗襄，弗襄抱在懷裡很是欣喜。炘麟感動地抱著母子二人。

S：70	景：咖啡館
時：日	人：弗襄、閨蜜若干

△咖啡館外觀日空鏡。

△鏡跳館內臨窗一隅，弗襄與閨蜜們正在茶敘。

閨蜜A：天啊弗襄，沒想到妳懷孕竟胖了25公斤！

閨蜜B：妳肚子實在是很明顯耶，我說真的啦。但妳本質好，瘦身肯定OK的。

閨蜜C：胸部比之前還要更大了，有34F了吧？

閨蜜D：但腰、肚子、屁股跟大腿怎麼辦？弗襄，妳還能回得去嗎？

閨蜜E：這就是我打死也不生孩子的原因，美好人生都給毀了——

閨蜜F：雖然看起來很糟，但只要努力瘦身肯定沒有問題的啦。

△弗襄板著臉，明顯不悅，不說任何一句話。

S：71　　景：客廳／主臥／廚房／飯廳
時：日　　人：弗襄、嬰兒

△疊弗襄穿塑身衣的畫面，以顯示她天天都穿。

△她開始積極地運動：腹式呼吸運動、乳房運動、腿部運動、臀部運動、收縮陰道運動……。

△煮菜，準備餐食的畫面。

△用餐時嚴加控制飲食熱量（食物皆一小碟一小碟），但仍會注重各方面營養均衡。

△哺育母乳（一天能夠消耗500大卡熱量）、替孩子拍嗝、洗澡、穿衣、與孩子玩耍。

△各種做家事，在家跑步、跳舞、運動的畫面交疊。

△弗襄洗浴、做臉、擦保養品等畫面。

△弗襄上妝，畫眉、塗睫毛膏、畫唇膏等動作，著漂亮服飾。

△以上畫面搭以下弗襄OS呈現。

弗襄：（OS）女人，總是下意識地妒嫉著比自己還要更優秀更美麗的女人，臉上多一條肉眼看不太出來的細紋，都要被拿來放大檢視，殊不知此乃肉體之軀，既非塑膠臉亦非玻璃瓶身，有誰能夠光潔無瑕毫無紋理。說穿了還不是被醫美給洗腦？肉體之軀誰沒有幾絲肌理紋路，就算再年輕的女孩總還是避免不了的，不是嗎？舉例來說，一名五十歲外貌卻凍齡在三十五歲的女人，身旁的女性友人或閨蜜總要酸葡萄地說上一句「妳看起來雖很年輕，但至多就是四十歲，不可能是三十五甚或是更年輕的狀態。我說真的」，但明明就有不少男人將這凍齡女看成是三十三，因此逼得凍齡女非得拿出肌膚檢測報告，指證自己膚齡三十，如此才能抑制住眾好友的嘴砲攻擊。

△Fade out.

S：72	景：咖啡館
時：日	人：弗襄、閨蜜若干

△Fade in.

△咖啡館外觀日空鏡。

△一隅，桌案上置著滿滿的餐點與飲品，所有女人圍坐，簇擁著弗襄。

閨蜜A：弗襄，妳真的不像是生了一個孩子的媽，根本未生產的身材呢。

閨蜜B：這叫做辣媽。

閨蜜C：說胸是胸；說腰是腰；說臀是臀。天啊，完美身材耶。

閨蜜D：果真是史弗襄示範，僅此一次。

弗襄：錯，我還會再生二胎，所以會有二次示範。

△說完，她仰起下巴，更為自信了。

S：73	景：海面上
時：夜	人：

△瑩月如耀，月光灑入海洋，絲絨絨的令人感覺無形溫柔撫觸。

△航行於偌大海平面上的鐵達尼號，此時此刻覺得甚是孤寂寥落，似乎靜止不動。

△海面寬敞，寬敞，太過於寬敞了，一片一望無際的汪洋裡，巨偉華麗的鐵達尼看起來竟也成了渺小而微不足道的存在。

△Fade out.

S：74	景：鍾宅主臥房
時：夜	人：弗襄、炘麟

△Fade in.

△視線由窗口的瑩白月光緩緩地往下挪移，是床上一雙人兒的兩情繾綣。

△完事以後炘麟翻身躺下，卻仍不忘再次轉身攬過弗襄，予她輕輕一吻。

△她始欲整理自己，因此起身去浴室。鏡頭一轉，她復又回到他身旁。

△他凝睇著她，輕柔地摸摸她的臉。

炘麟：覺得自打妳生產以後，好像……

弗襄：怎麼了？

炘麟：就，（有點顧忌，隱晦）有點，沒那麼有感覺了。

弗襄：（肅臉，懊喪）你是說，有點鬆了？

△他沒有說話，靦笑了一下，不過等同於默認。

弗襄：就是抱怨我了？

炘麟：我沒有抱怨。

弗襄：只是說實話？

炘麟：我只是陳述感受，沒別的意思。

弗襄：我為你生孩子，你卻只在意親熱時的感受？這什麼世界？

炘麟：別鑽牛角尖，行嗎？好不說了，免得說我不夠厚道，還給妳壓力。

△她眼神堅定，定要想方設法地克服這個問題。

S：75	景：客廳
時：日	人：弗襄

△弗襄運動，始做瑜伽鍛練身體。疊許多運動畫面，以顯示

是天天如此。

△她做了能夠緊實陰道的凱格爾運動。

弗襄：（OS）凱格爾運動，就是以提肛縮陰方式，訓練骨盆底肌肉以緊實女性生產後的陰道，每日三次，每次10分鐘。

S：76	景：鍾宅主臥房
時：夜	人：弗襄、炘麟

△弗襄訓練有成，主動找炘麟親熱。丈夫與她親熱時始覺魚水之歡，感到愉悅。

△疊夫妻間床笫愛撫、親吻、擁抱等畫面，搭以下OS呈現。

弗襄：（OS）婚後事事以家庭、丈夫孩子為主的生活，我有些後悔了。逐漸能夠理解媽媽為什麼會說，當一名完美女人是不容易且痛苦的。我開始能理解媽媽獨立撫育我，沒有情感依託的孤獨寂寞，甚至因為婚姻而完全失去了自己。

S：77	景：鍾宅書房／斯特蘭德宮飯店
時：日	人：弗襄

△弗襄不想再繼續「婚姻」這個野蠻遊戲，於是取出遊戲木匣打開，將那個代表遊戲者的人像棋子，移至「game over」的欄位。

△一動作，她便從現下的時空逐漸消失，沒一會兒便回到了倫敦斯特蘭德宮飯店的客房裡。

弗襄：（喃語）終於回到現實了。之前說什麼都要聽炘麟的，沒想到置身在婚姻裡，跟自己所想像的終究是有落差。

S：78　　　景：街道／餐館／名聖
時：日　　　人：弗襄、環境人物

△弗襄揹了包包外出，在街上漫無目的地逛著。

△走著走著，尋了一家高檔餐廳入內。

△鏡頭一轉，她點了一桌子好菜好好地大啖美食一番，既滿足了口腹之欲亦滿足了視覺享受。

△疊許多弗襄於倫敦各大小餐廳、咖啡館與名勝出入的畫面，著實有些倦怠了。

S：79　　　景：飯店房
時：日　　　人：弗襄

△待在房裡，弗襄倚窗見樓底下的車潮與人流，始覺索然無味。

△忽然，她又想起了遊戲木匣，便將之自包裡頭取出，置於桌案上，沉思般地瞅著。

△她主觀視線見遊戲圖紙上，有了一組「生育／不生育」的選項。

弗襄：（OS）在與炘麟的婚姻之中，如若沒有子女，將會是如何光景呢？

△她移動著代表自己的人像棋子，將它移至「不生育」的欄位裡放妥。瞬間，場景開始變化，來到了她與炘麟結婚所共居的宅邸裡。

S：80	景：鍾宅主臥房
時：日	人：弗襄

△弗襄一番打扮，揹著畫袋與包包出門去了。

△房間主觀鏡頭，她關上房門，此刻房裡空無一人。

S：81	景：雜景
時：日	人：弗襄、老師、學員若干、閨蜜若干、環境人物

△畫室外觀日空鏡。

△弗襄揹著畫袋，走入畫室。

△鏡跳室內，老師正專注地講授課程。

老師：一般繪油畫的畫筆有平筆、圓筆、扇型筆及棒型筆，這些畫筆有軟硬長短之分。軟毛畫筆適合塗拖；硬毛畫筆適合厚塗；長豬鬃則適合拖筆與厚塗。Size呢，大中小都有……

△弗襄試著將各種畫筆握於手裡試試手感，頗覺興味十足。同時亦於桌面上試著未蘸有顏料乾畫時的觸感，如孩童一般地玩耍著。

老師：油畫的前身，是十五世紀歐洲繪畫中的蛋彩畫，之後呢，是由尼德蘭畫家楊凡艾克針對畫材加以改良而發揚光大的喔。油畫最大特色，在於它可以在多種材料上進行繪製，而且顏料的遮蓋力很強。眾所周知的其中一種方式是將亞麻布或帆布繃釘在畫框上，備齊油畫所使用的顏料、調色油、松節油、畫筆、刮刀、畫盤等，然後就可以開始畫畫了……

△疊諸多上繪畫課的畫面，以顯示上課的頻繁。弗襄試著調色，繪製簡單物件，或者是風景畫。她神情專注，特寫她手裡拿著畫筆仔細慢慢地塗色，畫布上的色塊愈填愈多。

△逐漸地，家中廳堂臥房多了一幅幅的油畫作品，皆出自她的手筆。

△上完油畫課，她揹著畫具離開，隨即前往百貨公司內的書店逛看，瀏覽各式各種她感興趣的書籍畫冊，度過了十足充實的藝文時光。

△午後，她總會約妥閨蜜們於義式咖啡館享用下午茶，幾個女人點了經典英式司康、瑞可達起士蛋糕、茉莉花茶慕斯蛋糕、水果塔，以及咖啡、熱可可等飲品，一同享受了一個美好的下午茶時光。

△她很能安排其他閒餘時光，去做臉、練習瑜伽，甚或是出國旅行……

S：82　　景：鍾宅飯廳
時：昏　　人：弗襄、炘麟、鍾父、鍾母

△鍾宅外觀黃昏空鏡。

△宅內，炘麟與弗襄正陪著父母親用餐中。

鍾父：弗襄，妳嫁到我們家一年了，玩也玩夠了，是不是該跟炘麟生養一個孩子呢？

鍾母：（附和）炘麟不是獨子，所以沒有傳宗接代的壓力，但你們總得生一兩個孩子交代一下。妳說是吧？有了孩子，婚姻才算圓滿；當了母親，妳身為女人這才不算有遺憾啊。

△弗襄不說話，壓根不想生養孩子。

弗襄：（OS）光懷孕就辛苦極了，生產、育子，更是痛苦，產後還得耗費時間瘦身。可以不要嗎？

△見妻子不語，炘麟為她說話。

炘麟：爸媽，既然沒有傳宗接代的壓力，弗襄就不一定要生孩子啊。我打算讓她過陣子就回公司裡上班。她工作能力強，可以是我的好幫手。

鍾父：要回職場工作，我不反對，但可以生完孩子再回去呀。這兩件事情並不相互抵觸。

鍾母：你爸說得對。（看向弗襄）我跟妳爸商量過了，妳若是懷孕

生子，生兒子呢就給妳信義區一棟房；生女兒就給妳現金三千萬。

△聞言，弗襄心裡感到很是委屈。

S：83	景：鍾宅書房
時：日	人：弗襄、曉微（視訊）

△弗襄坐於書桌前，透過視訊，將被催生的事情訴與住在倫敦的閨蜜朱曉微知曉。

曉微：都什麼年代了，生孩子竟有這般代價？難道妳竟成了夫家生養孩子的機器嗎？

弗襄：聽見公婆所給的代價以後，確實覺得自己好像淪為生育機器。

曉微：（怒）為什麼婚姻之中一定要有孩子呢？有固然加分，一家整整齊齊的也沒有什麼不好，但沒有也並不阻礙夫妻間的關係與情感呀。誰規定婚姻之中必須生養子女才能叫作圓滿？難道沒有就活不了了嗎？

△弗襄很是無言。

曉微：又或者生養孩子只是一種傳統思維裡習以為常的『家庭形態』，只為『防老』，只是預備著將來給自己『送終捧斗』的嗎？

弗襄：而且，依我公婆的態度，頗為重男輕女。

曉微：為什麼呢？生育兒子，在古代平民而言是為了添增男丁以事農；於天子來說則是神器傳承。現代社會任何產業皆已機械化進而電腦資訊化，根不需要大量人力操作尤其是男丁。至於帝位傳承，以西方來說歐陸還有女皇的存在呢，不可諱言當然與他們的婚姻及承繼制度有所關聯，但實際上來說這些制度的形成都緣自於人類的思想，只嘆東西方思想迥然不同罷了。再說了，整個世界早因民主制度的興起而選賢與能，不一定非得由男人來領導國家了呀。觀念應該與時俱進，而非趨於保守。我只能說，現代人都沒有屬於自己的清楚意識。

S：84	景：鍾宅主臥房
時：日	人：弗襄

△弗襄坐於床鋪上，瞅著眼前的遊戲圖紙深思。

弗襄：（OS）這次遊戲之中，我不是已經選擇『不生育』的選項了嗎？（恍然）原來生養子女之於東方社會不僅是夫妻間的事，其實更早已擴大並延伸成為『家族大事』了，即使夫妻決定不生養，仍過不了父母與長輩的那一關。年輕人一代代，皆複製上一代的觀念與生活樣貌，然後繼續地傳承下去。

△她拾起人像棋子將之置於「game over」的欄位，退出「不生育」的這局遊戲。她不想再承受痛苦了。

S：85	景：飯店房
時：日	人：弗襄

△退出遊戲，時空瞬間返回飯店房。

△弗襄沉默沉思了許久，注視著遊戲圖紙上的許多組遊戲選項，最後將目光鎖定於「工作／婚姻」的組項上。

△她看了下說明書，主觀視線特寫說明書上的說明：「婚後繼續工作之義」。她移動人像棋子，置於「工作」欄位，此時空間開始旋轉，一會兒便來到了辦公室。

S：86	景：微星百貨廣場
時：日	人：弗襄、Angel、主持人、工作人員、觀衆

△鏡頭定格於一個活動公告的看板，其上寫有「週六／日，茶點商品展：邀你舞茶」，然後拉開，帶到活動現場有許多群眾。

△新銳女星Angel代言並且出席，與主持人互動。

△鏡頭帶到舞臺一旁，置有仿清代傢俬陳列：木質窗櫺道具、黃花梨木夔鳳紋翹頭書案、太師椅、紅木花架且其上置有蘭花盆栽做典約雅致佈置，很是亮眼吸睛。

△新銳女星Angel身著清代莫藍迪色調的宮廷服飾手攜花鳥絹繡團扇出場，擁有舞蹈基礎的她配合清婉樂音舞了一段中國舞，展現其身韻、身法及技巧，將古典舞蹈的柔魅婉約揉進了身段之中。

△Angel之後與主持人示範煮茶技巧與茶道，與現場消費者熱烈互動、一齊飲用，同時亦品嚐公司一年以來所推出的一些新產品，充份展示了烹茶品茗之樂以及嚐鮮逸趣。

△樂聲、歌聲、話聲與掌聲不斷，將現場的氣氛熱到了最高點。弗襄見活動辦得很是成功，十分開心。

S：87	景：酒店一隅
時：夜	人：弗襄、同仁若干、環境人物

△鏡頭從所有人舉著高腳杯互碰的畫面開出。所有人仰首喝酒，氣氛非常歡欣。

△弗襄放下酒杯，看向眾人。

弗襄：這次我們所舉辦的活動非常成功，將公司一年以來所研發的新品，在半個月的檔期中拉抬到很是搶眼的業績表現，這全歸功於企劃單位的創意發想與辛苦執行。今天餐聚的費用，是跟公司爭取來的，老闆見大家都很認真努力，也很大方給予這次餐敘的費用，所以今天我們就好好開心地玩吧。

眾員工：謝謝副理。

弗襄：而且，每個人還有小額獎金喔。

眾員工：YA——

△同仁們用餐，聊天，觥籌交錯。

△Fade out.

S：88　　　景：公司女廁內／外
時：日　　　人：弗襄、女同事三人

△Fade in.

△弗襄趨近，欲進入時卻聽聞裡頭有三名女員工正在洗手臺前嚼舌根。

女同事A：聽說昨天史副理請企劃單位的全部員工去吃高級酒店的餐，費用公司買單呢。

女同事B：應該的呀，人家辦活動也很辛苦，勞心又勞力。

女同事C：真羨慕副理，人長得美，來公司不久就被總經理看上，現在還成了總經理夫人。真不簡單。

女同事A：那是，女人要長得美，就算沒有工作能力也無妨，靠美色上位就可以了。

女同事B：是啊，榨乾手底下人的腦汁，搞好活動，功勞全都是主管接收。這樣的主管真好當。

女同事C：錢多事少離家近，多好呀。

女同事A：妳呀，這輩子來不及啦，等下輩子投胎變成美女吧。

女同事C：再說，撕爛妳的嘴。

△此番對話聽進弗襄耳裡，心裡很是難以忍受。

△女同仁出了女廁，弗襄忙及時避到一旁隱晦處並不想與之正面衝突。

△三名女同仁相偕離去。

△弗襄進入女廁，尋了一個廁間入內然後將門鎖上。沒有解下底褲，她直接坐在馬桶上發獃藉以平息怒氣，但仍不爭氣地掉下一行眼淚來。

弗襄：（OS）這年頭長得美又有工作能力的女人，別人注意的不會是她的努力認真與工作表現，而是將焦點放於其外貌。有誰知道她熬夜蒐集並閱讀資料的辛苦，有誰明白她遇見困難時如何想方設法地尋求解決之道？有誰能清楚當執行面若出現困難或矛盾時，她要如何權衡輕重緩急甚至瞬間決斷？不論

面對高層、工作任務或者是手下員工，如何得以面面俱到甚至是穩定局面？

S：89	景：飯店
時：日	人：弗襄、胡董、環境人物

△餐桌上，置了豐盛美食。

△鏡頭拉開，帶到用餐中的弗襄與廠商胡董。

胡董：史副理，我覺得像妳這樣貌美、氣質優雅又有工作能力的美女，實在太早婚了。（嘆）真可惜。

弗襄：這話怎麼說呢？

胡董：妳一結婚，讓多少男人跌破了玻璃心？知道嗎，我可是妳的忠實粉絲呢。

△聞言，她有點愕然，不過仍不改其優雅神色，微笑地。

弗襄：我可不敢圈您這大粉呢。我不是女星，不過就是個小小副理，不夠資格成為您的偶像。

胡董：妳呀，太謙虛了。像妳這等級的美女，即便是已婚，也有不少男人要拜倒在妳的石榴裙下。如果妳向我招手，我是迫不及待就想成為妳的入幕之賓呢。

△說完，他的手不安份地觸了她的玉手一下。

△她不動聲色，連手也沒有抽回，而是笑了笑。

弗襄：如果是這樣，那您可能要多多注意身體健康喔。

胡董：喔？

弗襄：您位高權重，等著向您招手的美女想必多得是，輪不到我。但您已屆知天命之年，恐怕是難以消受的呀，我這也是擔心您的身體，算是克盡晚輩之責。

△聞言，他的臉色驟然有些難看，便收斂了自己的手，朝她尷尬一笑。

弗襄：（端莊優雅）玩笑話，胡董可別往心裡去喔。我想，除了您所說的，我的美貌以外，我的工作能力，其實也很期待能夠

得到您的青睞，那可是長輩對我的肯定呢。

S：90　　　景：炘麟辦公室
時：日　　　人：弗襄、炘麟

△弗襄與炘麟坐在沙發處說話。
炘麟：對了弗襄，下週一中午跟香港靳總簽約，麻煩妳代理一下。
弗襄：不是你要跟靳總簽約吃飯的嗎？
炘麟：本來約這週五晚間，與靳總簽立代理權合約，但他週五晚上臨時有事，就改到下週一午間來公司簽約，然後跟我一起午餐。但下週一我跟Irene已訂好機票飛美國跟廠商見面，這是預定好的行程沒法更改。
弗襄：原來這樣啊，那好，我就代理簽約，陪靳總去吃飯。
炘麟：麻煩妳了。

S：91　　　景：飯店
時：日　　　人：弗襄、靳總、樂師、侍者、環境人物

△弗襄與靳總於氣氛佳燈光美的酒店空間用餐，其間侍者的服務可謂十分周到，不僅倒水添盤、收拾殘局，亦很是貼心地詢問餐點感受與評價。
△席間尚有樂師拉奏樂曲，可說是極其高級的餐藝享受。
靳總：史副理，今天很高興是妳代表公司與我簽約。能與美女共進午餐，真是我的榮幸啊。
弗襄：靳總您客氣了。
靳總：說真的，鍾總放心妳在職場上拼搏，真是有勇氣。像妳這樣的美女要是我的老婆，我肯定要藏在家裡了。
△聞話鋒有些騷味兒，她心裡委實是有些嫌惡的。但她不得不打起精神來應對。

弗襄：藏在家裡，也不見得安全呀。
靳總：喔，這話怎麼說呢？
弗襄：（笑了笑）老王有了孩子，沒想到竟是鄰居老大哥幫的忙。
靳總：（笑開了）那是啊，老王日理萬機冷落了嬌妻，只能由鄰居來幫忙了。
弗襄：所以啦，藏在家裡不見得安全。
靳總：想來鍾總也是日理萬機之人，史副理會不會覺得寂寞呀？
弗襄：我呢，（又笑了）不寂寞。工作多到忙不完，哪兒會寂寞呢？
靳總：我倒覺得，女人再強終歸是女人，如果鍾總不介意的話，我倒是可以幫幫鍾總的忙，照顧妳呢。
弗襄：靳總玩笑了。
靳總：欸，不是玩笑，我幫的忙可大了。不僅是幫忙照顧妳，別讓妳累著，就連代理權，我都可以再延個十年給貴公司呢，利潤％數也可以再議。鍾總要是知道了，可要有多高興呀？
弗襄：靳總這遊戲規則可都想好了呀，我實在是受寵若驚，三生有幸。
靳總：當然。可以想見我有多麼誠心誠意呢。
弗襄：是，我能感受得到。不然這樣，我跟鍾總的大哥研究看看，他可是律師專業，肯定知道這樣的遊戲規則，對我們雙方是否有利。
靳總：律師？原來鍾總的大哥是律師呀。鍾家竟也出了這樣一位大人物。
弗襄：是的，我們公司的法律顧問，就是自家兄弟。（撓撓頭髮，笑）還不只呢，鍾總的二哥，可是檢察官呢。
△聞言，他笑了笑，不再繼續這個話題。

S：92　　　景：鍾宅主臥房
時：昏　　　人：弗襄

△弗襄回到家中，進入主臥房。

△她取出遊戲木匣、攤開圖紙移動人像棋子，嘆了口氣。

弗襄：（OS）外形姣好的職業女性，被看見的永遠不是能力而是外貌。實在是受不了一再成為他人妒嫉眼紅或者是職場男人性騷擾的對象。不玩了。

△她移動棋子，退出了這局已婚職業女性的野蠻遊戲。

S：93　景：飯店房
時：日　人：弗襄

△退出遊戲回到飯店房以後，弗襄瞅了瞅遊戲圖紙，選擇了「父女戀／姐弟戀」組項裡頭的「姐弟戀」。

△於是空間應選擇以後始旋轉……

S：94　景：辦公室
時：日　人：弗襄、莫成歸、同仁若干

△鏡頭從「企劃課」三字拉開，帶到裡頭辦公的同仁。

△幾名同事七嘴八舌地湊在一起說話。

同事A：聽說今天有一位新的平面設計報到耶。

同事B：好像是美女喔。

同事C：是耶，那天面試時我有偷瞄到。

同事D：最喜歡看美女了，超期待。

△弗襄報到上班入內，穿著很是時髦的OL裝扮：搭配合宜的銀白金屬環型耳環與別致手鍊，酒紅色染髮，一個高紮刮鬆結合隨性手抓微卷的馬尾，一身雅致穿搭；寬版長褲、富設計感的俐落襯衫，以及一件短版西裝小外套，足穿矮跟黑色亮皮小短靴。

△鏡頭細審視她的臉龐，她化了一個簡單妝容；略顯眉鋒的歐美眉、不張揚的眼線加上大地色系的眼妝，外加以兩個

色彩所融合塗畫的時興咬唇妝，眉骨、顴骨、鼻樑鼻尖、人中、下巴皆打上了珠色高光。

△所有同事往她的方向看去，整個妝容視覺上顯得非常立體，但又不至於太過強勢張揚，因此頗為令人覺眼前一亮。

△成歸起身，走到弗襄面前，朝她微笑。

成歸：妳是史弗襄對嗎？我是企劃課的活動企劃莫成歸。歡迎妳加入我們企劃課的小家族。

△弗襄倩然一笑。

S：95　景：小會議室
時：日　人：弗襄、成歸、課長、同仁若干

△晨會，企劃課長坐於最前方，看向所有單位同事。

課長：此次公司的茶飲新品終於研發成功要上市了，老闆對新品寄予厚望，所以決定要辦幾場新品發表會。成歸與弗襄一組，把企劃案寫好，文案發想完成，然後去接洽百貨公司的活動場地。

△成歸與弗襄頷首，恭謹地接下任務。

課長：對了弗襄，妳的工作雖然是平面設計，但我期望妳能開始接觸活動企劃，學著去跟百貨公司的活動窗口接洽活動事宜。

△聞言，弗襄有些訝異，這於她而言是頭一回的新嘗試。

弗襄：呃，是的，我會全力以赴。

課長：妳別擔心，成歸很有經驗，妳跟著他學就是了。

S：96　景：辦公室
時：日　人：弗襄、成歸

△弗襄坐在辦公桌前，覺得有些陌生摸不著頭緒。她獃坐在座位上望著電腦桌面發獃，有些擔心。

△成歸見狀，挪動椅子來到她身旁，安撫。

成歸：別擔心，沒事的。以前我曾在微星百貨、晨曦百貨的企劃部門工作過，跟他們很熟。不如我們這次就跟晨曦百貨接觸看看，他們所在的位置離精華商區很近，所以肯定很有人潮。

弗襄：真的嗎？謝謝你指引了方向，我得跟你好好學習了。

成歸：沒問題，我一定知無不言，言無不盡。

S：97	景：休息室一隅
時：日	人：弗襄、成歸

△兩人一起喝咖啡，談論工作上的事情，非常融洽契合。

△Fade out.

S：98	景：餐館
時：日	人：弗襄、成歸、環境人物

△Fade in.

△弗襄與成歸一起午餐，兩人對坐正在吃飯。

△成歸吃到一半，放下餐具注視著她。

成歸：弗襄，妳有臉書吧？

弗襄：（頷首）有啊。

成歸：（笑）我們互加臉友好嗎？

弗襄：當然好啊。（取出手機滑了一下，點開臉書）告訴我，你的暱稱。

成歸：妳搜尋『莫成歸』就可以了。

△她始動作，果真搜尋到「莫成歸」此一帳號，因此點擊以後看見他頁面的頭像，正是他的肖像。然後，她再動動手指頭加了他為FB的好友。

△他聽見手機提示音，滑開，見弗襄已提出交友邀請，因此

做了確認動作。
成歸：原來妳也是用自己的名字設為暱稱呀。
弗襄：嗯，朋友一見就知道是我呀，很好記的。
△他笑了笑，隨即按了她所發的一則短文一個讚。

S：99　　景：弗襄房／成歸房
時：夜　　人：弗襄／成歸

△夜裡，兩人皆未歇息。以下兩景對跳。
△他打開手機，注視著Line裡頭所列的所有通訊人，選擇「史弗襄」的訊息視窗點開，然後傳送了一個網頁連結給她。
△另一端的弗襄收到訊息，見手機上的預覽視窗顯示是成歸傳訊，便點閱，見是一串網址。她有些好奇，點擊連結以後發現是一個滿是插畫圖片的網頁，因此仔細認真地欣賞著網頁上的一幅幅色彩活潑、搭配和諧的美麗插畫。
△閱完以後，她動手回了訊息給他。
△以下傳訊對話，加兩人OS呈現。後製成Line的訊息顯示於螢幕畫面上。鏡頭對跳兩景，兩人各自傳送訊息的情狀。
弗襄：謝謝你，傳來這麼棒的插畫網頁給我。
成歸：（秒讀秒回）妳是學設計的，希望這些圖片能夠激發妳的想像力。
弗襄：一定能夠，那些圖畫真是太棒了。
成歸：（傳訊問）這麼晚了，還沒睡？
弗襄：要去睡了。你呢？也早點休息。
成歸：好啊。那我們明天公司見。
弗襄：嗯，明天公司見。晚安安。
△她傳了文字訊息，復又多加了一張安睡的貼圖。
△他直接回以自己的貼圖，是一個笑臉表情。

S：100　　景：弗襄宅廳／成歸宅廳
時：夜　　人：弗襄／成歸

△翌日，他主觀視線又主動傳了line訊息給她。以下兩景對跳。

成歸：今天工作還好嗎？文案寫得怎麼樣了，圖呢？

弗襄：（傳訊）謝謝你的關心。今天畫設計圖的時候，回想你昨天所傳給我的插畫，有了新方向，覺得好開心。我方才其實還在思考工作上的事情，想著一定要把這次的活動給辦好。

成歸：妳開心，那我也跟著妳開心。

弗襄：你真的太好啦。

S：101　　景：弗襄房／成歸房
時：夜　　人：弗襄／成歸

△弗襄與成歸坐在各自的房裡書桌前，以筆電瀏覽臉書。

△他們會彼此按讚，然後給予對方貼文回應。弗襄動手打字留言，主觀視線：「這柴柴好可愛喔」、「這食物肯定超好吃」、「喔，這真的好可憐喔」。搭配弗襄的OS呈現。

△成歸主觀視線，於她臉書發文底下動手打字留言：「妳畫的素描好美喔，光影掌握得真好」、「妳的攝影作品構圖極佳、色彩搭配得宜」、「妳的文案怎麼可以寫得如此精簡而又貼切？真是太厲害了」。搭配成歸的OS呈現。

△Fade out.

S：102　　景：辦公室
時：昏　　人：弗襄、成歸、環境人物

△Fade in.

△窗臺射進一道昏黃光線，提醒著工作的人們下班時間已到。

△成歸看向窗外，見夕照已染紅了雲彩，於是便拉下百葉窗簾收拾了辦公桌面。

△他轉身面對弗襄。

成歸：弗襄，妳一會兒有事嗎？

弗襄：（回頭）沒事。怎麼了？

成歸：活動文案，想跟妳討論一下。如果下班沒事，一起用餐好嗎？

弗襄：（想了一下，點頭）嗯，好啊。

S：103　　景：餐館
時：昏　　人：弗襄、成歸、環境人物

△鏡頭細細審視，館子內有著老上海的格調，室內擁有深紅、深紫、灰藍等經典色調，古色古香復又兼具西方格調。鏡頭再審視其他，牆上貼有老舊電影海報、裱著木框的懷舊黑白照片，一旁尚有一臺老式留聲機。

△鏡頭復又審視另外的角落：實木櫥櫃、真皮沙發、經典桌案、復古座椅、木質階梯、八仙桌，又或者是一些裝飾性家具，視覺上在在皆有一種古典盎然的感受。

△女侍們皆著改良式旗袍，親切地為食客點餐或者是上菜。

△弗襄與成歸於一盞華麗的琉璃燈盞下對坐，一起用餐。

成歸：弗襄，看妳的臉書資料，妳是美術系畢業的。哪個大學？

弗襄：喔，我是藝術大學畢業的。

成歸：好像曾出國念過書？

弗襄：去歐洲念研究所，是藝術碩士。

成歸：怎麼沒想從事純藝術的工作呢？

弗襄：純藝術的出路難，不太容易謀生，除非是教書。商業設計也挺不錯的呀。不過我倒想自己創作繪本，然後投稿給出版社。

成歸：我支持妳。繪本要是搭配好文案，還是可以給讀者的心靈帶來慰藉。

弗襄：（笑了）是耶，我就是這樣的想法。

成歸：那，妳家人呢，妳是住家裡，還是在外租屋？

弗襄：（略為沉思）自己跟閨蜜租屋，share房租。

成歸：家裡呢，除了爸媽還有其他手足嗎？

△她有點不太想回應，顯得遲疑。

△他似乎感覺到了她的猶疑，於是便笑了。

成歸：我只是閒聊，沒別的意思。妳可以不說，不用有壓力。

△她有點不好意思地笑笑，這才勉為其難。

弗襄：還有兩個哥哥，開公司做生意。

S：104	景：辦公室
時：日	人：弗襄、成歸、同事若干

△成歸與弗襄坐於辦公桌前，正在討論活動企劃。

成歸：我個人期望此次活動能有所突破，所以想以『中西合璧』的形式來規劃。

弗襄：嗯，這個概念很好，支持。

成歸：所以我想呢，『茶』雖為東方飲品，卻可以結合西方元素做呈現。現場除了主角『茶』以外，也會輔以數種西式茶點新品一同推出介紹給消費者。然後，我想以新藝術風格的桌案與椅子來陳列現場，也會以古典大提琴樂音作為襯底背景音樂。

弗襄：你這想法甚好，引發我一個decoration的創意想法。

成歸：妳想怎麼做？

△她拉了椅子挪到他的桌位前，同時取來筆紙，於其上繪圖。她以速寫方式很迅速地構製完一個背板的設計草圖，

同時詳盡地向他說明。

弗襄：這是活動現場的背板，size是寬3公尺*高2公尺，將這個背板拆解成兩半，方便場地進出。

△他點頭，等著她繼續地說下去。

弗襄：然後，我們將這個背板漆成黑色，於其上構圖，就如同我草圖上所畫的圖案；一雙手正在調製茶飲。我們給這個活動所設定的標題是『找茶・巡茶・看茶・飲茶』。至於這個背板圖案，我並不打算用畫的，而是想以類『掐絲』的概念來完成它，也就是說，在背板上繪製完草圖以後，於所有線條及輪廓線上釘上小釘子，然後再以金黃色軟鐵絲絲線掐纏而成。

成歸：（驚奇）哇，妳這是藝術創作耶，要花很多時間才能完成。

弗襄：（點頭）這算是藝術結合商業設計吧。我打算花半個月時間完成這個背板裝飾，所以除了訂購木板，還得添購漆料，以及金黃色軟鐵絲絲線。

成歸：軟鐵絲有分粗細嗎？

弗襄：有，大抵是1公分、2公分、2.5公分、3公分，所以在掐絲構圖時可依明暗來選用。也就是構圖中較暗的部分，可利用粗的軟鐵絲來完成，亮的部分則以細的來完成。

成歸：妳所提的這個陳列設計，很讓我驚豔，我百分百贊成。而且這些材料都不是很貴，我們的預算絕對夠用。至於其他幾件桌椅家具陳列，可以跟廠商借用。只是，要辛苦妳做這個大背板了。

弗襄：那倒沒什麼，本來做藝術作品就很耗費時間。我只是在想，要在哪兒完成這個背板呢？

成歸：公司有一個大會議室很少使用，我們可以在那裡完成這個作品。我想，我應該可以幫妳忙，兩個人動作比較快。只是，我比較不懂，需要妳來指導。

弗襄：（微笑，眼裡閃著光芒）沒問題，合作無間。

S：105　　　景：大會議室
時：日　　　人：弗襄、成歸

△弗襄與成歸將木板漆成黑色，她始於板上以白色粉筆構繪草圖，接之在所有白色線條上釘上小釘子，然後再利用金黃色軟鐵絲始掐纏所佈局的畫面。

△成歸不諳藝術創作，於是弗襄悉心地教他如何運用軟鐵絲以掐纏。

△疊偌大的工程工作時的畫面，以顯示他們花了很多個工作天才終於完成。

△她示範以軟鐵絲掐纏了一個立體鏤空半圓，裡頭裝置小燈泡，兩個鏤空半圓再纏繫成一個完整的圓。接上電源以後一點亮小燈泡，立時牆面上便映有一個十分美麗的鏤空掐絲投影。

成歸：哇，超美的。妳這是要從天花板垂綴下來的對吧？

弗襄：（笑了）超聰明。趕緊做喔，我們起碼要做十個鏤空金球。

成歸：（眼閃輝芒）妳太厲害了，怎麼能夠那麼強呢？我簡直要五體投地了。

△感受到他灼熱的眸光，她回以一絲微笑，忙移開視線，繼續手中工作。

成歸：能夠參與妳的藝術創作，我覺得好開心。對我來說這是一個特別的工作經驗。而且妳的創作，讓我覺得非常別開生面。

弗襄：（自信地笑）謝謝你的稱讚，我不客氣就接受囉。

S：106　　　景：百貨公司活動現場
時：日　　　人：弗襄、成歸、主管、現場消費者眾

△新品發表會，主管們見到弗襄與成歸所製做而成的裝飾背板，及現場新藝術格調的裝飾佈置，皆感驚豔且大大

地讚賞。
△成歸很是高興，以手勢對弗襄比了一個「愛心」。弗襄笑了笑，繼續忙佈置工作。
△活動開始，主持人掌控現場，消費者品茗、品嚐茶點，氛圍十分熱絡。
△消費者眼前一亮，活動以後頻搶著要於掐絲鏤空的大背板前拍照留念。

S：107　景：辦公室
時：日　人：弗襄、成歸

△弗襄才剛打完上班卡，便來到成歸桌位旁。
弗襄：成歸，今天下班有空嗎，公司發了獎金，正好請你吃飯。
成歸：（面露喜色，心下雀躍）為什麼？
弗襄：這次的發表會，你不但帶我做活動企劃，還跟我一起製作掐絲鏤空背板與金球，所以應該要好好謝謝你呀。
成歸：嗯，沒問題。但，不要妳請，我是男生應該我請客才對。
弗襄：這樣不行。不然我們各付各的，就當是一起結伴去吃頓好吃的。你看好嗎？
成歸：好。

S：108　景：餐館
時：昏　人：弗襄、成歸、環境人物

△兩人用餐時聊得很是愉快，時間過程。
△用完餐，準備離開。
成歸：一會兒有事嗎，如果沒有，一起去看電影好嗎？
△她有些猶豫了，有些害怕。
弗襄：我，沒什麼時間，最近。

成歸：是嗎，之前不是都有時間？那妳最近忙什麼呢？
弗襄：呃，我忙繪本創作。
成歸：需要我給妳意見嗎？
弗襄：還沒有足夠的插畫量，等夠了再說吧。

S：109	景：城市景致
時：日	人：

△城市景致，季節明顯變化，日夜遞嬗，藉以顯示時間歷程。
△Fade out.

S：110	景：紅磚道
時：夜	人：弗襄、成歸

△Fade in.
△兩人於紅磚道上漫步，斑斕的夜景成為他們的陪襯，月光柔柔地攬搡著他們向前行。
△一旁花草亦搖曳身姿，朝他們蜜蜜甜滋地微微笑著。
△忽然，他停下腳步，將手中提袋遞與她。
成歸：這是要送給妳的禮物。
弗襄：（訝異）這是什麼？
成歸：插畫用的彩色墨水，英國Rowney品牌。之前妳不是說，畫插畫想要投稿嗎？
弗襄：這很貴的，我不能收。
△他拉過她的手，將紙袋遞進她手裡，微笑。
成歸：收下吧，我等著妳的插畫作品喔。如果出版，我要當第一個粉絲。
弗襄：（收下禮物）謝謝你，我一定好好用你所送的墨水，繪製最漂亮的插畫。

成歸：我相信妳可以。

△月光與路燈相互輝映，讓他於夜裡尚能看清她清秀美麗的臉龐。他燦出一抹微笑，輕輕地吻上她的脣，如雨點一般輕觸令人酥麻。

△被突如其來一吻，她覺有些心慌，不知所措，縮了回去。

△他不打算讓她退卻，於是便緊緊地抓住她手肘。

成歸：妳好像有些害怕，但是我同時感覺到，妳對我其實有好感。為什麼？

△她抬眼看向他，沉默了許久以後才說話。

弗襄：我承認，喜歡一個人不是自己所能控制的事情，但是……，某些點上或許不適合。

成歸：我覺得我們很契合呀，為什麼妳會這麼說？

△她感到前所未有的艱難，思量許久才終於鼓足勇氣。

弗襄：成歸，我之所以有所顧忌，是因為我已經36歲了。之前曾聽聞同事提到，你29歲，小我足足7歲。試問，你能接受這樣的年齡差距嗎？

成歸：怎麼可能？（尚未回過神來，不可置信）妳看起來像是個大學才剛畢業不久的小女生，怎麼可能36歲？

弗襄：（失笑）不老神話，不足為奇了。現在的女生都很會保養也很能打扮，加上我們家族似乎都有不易老化的基因遺傳，所以我的外貌看起來比實際年齡小了十幾歲。

△他獃愣在原地，不知如何接話，亦覺有些無法接受。

弗襄：我承認，對你頗有好感。知道年齡差距，擔心你無法接受也曾有過掙扎，所以裹足不前。如果你不介意，就像小龍女與楊過那樣譜一曲姐弟戀，或許可以試著走走看。但，一切還是尊重你的決定。

△他鬆開了她，倒退了兩步。

弗襄：（見狀，心裡很是受傷。轉OS）36歲怎麼了，大你7歲怎麼了？我有做錯什麼嗎？在不知年齡差距以前，我們不是在工作上合作無間，且彼此契合十分有話聊的嗎？『年齡』，真有這麼重要嗎？

成歸：對不起弗襄，我需要考慮一下。

△她笑了，凝睇著他，眼底不爭氣地浮起一層淚水，傷心地掉落下來。

S：111	景：辦公室
時：日	人：弗襄、成歸、同事若干

△成歸下班以後邀約其他同事，相偕離開。弗襄見狀感到十分落寞。

△弗襄取出手機瀏覽，打開Line，見成歸的對話視窗不再有新訊息。

△她以手機滑開臉書，滑到成歸的臉書頁面，沒有更新任何PO文，最後一篇發文顯示是「5天前」。

△Fade out.

S：112	景：弗襄房
時：夜	人：弗襄

△Fade in.

△弗襄聽音樂，坐在床鋪上以雙手反抱著自己。

△她陷入回憶，INS S-110：

△月光與路燈相互輝映，讓他於夜裡尚能看清她清秀美麗的臉龐。他燦出一抹微笑，輕輕地吻上她的唇，如雨點一般輕觸令人酥麻。

△被突如其來一吻，她覺有些心慌，不知所措，縮了回去。

△INS同一場對話：

弗襄：我承認，喜歡一個人不是自己所能控制的事情，但是……，某些點上或許不適合。

成歸：我覺得我們很契合呀，為什麼妳會這麼說？

△她感到前所未有的艱難，思量許久才終於鼓足勇氣。

弗襄：成歸，我之所以有所顧忌，是因為我已經36歲了。之前曾聽聞同事提到，你29歲，小我足足7歲。試問，你能接受這樣的年齡差距嗎？

成歸：怎麼可能？（尚未回過神來，不可置信）妳看起來像是個大學才剛畢業不久的小女生，怎麼可能36歲？

△鏡回原場，對此情狀，弗襄感到很是難過。

S：113　　景：西餐廳
時：日　　人：弗襄、成歸、環境人物

△餐廳內一直迴盪著馬思奈〈泰伊思冥想曲〉古典小提琴拉奏的樂音。

△鏡頭細審視內部，牆面上所懸一幅又一幅巨大油畫；畫中的宮廷仕女主觀視角，似乎皆隔著距離不住地窺探著弗襄與成歸嘴裡的呢喃，一種令人凝肅的氛圍，心頭感到很是壓迫。

△兩人對坐，只靜默地用完眼前的餐食，美味卻不令人有興致耽溺，畢竟各自心中各有各的沉重負擔，萬千斤重。

△靜默許久，他認為應由自己開一個頭，便紳士般地對她說話。

成歸：弗襄，對不起，一直晾著沒給妳回應，是我不對，我向妳道歉。

弗襄：沒關係，可以理解你的心情。

成歸：（沉吟一會兒）其實，從以前到現在，我從來沒想過要談姐弟戀。

弗襄：我也沒想過，（沮喪）但緣份就是讓我們邂逅相遇了。之前我很掙扎，掙扎是因為情感上我有一定程度保守，被舊思維箝制，總覺得男人應該比女人年齡大些，要保護、要帶領女人。但如果遇見真愛，遇見一個與自己各方面都很契合的

人，難道要因為那些古板傳統的舊思維而放棄嗎？

成歸：但，我一直想有自己的孩子，如果我們在一起，兩年之後結婚，妳已經三十八了。女人的生育能力在二十五歲達到高峰，之後逐年遞減，三十五以後更是迅速。若妳三十八歲嫁給我，一個年屆四十的女人如何易於受孕？

弗襄：所以，你是獨子，有壓力？

成歸：不是獨子，但我想有孩子。

弗襄：如果真不容易受孕，不能領養嗎？一定要是自己的骨血？

成歸：自己的骨血，比較有生命傳承的感受。畢竟血濃於水。

弗襄：（失笑）東方人在生養孩子上，格局還是小了，只在乎血親。我曾在捷運上見過一對洋人夫妻，懷裡抱著、手裡牽著的是亞裔孩童，兩個黃膚黑髮的孩子說著一口標準英語，親膩地喊著Daddy Mommy。當時覺得甚是感動。

成歸：妳說得很有道理，我完全認同。但人就是這樣，一旦觀念養成，很難鬆動。或許我不夠先進，如妳所說的格局也不夠寬大。

弗襄：總之，就是要有自己的基因傳承？

成歸：是，我是這樣想的。（始尋藉口，想讓自己更有立場）或許，我們之間並沒有那麼契合……

弗襄：什麼意思？

成歸：畢竟妳在歐洲念過書，想法比我洋派，格局比我大。而且，妳一直很優秀能力很強，從工作態度上即可知妳事事追求完美，所以彼此個性上還是有些不同。妳年紀比我大點，人生閱歷比我豐富。妳雖然三十六，卻凍齡在二十二，妳美、妳青春，讓我有了錯覺，總之我、我配不上妳。

弗襄：有哪對情人或夫妻生來是完全相同的？一對佳偶最好的性格比，就是1/3相同，像是另一個自己，可以彼此很和諧地相處；1/3互補，彼此截長補短；1/3不同，若在一起的話可以說是彼此相互吸引的點，或說是必須磨合的部分。至於凍齡外貌，那不是重點。

△他沉默了，不再多說。

弗襄：（失笑）不知年齡差距，喜歡我的時候，你眼裡的我什麼都好，沒有缺點，才華洋溢，青春美麗，彼此談得來個性又很契合，有相同人生觀、價值觀。為什麼一清楚年齡差距就什麼都變了，難道過往美好不再？

△他仍是未語。

弗襄：年齡差距能當飯吃嗎，相差七歲很多嗎？自己的遺傳基因很優秀，非得有自己的骨血不可嗎？你這根本是心魔作祟。

成歸：（嘆了口長氣）我不能反駁，因為妳說得都對。

△她的心快要炸開了，再不離開真的會失控失態。於是她打開包包取出長夾，掏出一張千元紙鈔扔在桌案上，然後便起身，頭也不回地離去。

△望著她絕然遠去的身影，他的內心滿是疼痛，卻有著更多長長的無奈。

S：114　　景：小客廳／成歸房
時：日　　人：弗襄／成歸

△客廳主觀鏡頭，弗襄返家開門入內。

△她走到沙發處坐下，取出包裡的手機開始傳訊息。

△鏡跳成歸房，他聽見手機訊息提示音，於是取出手機滑看，主觀鏡頭特寫其上文字，搭弗襄OS呈現：「我不是癡纏的個性，亦非差到沒人要。日後絕不再打擾你平靜的生活。祝福你早日覓得理想佳人。」

△他放下手機，不住地嘆息。

成歸：（OS）老天，為什麼要讓我遇見一個這麼能打動我心，條件這麼好的女生，年齡卻比自己大上七歲？為什麼要開這樣的玩笑呢，這一點也不好玩哪。

S：115　　景：弗襄房
時：夜　　人：弗襄

△躺於床鋪上，弗襄根本輾轉反側難以入眠。她腦海裡一直縈迴著成歸方才所說的那句話。INS S-113：

成歸：妳雖三十六，卻凍齡在二十二，妳美、妳青春，讓我有了錯覺。

△鏡回原場。一思及此，她便感到很是傷心。

弗襄：（OS）男人不想要的時候，一個女人的亮點優點竟可讓他拿來成為最好藉口，甚至成為數落她的最佳把柄。他成長生活於大都會，讀了這麼多書，卻還是難以跳脫世俗眼光、傳統觀念的箝制。有些人就算讀了再多書還是輸給了傳統，深被老舊思想荼毒。如同某些讀了聖賢書的人，仍將書中真理背棄，輸給了欲望與權勢，昧著良知作惡是一樣的道理。

△於是她起身，取出遊戲木匣，再攤開遊戲圖紙，將人像棋子置於「game over」的欄位，退出了這局男人對女人無形野蠻的遊戲。

S：116　　景：飯店房
時：日　　人：弗襄

△退出遊戲以後，弗襄瞬間回到了飯店房。

△望著床鋪上的遊戲圖紙發獃，視線不停地來回逡巡，注視著紙上的遊戲組項。最後她定睛於「美女／凡女」選項，拾起那個代表遊戲者的人像棋子，將之置於此。

△當她移動那個代表她的人像棋子來到「美女」時，遊戲瞬間啟動，飯店房的空間陳列須臾轉換。

S：117	景：歌唱比賽現場
時：日	人：弗襄、評審、參賽者若干、觀眾

△弗襄立於臺前唱歌，底下有五名評審正在評分。

△觀眾席裡有多名粉絲，拿著show有「史弗襄」名字的LED燈牌為弗襄加油打氣，一併聆賞她的歌聲。

△終極決賽結果揭曉，弗襄與眾多參賽者皆緊張神情以待。舞臺背板LED燈亮起「第三名：史弗襄」。

△所有現場粉絲狂嗨尖叫，弗襄則是意外不已。

S：118	景：辦公室
時：日	人：弗襄、經紀人青姐、製作人

△鏡頭自桌案上的鮮花盆栽拉開，帶到坐於一旁沙發上的弗襄、青姐與製作人。

△製作人將五集劇本置於桌案上，誠懇地邀請。

製作人：這齣趨勢劇有著很大成份對於社會議題的探討，裡面的女二戲份不少，而且也很適合弗襄的形象，我真的很希望妳們能夠慎重考慮。

△青姐取前五集的劇本，翻看。其中四本遞給弗襄，弗襄接過，亦翻閱。

青姐：真的很感謝劉製作的青睞，我跟弗襄會儘快看完企劃案與前五集劇本，然後給您答覆。

製作人：應該的，這是弗襄的頭一部戲，慎重些是必要的。我對這齣戲很有信心，我相信弗襄讀完劇本肯定會喜歡這個角色的。

弗襄：（微笑）謝謝製作人，期待能夠合作。

△鏡頭一轉，弗襄與經紀人（已換了衣著，顯示是過了一段時間）讀完劇本，兩人一番仔細討論，決定選擇這個適合她發揮的角色接演。

S：119　　景：雜景
時：日　　人：弗襄、邵洋、工作人員若干

△保姆車接送弗襄趕場，往返各工作地點：拍戲時，戲前上妝，梳化的同時研讀劇本。拍廣告時，現場喝飲品，NG所以重來，飲品一喝再喝。鏡頭一轉，已有眾多觀眾圍著小舞臺，簇擁著弗襄陶醉地聆賞她歌唱。

△鏡頭跳到弗襄與邵洋拍攝對手戲，兩人深情相擁、親吻。

△Fade out.

S：120　　景：雜景
時：夜　　人：弗襄、邵洋、環境人物

△Fade in.

△弗襄與邵洋戴著鴨舌帽、口罩與墨鏡，兩人相偕一起去逛街、吃東西，感情甚是融洽。

△邵洋給她添購了許多可愛的皮包首飾，她開心極了。

S：121　　景：弗襄宅廳
時：夜　　人：弗襄、青姐

△弗襄帶著邵洋所送的小禮物返家，一打開大門便見青姐坐於沙發。

△弗襄上前，微笑著。

弗襄：青姐，什麼時候來的？

青姐：妳跟邵洋出去了對嗎？

△弗襄沒有說話，算是默認。

青姐：妳怎麼可以這麼大方跟他進進出出，妳不清楚妳現在是公眾

人物嗎？
弗襄：我們頭戴鴨舌帽、口罩，還有墨鏡。
青姐：晚上穿戴成這樣，反常，更容易引起狗仔的注意。
弗襄：（說話聲音漸小）好啦，下次會注意。
青姐：（肅著臉）我不希望有下次。
弗襄：好好好，知道了。
△弗襄說著就要回房。
△青姐卻起身，一把拉住她。
青姐：聽我一句勸，妳跟邵洋分手。妳跟他現在都在發展期，忙而且沒有太多時間相處，戀情維繫不了多久的。一旦被粉絲知道，肯定對你們兩人有所影響。
弗襄：青姐，妳不用那麼擔心，現在的粉絲不比從前，對於偶像都會真心獻上祝福，不會有問題的。
青姐：基本上來說是這樣，但還是有少數不理性的粉絲。如果妳遇上一兩個不理性的，開始搗蛋、網路上攻擊妳，妳認為自己有辦法應付、能面對嗎？而且，妳有大好未來，犯不著拿自己的前途賭感情。
弗襄：我們處得好好的，為什麼要分手？我做不到。
青姐：戀情初始如果不小心曝光，那對這段感情無疑是致命一擊妳明白嗎？
弗襄：我小心就是了。
青姐：不是妳小心就夠的，妳現在有些知名度，紅了，狗仔肯定會注意妳。

S：122　景：工作現場
時：日　人：弗襄、邵洋、經紀人、記者眾

△鏡頭定格於某則網路新聞，標題寫著：「史弗襄與邵洋，日久生情，假戲真做」。
△戀情曝光以後，記者老是圍在弗襄工作的現場堵她，想要

詢問有關於戀情的種種。面對記者提問，她陷入窘境不知如何回應。

△這樣的狀況同樣發生在邵洋身上，一堆記者圍著他想要發問。經紀人護著他，急忙地離開現場。

S：123	景：保姆車內
時：日	人：弗襄、邵洋

△兩人並肩坐於車內，氣氛凝肅。

邵洋：弗襄，我想之前青姐說得有理，我們都有各自的前途，犯不著為了感情賭上未來。現在妳我的事情成了焦點，光是每天應付那些記者跟狗仔，怎麼好好工作呢？而且，感情的事情被拿來成為朋友跟粉絲茶餘飯後閒聊的話題，妳心裡不難受嗎？

△弗襄轉過臉去，不願聽他多說，只喃喃了一句。

弗襄：那只是一時的。

△他拉過她，迫她面對自己。

邵洋：我不知道自己的演藝生命能有多久，但至少在受歡迎的時候，我想多接一些工作賺錢存錢，給我家裡日子好過一些。

弗襄：（不可思議）所以，你因為這樣就想放棄我們之間的感情？

邵洋：不是我想放棄，而是現在的狀況沒得選擇。一段感情沒有成長空間，太多關心跟聚焦，注定會夭折。

弗襄：（笑了）你還是比較愛自己。

邵洋：（拉著她的手）理性一點，愛情不是人生的全部，我們都不是家財萬貫的富二代，所以前途對我們來說很重要。有愛情沒有麵包，那不務實。

△他說得沒錯，她不能反駁。但就因為如此，心更痛了。

邵洋：沒有愛情，我們還能是朋友。如果緣份夠深，情感夠長，或許有一天我們可以再續前緣。但現階段，讓我們好聚好散吧。

△說完，他深深地吻了她，然後鬆開，下了保姆車便離開去了。

△她沒有挽留，只是不住地落淚。那一串串淚水，是不得已對於現實的妥協。

S：124　　景：辦公室
時：日　　人：弗襄、青姐

△弗襄與青姐坐於桌案前，弗襄明顯情緒低落。

弗襄：青姐，等手邊這齣法律醫療趨勢劇還有兩支廣告拍完以後，我想休息。

青姐：（安撫）妳跟邵洋剛分手，妳心情不好也是難免。答應妳，等這一波工作都完成以後，就讓妳好好休息一陣子。

弗襄：謝謝青姐。

S：125　　景：弗襄宅廳／大賣場
時：日　　人：弗襄、記者若干、環境人物

△弗襄不停地吃東西、喝飲料，毫無節制。

△弗襄吃飽了就躺在沙發上睡覺，從早睡到晚。

△某天，她外出購物，沒有任何偽裝的情形下便又被狗仔拍了極為清晰的素顏變型照片。

△鏡頭特寫，此時的她不僅面容憔悴，身形也胖了一圈。

S：126　　景：弗襄宅書房
時：日　　人：弗襄

△弗襄正在上網，主觀視線看著臉書上自己的新聞。

△特寫新聞斗大標題寫著：「史弗襄情關難捱，昔日玉女今成大嬸」。鏡頭審視電腦螢幕上幾張弗襄素顏，身材走山

的照片。
△弗襄又氣又哭，闔上筆電。

S：127　　景：弗襄房
時：日　　人：弗襄

△弗襄的心冷了，回到房間，取出遊戲木匣打開圖紙，將人像棋子置於「game over」欄位，隨即場景有了變化，瞬間便退出野蠻遊戲回到了現實世界。

S：128　　景：飯店房／浴室／餐館／街道
時：日—夜　人：弗襄、環境人物

△退出野蠻遊戲回到現實的弗襄累癱了，她起身取了件衣服進浴室。
△坐於浴缸，她邊聽音樂邊閉眼舒舒服服地泡了個澡。
△洗完澡，出了浴室已是換好衣服的模樣。她揹著包包，離開房間。
△餐館內，她坐於桌案前，好好地吃了一頓料理。
△她在街道上遊逛瀏覽，店鋪前東看西瞅。
△飯店房主觀鏡頭，返回後她打開房門，卸下包包掀被倒頭就睡，香香沉沉又密密地睡了一個好覺。

S：129　　景：倫敦市景
時：日　　人：弗襄、環境人物

△弗襄在各處景點、街道，走逛瀏覽的畫面交疊。
△Fade out.

S：130　　景：飯店房／機場大廳
時：日　　人：弗襄、環境人物

△Fade in.

△弗襄上網，訂好機票，然後開始收拾行囊。

△鏡頭一轉，她收拾好行李也換好衣服，拉著拉桿箱、揹著包包，離開。

△機場大廳，弗襄正在候機。一會兒，她帶著行李與拉桿箱來到託運行李處，託運完以後便出關去了。

△一架飛機，劃過天際飛遠而去。

S：131　　景：咖啡館
時：日　　人：弗襄、炘麟、環境人物

△咖啡館外觀日空鏡。

△弗襄與炘麟對坐，他們的面前各置有一杯咖啡及小點心。

炘麟：電話裡，妳說才剛從倫敦回來？怎麼出國了也沒跟我說一聲？

弗襄：你已經要跟我分手了，我又何需告訴你？

炘麟：所以，現在我們能夠好好談分手了是嗎？

弗襄：（凝睇著他，沉吟了一會兒）不談分手，談如何『做我自己』。行嗎？

△聞言，他有些訝異。

弗襄：炘麟，這段時間我經歷了不少事情，包括知道我母親的一些事情。從小到大，母親是我學習的典範與目標，但是當知道她某件祕密以後，才明白已往母親的完美形象其實都是演出來的。沒有任何人，可以真正完美。

炘麟：史媽媽究竟發生了什麼事情？

弗襄：母親的私事，我不方便對外透露。但至少我去倫敦以後玩了幾場奇幻的野蠻遊戲，短時間內歷經了許多我未曾經歷過的

人生，多了寬容與同理心，所以我能明白母親的痛苦與無奈。原來要成為一個人人景仰的女性典範是不容易的一件事情，而且所謂『完美典範』只是違背自己的心意，強撐起來給外人看的外在形象而已。

△聽聞她的話，他確實可以感受到她的明顯變化，不可思議地注視著她。

炘麟：妳，不一樣了，有了瞭悟與體會，這是最難得的。

弗襄：（笑了）雖然成長是用『痛苦』換來的，但至少我有蛻變，起碼有了一點二十一世紀的女性雛型了。對吧？

炘麟：（刮目相看）是，妳確實有了。我覺得很高興。

弗襄：那，你還執意與我分手嗎？

炘麟：（挑眉微笑）好像覺得，彼此的心近了，心靈相犀，可以再試著走走看。

△她很欣悅，因此伸出手來握住他的手。

弗襄：炘麟，我不想失去你，在與你相愛的同時，我也想做自己。或許我還跟不上你的腳步，但我願意繼續成長。

△他朝她笑點頭。

S：132　　景：雜景
時：日　　人：弗襄、炘麟、環境人物

△弗襄搬回炘麟的住處，兩人的情感復合。

△他們會一起做菜、觀賞影片、聽音樂、一同討論工作上的事情、共同閱讀所喜愛的書籍。

△他們相偕逛街、餐館外食、看電影、散步。

S：133　　景：教堂內／外
時：日　　人：弗襄、炘麟、牧師、攝影師、親友眾

△上字幕：一年後。

△教堂外觀日空鏡，教堂前置有新人的結婚照、鮮花及彩球。鏡頭定格於弗襄與炘麟的婚照，兩人笑得既甜蜜又燦爛。

△鏡跳教堂內，一對新人站在臺前，臺上站著牧師。

△牧師說話，他的主觀鏡頭除了看見一雙新人以外，亦帶到臺底下的諸親友與同事們。

牧師：今天很榮幸為了新郎鍾炘麟與新娘史弗襄證婚。（問向新郎）鍾炘麟先生，你願意娶史弗襄小姐成為你的妻子，無論疾病或健康；貧窮或富貴；順境或失意，你都願意愛她、安慰她、尊敬她，並且忠貞不渝嗎？

炘麟：（慎重）是的，我願意。

牧師：（問向新娘）史弗襄小姐，妳願意嫁鍾炘麟先生讓他成為妳的丈夫，無論疾病或健康；貧窮或富貴；順境或失意，妳都願意愛他、安慰他、尊敬他，並且忠貞不渝嗎？

弗襄：（欣喜）是的，我願意。

牧師：（微笑）祝福你們兩位。現在你們可以交換信物了。

△鏡頭特寫：炘麟為弗襄戴上婚戒；弗襄亦替炘麟戴上。

牧師：（欣悅）恭喜你們。在此我宣佈，你們已經成為在上帝的祝福裡合法的夫妻。新郎，現在你可以親吻你的新娘了。

△以下畫面，搭弗襄OS呈現。

△於是炘麟揭開弗襄的頭紗，兩人深情凝視，他情深不悔地摟著她的腰身，予以深深一吻。

△眾親友見狀皆報以最熱烈的掌聲，一同喝彩，所有人感動不已。一旁公司的同仁紛紛地朝著新人拉禮炮以祝賀。

△所有親友與新人來到教堂外，攝影師為所有人拍照。

△炘麟再一次地摟著弗襄的腰身，深情地擁吻著她。

△炘麟與弗襄的吻，如同幸福的芬芳一樣仍在持續……

弗襄：（OS）這世界有許多制度、期待、標準對於女性而言仍是野蠻不公平的，唯有跟隨己心，做自己，不在意世俗眸光，如此才能活出與眾不同的生命。女性不論任何時代皆有其困境，當然也有甘心困於傳統思維被束縛而毫不自知的女人，唯有不依照世俗的生命範本而活，才能活出屬於自己的任何可能性，進而獲致更為精彩可期的未來。

全劇終